锦衣为夫

下

青山有木 著

北京出版集团
北京出版社

图书在版编目（CIP）数据

锦衣为夫 ：全2册 / 山有青木著. — 北京 ：北京
出版社，2023.1
ISBN 978-7-200-17406-9

Ⅰ. ①锦… Ⅱ. ①山… Ⅲ. ①长篇小说－中国－当代
Ⅳ. ①I247.5

中国版本图书馆CIP数据核字(2022)第168064号

锦衣为夫
JINYI WEI FU

山有青木　著

*

北 京 出 版 集 团
北 京 出 版 社　出版
（北京北三环中路6号）
邮政编码：100120

网　　　　址：www.bph.com.cn
北 京 出 版 集 团 总 发 行
新 华 书 店 经 销
河北宝昌佳彩印刷有限公司印刷

*

165毫米×240毫米　33.5印张　580千字
2023年1月第1版　2023年1月第1次印刷
ISBN 978-7-200-17406-9

定价：69.00元（全2册）

如有印装质量问题，由本社负责调换
质量监督电话：010-58572393

目 / 录

第二十六章　相拥

深夜的湖面一片静谧，只偶尔响起水被扬起的声音。

简轻语紧紧地搂着陆远的脖子，能清楚地感觉到他的体力正在耗尽。因为夜色太深，无法看清前岸，她心中越发紧张，生怕陆远会因为体力不支放开她。

"不会。"头顶的陆远突然开口。

简轻语迷茫抬头："嗯?"

"不会扔下你不管。"陆远呼吸有些不稳，显然是因为累了。

简轻语心头一紧："……你怎么知道我在想什么?"

"因为你向来小人之心。"陆远嘲她。

简轻语顿了顿，突然抬手捏住了他的嘴，陆远一脸莫名地低头，她清了清嗓子道："是你说的，不想听的话我可以不听。"

陆远顿时被气笑了，张嘴便要咬她，吓得她赶紧缩回手指，一脸哀怨地重新抱紧他。

"我就知道你会说话不算话……"

她小声嘀咕一句，陆远只当没听到，淡定地继续往前游，很快便隐隐看到了黑色的湖岸线。简轻语精神一振，恐惧总算散了些，只是当靠近后看清了一切，心中顿时一沉。

此处的岸又高又陡，湖水要低出岸边许多，且陡岸湿滑无法借力，单靠人力根本无法爬上去。陆远显然也发现了，眉宇顿时皱了起来。

"……怎么办，总不能再游回去吧?"简轻语在水里泡太久，此刻冻得直哆嗦。她知道陆远也没好到哪儿去，长时间地游水让他体力不支，身上冷得像铁块一样，别说是游回去，只怕现下支撑都困难。

陆远闻言，若有所思地抱着她往后退了些，看了眼岸上的情况后缓缓开口：

271

"此处有人家居住，定然有上岸的法子，你且在此处等着，我去找找。"

一听要将自己留在这里，简轻语顿时惊恐地睁开眼睛："可是你一走，我不就沉下去了?!"

陆远扫了她一眼，将她带到湖岸下，拿着她的手握住了一棵根茎不小的野草。

简轻语："?"

"这种草名唤不死草，根有半丈长，不会被轻易拔出，你抓紧点，就不会沉下去。"陆远蹙着眉吩咐。

简轻语无言地看了眼手中的草，又眼巴巴地看向他："万、万一掉下去呢?"

"所以你要小心，别让自己掉下去，"陆远放缓了神色，见她还在紧张，有些怕自己心软，只能冷下脸，"我体力不支，没办法再带着你游，你是想我们都淹死在这里，还是让我先去找出路?"

"让、让你去找出路，"简轻语缩了缩脖子，乖巧地抓住了那截救命的草，勉强让自己脱离陆远浮在水面上，"那你记得快些回来啊!"

听着她不放心的叮嘱，陆远没有再多说什么，只是深深看了她一眼，便转身沿着湖岸线游去。简轻语目送他离开，然后默默抓紧了手中的野草。

湖面依然平静，偶尔形成一个小小的涟漪。她虽然生在干旱的漠北，鲜少能看到湖泊，可也知道那是鱼儿在水上觅食……可惜知道归知道，在如今这个诡异的处境里，她还是很容易往恐怖的地方想，比如制造这些涟漪的不是鱼儿，而是传说中的水鬼。

简轻语咽了下口水，毫无着力处的脚尽可能地往上蜷，以免被什么东西拖入湖底。

一个人泡在水里，很快就失去了时间观念，她只觉得陆远走了很久很久，自己的力气也随着体温一点一点地消失，先前能轻易抓紧的野草，也几次三番险些从手中滑落。

简轻语很快连恐惧都忘了，只专注地去抓野草，企图让自己在水面上留得久一点。陆远说了野草不会被连根拔起，可他却没说叶子不会断，她在几次挣扎之后，叶子已经被拽断了大半，只剩下一点短短的根茎和两三片摇摇欲坠的叶子。

很快，这两三片叶子也断了，她只能用手指抠着根茎浮在水面，然而随着体力的流逝，很快连根茎也抠不住了，好几次都险些下沉，虽然都及时浮了上来，可水也喝了不少。

"陆大人……陆远……陆培之……"简轻语有气无力地呼唤他，声音飘忽脆弱，没有传出太远便散在空气里。

在又一次被水淹过口鼻后，她突然生出一股力气，猛地浮了起来："陆培之！你个王八蛋！再不回来我就真的要死了！"

骂完，又突然哽咽："你快回来啊，你是不是淹死了，是我把你害死的，早知道就不让你救我了……不对，是你非要往这边游的，要是上那边的岸，我们两个就都能活下来了，都是你的错……"

说着说着，抠着根茎的手指慢慢渗出血来，她眼睁睁看着指头滑过根茎，却无力重新抠紧，于是无望地闭上眼睛，渐渐朝下沉去。

然而下一瞬，一只有力的手扣住了她的腰，将她带进了怀中："我好心救你，你还觉得是我的错？"

简轻语猛地睁开眼睛，不可置信地扭头看过去，就看到陆远勾着唇，眼底带笑地与她对视。

"我、我以为你死了。"简轻语眼睛一红。

陆远叹了声气："这边的岸有些长，费了些时间才找到出路，走吧！"

简轻语忙答应一声，便熟练地抱住了他的脖子，陆远如先前一样，一只手扶着她，一只手往前划，两个人谁都没有再说话，偌大的湖面上只剩下哗哗的划水声。

不知游了多久，终于远远看到了一艘船，陆远的胳膊越挥越慢，额头上布了一层细细的汗，咬着牙将简轻语带到了小船旁，将她推举到了船上。

当脚踏到木板上时，简轻语悬着的心猛地放松，她不敢耽搁，赶紧回头去拉陆远。

陆远已经连上船的力气都没有了，还是简轻语费了九牛二虎之力才将他拉了上去，陆远上船的瞬间，两个人直接跌作一团，陆远结结实实地压在了简轻语身上。

简轻语感受着身上重量，却连抗议的力气都没有，只能懒洋洋地平躺着，

273

任由他趴在自己的颈窝中。

她看着天上圆圆的月亮，无意识地低喃："总算活过来了……"

陆远安静地趴在她身上，却生不出半点旖旎的心思，只是无声地恢复力气。

不知过了多久，简轻语轻轻打了个喷嚏。

陆远眼眸微动，到底是从她身上起来了，转身进了船篷。简轻语身上一轻，她默默找个角落坐下，将自己缩成小小的一团，然而依然冷得厉害。

不多会儿，陆远从船篷里出来了，手上还端着一个小火炉，出来后放在了木板上，又拿出找来的火折子，很快就生好了火。

"过来！"火生好后，陆远头也不抬地说了句。

简轻语急忙跑过去，哆嗦着伸手烤火："你怎么知道这里有火炉？"

"这船没有腥味，应该是用来渡人的，这些东西自然少不了。"陆远淡淡解释。

简轻语好奇地看向他："难道锦衣卫有这类的课程吗？你怎么什么都知道？"

"我自幼长在水上，知道这些有什么奇怪的？"陆远看她一眼。

简轻语从认识他开始，就知道他孑然一身，来到京都后更是发现他无父无母，也从未有人提及他的身世，好像他生来就没有过去，就是位高权重的锦衣卫一般，这还是第一次听他提及过往。

尽管知道不该好奇，可她还是忍不住问："你生在水上？"

"嗯，我家世代以打鱼为生，就在水边住。"陆远看着火焰回答。

简轻语微微一怔，竟然不知该作何反应。

陆远扫了她一眼，勾起唇角："怎么，觉得我该是什么世家出身？"

"……锦衣卫招人的条件之一，不就是身世要好嘛。"简轻语没有否认他的问题。

陆远垂下眼眸："那是针对其他人，而非锦衣卫指挥使，做指挥使，不能有家族牵绊，不能有利益往来，只能对圣上一人忠心。"

简轻语蹙了蹙眉，大约是明白了："因为圣上想你没有别的靠山，只能依附他？"

话音未落，她便后悔了，顿时紧张地闭上嘴，观察陆远的反应。

好在陆远没有动怒，只是淡定地看她一眼："你倒是聪明！"

简轻语讪讪，试图转移话题："那你做了锦衣卫之后，没将家人接进府中吗？"

"我八岁那年他们便都死了，被一个世家纨绔所杀，如今的陆家只剩我一个人。"陆远又添了一把柴。

简轻语愣了一下，对自己转移话题的事后悔不已，可看着陆远平静的样子，她也说不出安慰的话，只能小心地问："那后来呢？你怎么成为锦衣卫的？"

"爹娘死后，我混入那人府中，将他大卸八块，被扭送官府时，遇到了微服私访的圣上，圣上为我灭了那人全家，我自此为圣上效忠。"陆远三言两语，将自己的过往全部概括。

简轻语听得目瞪口呆，半晌憋出一句："……你说你那时才八岁？"

"怎么？"陆远看她。

简轻语忙摇头："没事没事。"八岁能把人大卸八块，也是个十足的狠人啊，难怪圣上会看上他。

陆远扫了她一眼，看到她默默缩成一团后，重新垂下眼眸："你怕我？"

"嗯？"简轻语抬头，回过神后一阵无言，"我是怕你，可不是因为这事怕的……设身处地地想，若我母亲遭此大难，我怕也是要拼死报仇的。"

陆远顿了一下，重新抬眸审视她，像是在辨认她话中的真假。

简轻语被他看得莫名心慌，鼓起勇气道："你很厉害！"

陆远轻笑一声，月光下眉眼温和，万年冰山般的眼眸突然增色，犹如"千树万树梨花开"。简轻语一时看痴了，茫然地愣在原地，陆远眼底的笑意渐渐消失，添了一分说不出的意味。

气氛突然变得黏稠古怪，简轻语想挪开视线，可偏偏眼睛不受控制了一般盯着他看，直到快要溺毙在他的眼神中时，听到他突然说了句："衣裳脱了。"

简轻语猛地回神，顿时警惕地捂住领口："做什么?!"

"烤衣服，"陆远说完，见她一脸抗拒，又加重了语气，"现下庙会那边定然一直在找你，你若耽搁太久，或者就这么湿漉漉地过去，必然会引起怀疑。"

陆远玩味地看着她："若不想被人怀疑跟我有什么，就最好听话！"

简轻语还是有些不服气，可一想到京都对女子严格到变态的礼教，最终还是犹犹豫豫地将手放在了衣带上："那、那你先保证，不会对我做什么！"

"我现在没有力气。"陆远不紧不慢地说。

简轻语蹙眉："那有力气了，你就要做什么了？"月黑风高，孤男寡女，这人还特别热衷那事，她很难不紧张。

陆远闻言扫了她一眼，转身进了船篷拿出一条薄被，然后当着她的面开始脱衣裳。

简轻语吓了一跳："你、你、你干什么?!"

"烤衣服。"

陆远说着，三下五除二解了腰带，将身上的圆领飞鱼服脱了下来，接着便是里衣。眼看着亵裤也要脱了，简轻语赶紧捂上眼睛，然后就听到陆远带着嘲意问："怕什么，以前没看过？"

或许是火炉里的火太旺，简轻语的脸被烤得又热又红："……今时不同往日！"

说完，耳边传来一阵拧水的声音，她的脸颊顿时更热，将脸埋到膝盖不肯抬头。陆远看了她一眼，提醒："你再冻下去，会生病的。"

"……我身体好，不会生病。"简轻语还在嘴硬。

陆远勾了勾唇角，将火炉往她面前挪了挪，倒是没有再说话。简轻语默默松一口气，接着打了一个喷嚏。

她："……"好冷。

手和脸都靠近火炉，这会儿烤得热腾腾的，可身子却还裹在湿透的衣裳里，尽管外衣在火炉的作用下已经开始变干，可里头的衣裳却依然湿漉漉的，又凉又潮的寒意直往她骨头缝里钻。

沉默许久，她终于抬起头，而陆远此刻已经将烤干的亵裤穿上，将自己裹进了薄被中，他其他的衣裳也在火上冒白烟，应该很快就能烤干。简轻语无言片刻，心里生出一分羡慕，却又拉不下脸脱衣裳。

陆远看了眼她冻得发紫的唇，又一次开口催促："听话，快点脱了！"

简轻语有了台阶，这次没有犹豫，重新去解腰带。衣裳浸透了水，脱起来又沉又麻烦，她弄了半天，总算红着脸把衣裳都解了下来，只留一件里衣和亵裤在身上。

陆远见状也没有勉强，只是将衣裳接过去后说了句："你若这么烤，就不准

进我的被子。"他说的是自己身上披的那条。

"……我才不要跟你披同一条。"简轻语看着他精壮的腹肌，小声嘟囔一句。

陆远勾了勾唇角，便没有理她了。

简轻语搓了搓胳膊，又离火炉近了些，想尽快将里衣也烤干，然而衣裳里的水没有拧出来，这样烤效果不大。

一阵冷风吹过，她又打了一个喷嚏，却还在逞强不肯服软。陆远终于心生不耐，掀开被子一角命令："脱干净过来，否则将你扔进水里！"

简轻语："……"

"三，"陆远眯起眼眸威胁，"二……"

"我、我这就来。"简轻语忙应一声，再顾不上纠结了，飞速脱下衣裳钻进被子，陆远直接把人搂住了。

她身上没什么遮挡，直接撞进陆远热腾腾的胸膛，当即打了一个哆嗦，陆远蹙着眉将她搂紧，然后单手将她的小衣解了下来。简轻语心中一惊，还未呼出声，就听到他淡淡道："你打算待会儿穿着湿的回去？"

只一句话，简轻语便老实了，再看两个人的上身，几乎什么都没有地挤在一起，她的柔软还抵在陆远的胳膊上，一如每一个翻云覆雨之后的夜晚。

只是如今到底不是那样的夜晚，她与陆远也不该再如此亲近。简轻语默默咬住下唇，眼底闪过一丝纠结，正心情复杂时，听到陆远淡淡道："放心，我今晚对你半点想法都没有，太累了。"

简轻语顿了一下，这才注意到他搂着自己的手指在微微发颤，想来是先前一直抱着她往前游，才会脱力至此。

而她却一直在担心他会不会对自己做什么。

这般想着，她心中涌起一点愧疚，正欲同他道谢加道歉时，就听到他又道："你若实在想要，明日晚上来偏殿寻我。"

简轻语："……"很好，本来就不多的愧疚瞬间消失了。

感觉到怀中人的放松，陆远眉眼和缓，往火炉中又添了一块柴火。两个人安静地偎依着，简轻语的身子渐渐暖和，总算没有先前那般僵硬了，只是一软下来，那种"无牵无挂"倚着他的感觉便越发明显，她只能尴尬地找话题："早知道给乞儿送吃的会害自己跟慢声落水，我说什么也不会做好事了。"

陆远眼眸漆黑："乞儿?"

简轻语点了点头，将小乞丐来讨吃食，结果不小心摔倒将她们推进湖里的事说了一遍。陆远沉默地听着，眉宇之间萦绕一股寒气。

简轻语说完，又是一声叹息："对了，你方才说，慢声被李桓救上岸了?"

"嗯。"

"……会对她的名声不好吗?"简轻语渐渐蹙起眉头，问完又觉得不太可能，"应该不会吧，你先前说什么被人发现你救我，我就要嫁给你，难道不是骗我的?"

难不成为了救人搂一下抱一下，就要定下终身了?

陆远不语。

简轻语心里渐渐没底："……京都对女子是不是也太严苛了些，那、那像慢声这种有婚约的，难不成也要另嫁他人?"

简慢声喜欢李桓是一回事儿，可真要嫁给李桓又是另外一回事儿，她若当真愿意嫁他，当初也不会答应周国公府的亲事。

陆远恢复了些力气，手指有一下没一下地敲着她的胳膊，在她越发不安时，才缓缓说了句："会不会另嫁他人，也要看具体的情况，但简二姑娘这次怕是有些难办。"

"……什么意思?"简轻语猛地坐了起来。

陆远平静地看向她："我下水救你时，简二姑娘已经呛水昏迷，不知是生是死。"这就是为何，他有余力将简轻语带离岸边，而李桓却快速将简慢声捞到岸上。

简轻语怔怔地看着他，许久之后突然慌了："不行，我现在就要回去，我要回去看看……"

"你现在回去也没用，先将衣服烤干，我带你回去。"陆远察觉到她要走，立刻将她搂紧了。

简轻语挣扎两下没挣开，当即有些恼了："陆远你放开我!"

"你知道如何上岸?"陆远反问。

简轻语闻言猛地安静下来，抓着他的手哀求："你带我上去吧，我想去看看她，她当时是为了拉住我，才会跟我一起跌进水里的。"

"再等一刻钟。"陆远抿唇。

简轻语又哀求了几声，见他态度坚定，只能咬着下唇急切地等。

好不容易等了一刻钟，衣裳虽然没有干透，可也勉强能穿了，她当即拿过来一件一件地往身上套，套完还不忘催促陆远。

陆远的眼角似乎被火烤得有些泛红，闻言只是平静地看了她一眼，依然不紧不慢地穿衣裳。简轻语看得着急，却不敢再催，只能眼巴巴地盯着他，待他好不容易将衣裳穿好，便立刻问："如何上岸？"

"看见石头缝里的铁钩了吗？踩着那个，爬上去。"陆远指了指岸壁。

简轻语找了一遍，找到后眼睛一亮，当即往那边走去，走了几步后意识到陆远没跟过来，她又赶紧回头，就看到陆远蹙着眉头站在火炉前，似乎在思考什么。

"陆大人？"她迟疑地唤了他一声。

陆远沉默一瞬，迟缓地看向她，半响低喃："我似乎起了高热。"

简轻语愣了一下，急忙回到他身边，一摸他的额头果然烫得厉害："……这里没有药，我们还是先上岸吧！"

陆远抿着薄唇，突然生出一分不悦："你这么着急，是为了去看简慢声，还是为了给我找药？"

简轻语："……"什么意思？病糊涂了？

第二十七章　心疼了

陆远问完，自己也觉得无理取闹，蹙了蹙眉别开脸："赶紧上岸！"

"……哦。"

简轻语应了一声，扒着铁钩便往上爬，三两下便爬到了岸上，探出半边身子朝陆远伸手："大人，你抓着我的手，我拉你上来。"

陆远顿了一下，看着她举在半空中的手，眉间的褶皱不知不觉中便平了："算了，我怕你被我拽下来。"

"不会的，来吧，"简轻语还惦记着他脱力的事，"我会小心的。"

陆远又看了她一眼，这才勉强握住她的手，借着她的力道往上爬。事实证明简轻语出手相帮是正确的，他在爬到一半的时候，踩着铁钩的脚一软，险些滑落下去，是简轻语及时拉紧了他，才没跌回船上。

好不容易爬到岸上，他稍微缓了缓，便同简轻语一起沿着湖岸线往前走。简轻语心忧简慢声，又要顾及走不快的陆远，于是走走停停心急如焚，好在两人没走太远便遇上一辆马车，当即付银钱租了下来。

马车疾驰在湖岸线上，车内没有点灯一片漆黑，简轻语只能勉强看到陆远的轮廓，见他一直不说话，便小心地问："陆大人，您还好吗？"

陆远沉默许久，淡淡应了一声："嗯。"

"……等确定了慢声的安危，我便带你去看大夫。"简轻语赶紧道。

"嗯。"

简轻语知道他这会儿难受，说完便没有再烦他了，直到马车在庙会停下，她才赶紧唤他下车。

已是深夜，庙会上的人少了许多，先前出过事的湖岸上，现下只有三三两两的游人，简轻语下车时恰好听到有人在说落水一事，当即跑上前去询问。

那人见她相貌衣着皆不凡，当即恭敬道："先前确实有姑娘在此处落水。"

"她怎么样了？"简轻语忙问。

"救上来时险些没了气息，好在救人者经验丰富，三两下按压便迫她咳出了水，之后便将人带走了，想来没什么大碍。"

简轻语一听没事儿，这才猛松一口气，四肢也开始发软。

陆远及时出现在她身后，将她扶住后淡淡道："放心了？"

简轻语抿了抿唇，还未等回答，便听到陆远问那人："你可知道当时有几人落水，具体情形如何？"

"小的也是刚来，一切都是听旁人说的，似乎只见一人落水。当时此处没什么人，幸好有一小乞丐呼救，才引来会水的人救命。"

简轻语闻言蹙起眉头，就算其他人不知道她掉进水里，可那个小乞丐却是知道的，他既然会呼救，为何没同众人说有两人落水？

那人突然想起什么："对了，第一个跳进水里救人的，还是此处的地头蛇，名唤癞子，不学无术的无赖一个，也不知今日为何这般好心。"

"还能为何，定是见人家姑娘漂亮，想讨些便宜呗，幸好他还未碰到人家姑娘，就被之后救姑娘的郎君一脚踹开，这才免得姑娘落入魔爪。"另一人突然道。

那人点了点头，想起癞子顿生感慨："那还真是庆幸，若真因为一场意外嫁给这样的男子，真是还不如死了。"

听着两人的话，简轻语表情逐渐凝重，待他们走后扭头看向陆远："我与慢声此次落水，难道并非意外？"

陆远眼底漆黑一片："放心，我会查出真相。"

简轻语嘴唇动了动，还未说出什么，便听到一道惊讶的声音："轻语？！"

简轻语愣了一下扭头，看到褚祯后勉强扯起一点微笑："殿下。"

"你跑到什么地方去了！知不知道本王很担心你！"褚祯这般好脾气的人，也生出一分火气，只是在看到陆远后生生克制了，蹙着眉头道，"陆大人也在？"

"她一直都同微臣在一起。"陆远定定地看着他。

褚祯愣了愣，总觉得从他这句话里听出了什么独占欲，可再看向他，又似乎淡定一片。

……或许是他听错了吧。

褚祯深吸一口气，重新看向简轻语，将没得到答复的问题又问一遍："你方才跑哪儿去了？"

"……我嫌此处太吵，便请陆大人陪着沿湖岸走了一圈，现下才回来。"简轻语干巴巴地回答。

褚祯眉头这才舒展，思索一瞬后问："那简二姑娘的事儿，你知道了吗？"

简轻语咬唇："刚知道，我这便要回去看她。"

"你不必担心，她被送上马车时已经清醒，可能只是受了点惊吓，"褚祯长叹一声，"走吧，我们回行宫。"

"是。"简轻语应了一声，便要跟着褚祯离开，结果还未走出两步，就察觉到一道锐利的视线，她一回头跟不高兴的陆远对视了，当即明白他在别扭什么，"行宫里有太医，比寻常大夫的医术要好。"

"我就要去看寻常的大夫！"陆远一字一句道。

简轻语："……"

褚祯听了他们的对话，视线疑惑地在二人中间巡视一圈，简轻语赶紧解释："陆大人生了高热，需要看大夫。"

"……怎么好好的突然生了高热？"褚祯不解。

简轻语眨了眨眼睛："身子比较虚吧。"

褚祯："……"锦衣卫的身子虚？

他不敢置信地看向陆远，只见陆远面颊泛着不自然的红，一双漆黑的眼眸水漉漉的，一本正经地对他颔首："微臣身子虚。"

褚祯："……行吧，陆大人还是回行宫再医治吧，此处人生地不熟，难保不会遇到庸医。"

"不会比……更庸。"

庙会突然表演铁树银花，清脆的打铁声盖过了陆远的声音，褚祯和简轻语一时都没听清。

看着二人同款疑惑的表情，陆远突然生出一点疲惫，转身老实地上了停在不远处的马车。简轻语和褚祯面面相觑，最后也都跟了上去。

褚祯的马车比他们刚才租的不知要好上多少，整个车厢都有软包不说，行驶起来还十分平稳，简轻语有气无力地倚在车壁上，很快就犯了困，而坐在她

282

对面的陆远，也是安安静静地垂着眸子，一副快要睡过去的样子。

褚祯看看这个又看看那个，终于忍不住问："你们为何这般累？"

"微臣病了。"陆远回答，声音已经开始哑了。

简轻语摸摸鼻子："走了太久，乏了。"

两人说完对视一眼，又各自低下头去，褚祯坐在二人中间，目光在他们身上巡视几圈，最后抿了抿唇，扬起温润的笑："本王先前一直觉得简姑娘很怕陆大人，现下看看，似乎是本王误解了。"

简轻语闻言心里一惊，还以为他看出了什么，当即坐直了身子撇清："陆大人踔厉风发不怒自威，小女自然是怕的，方才也想自己走走，只是陆大人不愿违背圣命，才会同小女一起。"

褚祯想起陆远说过不准任何人落单，顿时恍然："原来如此。"

简轻语见他信了，顿时松了一口气，只是下一瞬就听到陆远阴恻恻地问："你的意思是我强赖着你？"

简轻语："……"

她尴尬一笑，拼命对陆远使眼色，然而陆远却面无表情，只是冷淡地看着她，似乎在等她的回答。

眼看着气氛越来越凝固，褚祯好心出来打圆场："简姑娘应该是在夸陆大人对圣上忠心一片，"说完觉得自己这句没什么说服力，又强行转移话题，"本王先前就看到陆大人的手上有道疤，看起来也不像陈年老伤，可是近几个月伤的？"

陆远顿了一下，低头看向自己手背上蜿蜒的伤口，垂下的眼眸里透着一点暖意："嗯，漠北一行时伤的。"

简轻语心里咯噔一下，顿时紧张起来……他不会病糊涂了，把他们的事给撂出来吧？

"疤痕如此狰狞，当时应该伤得很严重吧？"褚祯关心地问。

陆远沉默一瞬，手指无意识地摩挲疤痕："倒也不算严重。"

"那就是找的大夫不好，没能缝合干净。"褚祯笃定地说。

话音未落，便招来四道不悦的视线，先是简轻语不认同地说："殿下没有见过陆大人的大夫，如何知道是大夫不好？兴许是伤口本身就难缝呢？"

"微臣的大夫是最好的。"陆远淡淡道。

褚祯："……哦。"

又一次聊进死胡同后，褚祯彻底放弃了，马车里恢复安静，三个人各怀心思地坐着，很快便到了行宫。

简轻语心里惦记简慢声，一下马车便急匆匆往偏院跑，跑了两步后又赶紧折回头："陆大人，您可千万记得去看病！"

陆远眉眼和缓："嗯。"

简轻语这才转身跑了，褚祯下马车时，就看到陆远孤身站在那里，视线所及的地方是简轻语消失的方向。褚祯停顿一瞬，抬脚走到他旁边："陆大人在看什么？"

"什么都没看，"陆远的视线没有收回，"只是病了，忍不住发呆。"

褚祯笑了一声，便没有再问了。

另一边，简轻语一路跑回偏院，院中灯火通明，远远还能听到秦怡的呜咽声，她赶紧顺着声音跑过去，迎面便撞上了宁昌侯。

宁昌侯看到她先是一愣，接着担心地问："你怎么才回来，你妹妹出事了。"

"我知道，"简轻语抿了抿唇，"我现在就去看她。"

说罢，便径直往简慢声的房间去了。

一进寝房，便看到秦怡正坐在床边抹眼泪，简慢声安静地坐在床上，除了脸色有些苍白，别的倒也还好。简轻语猛地松一口气，咬着下唇走上前去。

简慢声看她一眼，无奈地安抚秦怡："好了娘，太医不是说了我没事嘛，你就别哭了！"

"我怎么能不哭！我就你这么一个女儿，你要是有个三长两短，我也不活了！"秦怡哽咽，注意到简轻语后皱了皱眉，想到她跑来是看简慢声的，表情便稍微好了点，"你来了啊。"

简轻语点了点头，挪步到简慢声面前："你没事儿吧？"

简慢声微微摇头，接着看向秦怡："娘，你去休息吧，让她陪我就好。"

"不行，我照顾你！"秦怡不肯走。

简慢声叹了声气："你就去吧，我想歇歇，你在此处我只会挂心你。"

"……我有什么好挂心的。"秦怡嘟囔一句，但还是听话地站了起来，欲言又止地看了简轻语两眼，想说什么却没说出口。

简轻语微微颔首："我会照顾她的。"

秦怡抿了抿唇，这才转身离开。

她走了之后，屋里便静下来，不知过了多久，简轻语才轻声问："你没跟他们说我也落水的事儿？"

"我看到陆远去救你了，便知道你不会有事儿，所以没说，"简慢声顿了一下，"你没事儿吧？"

简轻语微微摇头："没事儿，你呢？"

"你不都看到了，我也没事儿。"简慢声心不在焉，不知道在想什么。

简轻语静了半晌，小声道："我们落水之事，恐怕不是意外。"

简慢声猛地回神，眼底闪过一丝惊讶："怎、怎么会？"

"一切还没有定论，陆远已经去查了，想来很快便能找出真相。"简轻语低声道。

简慢声久久愣怔，许久之后叹了声气："这可真是……"

话说到一半，却不知该说什么了。

简轻语蹙眉："你这次被李桓救上来，会不会……对你的名声有影响？"

"还不知道，"简慢声抿唇，"应该影响不大，我已许配人家，跟寻常没定亲的小姑娘不同，而且李桓……说到底也只是个侍卫，于情于理都该保护我，周国公府即便有意见，怕也不敢取消婚约。"

"但愿如此吧。"简轻语叹了声气。

丫鬟送来了安神汤，简轻语看着简慢声服下，待她躺下后才离开。

回到寝房时已经过了子时，她却毫无睡意，一会儿想到那个小乞丐，一会儿想到简慢声，快要迷迷糊糊入睡时，又想到高烧的陆远。

一夜之间辗转反侧，勉强在天亮之时睡去，然而没睡到一个时辰，就被英儿强行唤醒了。

"大小姐，大小姐快起来吧！"

耳边传来英儿急促的声音，简轻语勉强睁开眼睛，看到她凝重的表情后顿了顿："怎么了？"

"二小姐昨日被锦衣卫救下的事传遍了行宫，现在说什么的都有，侯爷早上跟圣上告了假，这会儿要带着咱们离开。"英儿匆忙道。

简轻语猛然清醒："不是说已经叫人瞒下了，为何还闹得沸沸扬扬？他们都说了什么，以至于父亲要现在就走？"

"都、都说二小姐被救上来时昏迷不醒，那锦衣卫……锦衣卫按在她的心口上，才将她口中的水压出来，之后还打横抱着离开的……"英儿想起那些传言又气又恼，一时间脸都红了。

简轻语心里咯噔一下，因为此事确实发生过，但围观的只有寻常百姓，根本不可能传得这样快……除非是谁有意为之。

"大小姐，东西奴婢已经收拾妥当，您现在就起来吧。"英儿再次催促。

简轻语表情凝重，用最快的速度洗漱之后便出门了。

她赶到时，宁昌侯等人刚刚收拾妥当，秦怡脸色蜡黄，仿佛一夜之间失了生气，被简震小心翼翼地搀扶着，而宁昌侯嘴角也起了泡，一张脸黑得像什么一样。

看到她来后，秦怡打起精神，竟主动朝她招了招手，简轻语顿了一下走过去，便听到她气若游丝道："慢声在马车里，你能去陪陪她吗？"

"……好。"

简轻语应了一声，便直接上了马车，抬头便对上了简慢声平静的眼眸。

简轻语心里一疼："对不起！"

"为何要道歉？"简慢声不解。

简轻语深吸一口气，声音有些发颤："今日之事，本该落在我身上的。"她想了一夜，越想越觉得小乞丐当时是冲她来的，只不过简慢声为了护她一同落水，这才遭了殃。

她指尖微颤："我也宁愿落在我身上。"

简慢声跟她不一样，自幼将女子名声看得比天还大，如何能承受这样的事。

简慢声看着她愧疚的表情，不由得笑了一声："要说道歉，也该设计陷害的人道歉，你有什么可愧疚的。"

简轻语勉强扯了扯嘴角，却一点儿都笑不出来，半晌只是郑重道："我会查出真相，还你清白。"

简慢声顿了一下，想说真相或许能查出来，可清白却未必能再有，但看到简轻语坚定的眼神，也只是安静地点了点头。

两个人无声地坐了许久，简慢声突然开口："你说周国公府会退婚吗？"

简轻语愣了一下："……不知道。"

"说真的，此事一出，其实我没有太难受，"简慢声看了眼马车外，压低了声音道，"我甚至有些庆幸。"

简轻语："……"

"若是周国公府因此退婚，我娘大约只会心疼我，而不是对我失望，"简慢声扬起唇角，"我也不必再以一己之身，承受整个宁昌侯府的兴衰。"

"慢声……"

"我都想好了，"简慢声眼睛晶亮，难得透出一分十几岁少女的兴奋，"待周国公府退婚之后，我便去庙中修行，既全了我贞洁烈女的名声，不必给宁昌侯府抹黑，又能自由自在，不必嫁给不喜欢的男人，就……像你一样。"

简轻语怔怔地看着她，许久之后苦笑一声："即便你想好了退路，也该将一切调查清楚了才行，总不能叫坏人逍遥法外。"

简慢声叹了声气："如何能查？"

简轻语咬唇，半晌突然道："我会留下。"

简慢声顿了顿，疑惑地看向她。

"此计虽毒辣，可错漏百出，一看就是临时起意，而且我与其他人都不熟悉，能冒此大险设计我的，总共就那几个人，"简轻语眼神坚定，"我留下彻查，应该很快就能查出真相。"

"你也知自己人生地不熟，如何能查得到？"简慢声说完，顿时蹙起眉头，"你不会是想求陆远……不行，我不答应，你既然已经跟他断了，就不该再主动求他。"

"放心，我自己一样可以查清楚。"简轻语认真道。

简慢声无言许久，最终劝不过，只能随她去了。

简轻语拿到鼓囊囊的荷包后便跳下了马车，径直去寻了宁昌侯："父亲，我身子不舒服，可否在行宫多留两日。"

宁昌侯皱起眉头："怎么突然不舒服？就不能稍微忍忍，待回了京都再说吗？你妹妹经此一事，你留下也会被人指指点点，反而不利于养身。"

"父亲，我真的走不动。"简轻语说完苦了脸，似乎在忍受极大的痛苦。

宁昌侯见状也只好答应了。

一行人很快收拾妥当，乘着马车朝着行宫大门走去，简轻语目送他们离开，过了小一个时辰才坐着马车下山，结果还未出行宫门就被拦下了。

"做什么去？"季阳睨她。

简轻语顿了一下，面不改色道："回家。"

"撒谎，"季阳轻嗤一声，"还是大人有远见，叫我在此处等着你。"

简轻语心头一跳："陆远让你来的？"

"大人说了，让你安心在行宫再住两日，两日之后随圣上的车队回京，"季阳说完，又强调一句，"在此期间不准私自外出！"

"你们凭什么干涉我？"简轻语急了。

季阳斜了她一眼："就凭大人会帮你查出真相。"

简轻语瞬间哑了，片刻后叹了声气："我不想劳烦他。"

"那也得看大人乐不乐意。"季阳冷笑一声，强行将车夫赶下马车，自己驾着车把人送了回去。

简轻语被困在马车里上下不得，只能等到季阳在偏院停下后才下车，然后抬头看向还坐在马车上的季阳："既然他想好要帮我，也料到我会自己查，为何没及时告诉我，让我跟宁昌侯府一起离开，反而等侯府的人都走了才说？"

"哦，他要我提前告知了，"季阳理直气壮，"但我不想，有问题吗？凭什么大人辛苦查案，你却回家享清福？"

简轻语："……"

话不投机半句多，她果断回了寝房，安安分分地待了两日。

两日之后，整个行宫启程回京都，陆远也将真相送到了她手中。

"人证、物证都在这里，该如何处置，我听你的。"陆远淡漠开口。

简轻语看着他眼底的黑青，突然问了句："你身子好些了吗？"

陆远顿了顿，突然蹙起眉头："没好，怎么，心疼了？"

"嗯。"

陆远："……"

第二十八章　他们不配

简轻语回答完，才意识到自己说了什么，再看陆远面无表情的样子，顿时有种自己闹完一刀两断，又要上赶着的感觉。

她脸颊一红，慌里慌张地解释："因、因为你毕竟是为了帮我，才会如此辛苦，我、我、我自然是要心疼的。"

说完，本以为陆远会借此机会好好嘲讽她一番，谁知他只是冷淡地看她一眼，将厚厚一叠纸交到她手上："这里是癞子和乞丐的供词，人我已经抓起来了，会随我们一同回京，你打算将他们弄进宁昌侯府，还是暂时安置在我那里？"

听他提正事，简轻语搓了搓还在发热的脸，一时间有些摇摆不定。

陆远见她迟迟不语，干脆为她做了决定："那就先安置在我那里，一切待回京之后再说。"

简轻语抿了抿唇："多谢大人！"

陆远扫了她一眼，便没有再多说，直接转身走了出去，走了没多远，便遇上了正在整装的季阳等人。

"大人！"

"大人！"

"准备好了？"陆远问。

季阳愣了一下，半晌茫然地点点头："准备好了。"

"去用些膳食，别走一半路又饿。"陆远冷淡地说完，便头也不回地走了。

季阳等人面面相觑，半晌有人忍不住道："我……方才是不是出现幻觉了，大人好像关心我们了？"

"……如果你是幻觉，那我肯定也是幻觉。"另一人痴痴地看着陆远远去的背影。

289

季阳无语地捶了他们一下："早说了山里的蘑菇大多有毒，叫你们别乱吃，现在吃坏了吧！"

被捶的人顿时精神了："所以大人这是怎么了，心情这么好？"

"还能怎么了，"季阳没好气地看了简轻语所在的偏院一眼，这才扭头问，"李桓呢？还在装病？"

"您不知道？他这几天都心不在焉，大人昨晚就已经让他回去了。"

"啧，我说怎么没见他。"季阳撇了撇嘴，没有再说什么。

偏院内，简轻语一个人站了片刻，最后将供词仔仔细细看了一遍，当看到幕后主使是周音儿时，她眼底闪过一丝晦色，不知不觉中抓皱了供词。

离宫时间定在辰时，宁昌侯离开之前给她留了一辆马车，此刻已经在主殿门前的车队里等着了，她快速将行李收拾好，便步履匆匆地往主殿去了。

她来得不算迟，一路上遇到不少熟人，只是这些往日待她还算客气的人，如今再看她时眼中多了一分打量，少了一分尊重。她不必想也知道，世家女子向来一损俱损，如今简慢声风评被害，她自然也好不到哪儿去。

不过她也不在乎就是了。

简轻语快步走到主殿外，在车队的最末端找到了自家马车，正要上去，便听到一声讥讽："哟，这不是宁昌侯府大姑娘嘛，怎么先前没跟着侯爷一同回去？"

简轻语猛然停下脚步，平静地扭头看过去，出言嘲讽的是周音儿的好姐妹，先前被她揍过的女子，而周音儿此刻就站在这女子身边，对上她的视线后眼底闪过一丝慌张，只是慌张稍纵即逝，很快便只剩下得意。

也是，简慢声名声被毁，周国公府或许会退婚，她这么不喜欢她们，应该是很高兴吧。

简轻语似笑非笑地勾起唇角，眼底却没有半点儿笑意。她先前一直跟着陆远，偶尔严肃起来颇有陆远的气势，嘲笑她的女子被她看得一慌，随即又莫名地恼怒："有什么可嚣张的，名声都臭了，真当圣上还会属意你做二王妃？！"

"行了，别同她一般见识了！"周音儿竟主动开口劝说。

女子不满："音儿！你不能这么惯着这种人！若非如此，她们也不会蹬鼻子上脸，出门在外都不多加小心，以至于被个侍卫占了便宜。"

这话说得，仿佛简慢声落水是她自己的错一般。简轻语心里涌起一阵烦躁，但还是忍住了。

"好了好了，别说了，咱们还是开心些好。"周音儿说完施舍地看了简轻语一眼，挽住那女子的胳膊往前走去。

在经过简轻语身边时，简轻语突然开口："你最好是开心些，毕竟能开心的日子也不多了。"

周音儿心中一顿，还未等看过去，简轻语便已经上马车了。

"音儿，走啊！"女子催促。

周音儿摇摇头，简轻语这两日都未出门，即便怀疑此事是她做的，恐怕也没有证据。这么想着，她又愉悦起来，虽然不知道那日简轻语是如何上岸的，但能为兄长解决一门根本配不上他的婚事，倒也算大功一件。

心情十分好的周音儿与好姐妹分开后，忍不住哼起小曲，结果被周励文听到了，蹙着眉头将她叫上马车一顿斥责："如今宁昌侯府蒙羞，咱们作为姻亲，在外头表现得如此快活，你就不怕被人诟病?！"

周音儿一直与兄长最亲，听到他凶自己，顿时委屈起来："她简慢声不知检点，凭什么我要跟着被牵连?"

"音儿！慢声失足落水，如何就是不知检点了?"周励文不悦。

周音儿看到他的反应，心里咯噔一下："哥……你不会对她还不死心吧? 父亲不是说了，周国公府不能娶个有瑕疵的媳妇吗? 你难不成还要与她成亲?"

周励文顿了顿，一时间没有说话。

"哥，你可千万别想不开，京都城什么样的好姑娘没有，何必非她简慢声不可，"周音儿着急了，"你若是娶了她，将来定然会有人对你指指点点，还会连累周国公府的名声，要知道她都被那锦衣卫摸……"

"音儿！"周励文厉声制止。

周音儿顿时不敢说话了。

看着眼角泛红的妹妹，周励文叹息一声："你放心，我已经答应父亲退婚了，只是要等风头稍微过些，否则难免会让人觉得落井下石，慢声很好，只是……已经不适合我了。"

周音儿闻言顿时松了一口气，再次喜笑颜开地凑到他身边去了。

车队很快启程，浩浩荡荡朝着京都去了，最末尾的马车里臭气混着血腥气，被季阳有意无意地照看着。

一群人的车队赶起路来，远远要比一个人单独走慢，一直到了天色黑透，简轻语才回到家中。

英儿早已在大门口等着，看到她后急忙迎了上来："大小姐一路辛苦了，奴婢准备了热水，大小姐沐浴之后再歇息吧！"

说着话，她便要去接简轻语手中的包袱，却被简轻语给避开了。

"府内这两日如何？"简轻语低声问。

英儿顿了顿，四下看过没人后叹了声气："好事不出门，坏事传千里，如今满京都都知道二小姐落水被锦衣卫所救，更有甚者……还说什么二小姐此次是因为与情郎相会，看到锦衣卫来了，才会在仓皇逃离时落水的。"

话音未落，二人便已走到主院门口，里面传出一声摔盘子的响动，接着便是秦怡的哭闹："胡说八道！都是胡说八道！我慢声清清白白，凭什么任由他们侮辱，我要去告御状，将他们都抓起来！"

"你就别闹了！如今满京都都在嚼舌根，难不成你要将整个京都的百姓都抓起来吗?!"宁昌侯气极。

秦怡愤怒："那便都抓起来！"

眼看着两人要吵起来，英儿赶紧拉着想进门的简轻语走了，一直走出好远才心有余悸道："夫人如今正不畅快，您进去只会适得其反，还是不要去了。"

"……我去看看简慢声。"简轻语握紧了手中包袱，不顾英儿的反对径直去了简慢声的别院。

英儿阻拦不及，只得赶紧跟了过去。

京都的夜晚远比行宫要燥热，尽管月光如水，却不见半点儿温柔。简轻语沿着小路一直走，直到拐过弯进入小院，看到坐在院中发呆的简慢声，她才停下脚步。

简慢声若有所觉地回头，看到她后愣了一下："你刚回来?"

月光下，简慢声整个人都单薄了，眼睛也不如往日有神，看到她也只是扬了扬唇角，仿佛随时要羽化升仙。

简轻语沉默一瞬，直接拉着简慢声回了寝房，关门前看向英儿："你守着门，任何人不准进来！"

"……是。"英儿茫然地应了一声。

简轻语关上门，这才到桌前坐下。

简慢声安静地跟过去，看到她不停地翻找后恍然："你找到证据了？"

"癫子和小乞丐已经被陆远抓走了，这是他们的供词，"简轻语将东西拿出来，"他们已经承认了，这一切都是周音儿指使的。"

简轻语顿了顿："周音儿是针对我的，她想让小乞丐将我推下水，癫子再救我上来，以此逼我嫁给癫子……你是代我受罪。"

简慢声皱起眉头，将供词一页一页翻看，看到最后的时候，指尖忍不住发颤："原先只当她骄纵，没想到竟然……她怎么这般恶毒？"

"人都是要为自己做过的事付出代价的，"简轻语眼神泛冷，"我会将这些交给大理寺，让她身败名裂。"

简慢声顿了顿，抿唇："没用的。"

简轻语猛然蹙眉。

"只有供词和人证，她大可反咬一口，说你是诬告，"简慢声平静地抬头看向她，"周国公与大理寺卿关系极近，你又没有别的证据，对她不会有任何影响。"

简轻语睁大眼睛："不可能！"

"我不是泼你冷水，只是实事求是，"简慢声见她激动得脸都红了，抿了抿唇后低声道，"你仔细想想吧！"

简轻语掐住手心，许久之后呼出一口浊气："我会想办法的。"

简慢声无奈地看向她："陆大人只能查出这些，说明就只有这些，你一个大门不出二门不迈的姑娘，又能有什么办法？"

"……别急，容我想想。"简轻语皱眉坐下，许久都没有说话。

简慢声安静地陪着她，两姐妹一连坐了大半夜，简轻语才拿着供词转身离开。

因为心里藏着事，她回到自己的寝房后也没睡太好，一夜间几次惊醒，早上天不亮便又醒了，之后便彻底没了睡意。

她静坐许久，直到房中沉闷起来，才趁着天还不算热出门走走，一边走一边思索该如何让周音儿付出代价，正想得入神时，突然听到前方一阵吵闹，她顿了一下顺着声音走过去，便看到简慢声和秦怡正在拉扯。

"娘！你能不能给自己留点儿脸面，给我留点儿脸面?！"简慢声神色激动，"周国公府已经派人来说了，你还不知道是什么意思吗?！"

"脸面？我不过是去看看自家贤婿，怎么就不顾脸面了！"秦怡坚持，"你若想跟着去，那就去，若不想，就别添乱，亲戚都是越往来越亲，我必须去这一趟。"

"我不准你去！"简慢声眼角都红了。

"你放开我!"

母女俩僵持时，简轻语叫住简慢声的贴身丫鬟："怎么回事儿?"

"……方才一大早，周国公府便派人来说，周公子身子不适，说要推延婚期，"丫鬟哽咽，"夫人听了之后便要去看周公子，但二小姐不准她去。"

说什么身子不适推延婚期，所有人都知道不过是一个借口，过了这阵子便会直接退婚，秦怡如此着急地想要去周国公府，想来也是为了让他们改变主意，只可惜他们主意已定，又怎么可能更改。

简轻语看着马车上丰厚的礼品蹙起眉头，看到简慢声跌在地上后心头一沉，赶紧上前去扶她，两个人耽搁的工夫，秦怡便坐上马车离开了。

简慢声眼睁睁地看着她离开，整个人都如失了魂一般。简轻语心上仿佛压了一块巨石，以至于有些喘不过气来。

许久之后，简慢声似乎平静下来，垂着眼眸缓缓开口："我不过是想体面地结束这一切，为何会这么难?"

简轻语："对不起……"

"跟你有什么关系，"简慢声失笑，半晌突然静了下来，"周国公府不会见她的，她恐怕要白跑一趟。"

简轻语无声地扶紧了她的胳膊。

简慢声说得对，周国公府既然要退婚，就想到宁昌侯府会纠缠，所以根本不会让秦怡进门，而秦怡也想到了这些。

然而女儿一旦失去这门亲事，日后也不会有别人愿意娶她，她已经没什么可失去的了，索性就站在周国公府大门前等，大大方方地任由路过的百姓品头论足。她要借所有人的力，逼周国公府的人放弃退婚。

周国公一家也没想到她会如此豁得出，宁愿拼上两家的名声也要求见，周国公最重名声，听说后急忙要让她进来。

周音儿怒而拍桌："不能让她进来！今日妥协让她进来，明日是不是就得妥协让她女儿进门了?!"

周国公夫人忙点头："音儿说得有理，我们切不可因此妥协，说实话这门亲事已是他们高攀，如今又闹出这样的事儿，我们怎么可能还与他们做亲家！"

周国公一时没了主意，只能看向周励文："你怎么想?"

周励文为难半晌："我听母亲的。"

周音儿急忙点头，周国公叹了声气："叫人去通知宁昌侯，将他夫人领回去，若再在我门前闹事，就别怪我不客气！"

"女儿这就让人去！"周音儿喜笑颜开，急忙找人去了。

半个时辰后，宁昌侯匆匆赶到周国公府门外，秦怡一看到他便红了眼眶："侯爷……"

"你！"宁昌侯扫了一眼围观的人，走到她面前压低声音，"赶紧跟我回去，你现下闹成这样像什么样子！"

秦怡一听是叫她走的，当即板起脸："我不走，我要他们取消退婚，否则就让整个京都的人都知道他们一家薄情寡义！"

"你真是……胡闹！如今慢声被锦衣卫救下的事传得沸沸扬扬，已经是我们理亏在先，你再闹下去，他们周国公府顶多被人说不够厚道，可咱们家的脸就丢尽了！"宁昌侯气得直哆嗦。

秦怡一脸坚定："我不管，我不能看着我的女儿青灯古佛！"

"好，你好啊秦怡……你光想着慢声了，可有想过震儿和轻语？你这么一闹，谁都知道你不好惹，将来还有谁敢与我们结亲?"宁昌侯就差拿手指着她的鼻子了，"还有我的前程，宁昌侯府的前程，你难道都不顾了?!"

"不顾了！我都不要了！"秦怡已濒临崩溃。

简轻语和简慢声赶来时，便看到她眼眶发红，整个人都十分狼狈。二人急忙上前，简轻语扶住了宁昌侯，简慢声扶住了她。

秦怡一看到简慢声，眼泪终于掉了下来："慢声，我的慢声……"

"娘。"简慢声眼眶也红了。

宁昌侯气恼："你们怎么也来了?!"

"我与慢声听说你来了，便跟了过来。"简轻语低声回答。其实是怕他们在周国公府门口吵起来，平白被人笑话。

宁昌侯深吸一口气，不耐烦道："行了，没你们俩的事儿，先回去，我跟夫人这就回去。"

"我不走!"秦怡的声音突然抬高，"今日不见周国公，我说什么都不走!"

"秦怡!"

"娘，"眼看他们要吵起来，简慢声哀求秦怡，"我们回去好不好，我求你回去好不好? 周国公府就这么好吗? 你为什么一定要……"

说到最后，已经难掩怨恨，可惜秦怡太激动，一时没听出来，只是哽咽着握住她的手："娘如今也是没了退路，娘哪怕什么都不要了，也要你平平安安、荣华富贵地过一辈子。"

"可周国公府从来都不是我想要的!"简慢声颤声道。

秦怡忙摇摇头："慢声你听我说，这是门好姻缘，励文只是身子不适，才要推迟婚期，并非不喜欢你了，你切莫生出怨怼……"

听着她不住地解释，简慢声眼底的光终于熄灭，所有的怨恨、愤怒、心疼、悲伤都一并消失，变得如同一具行尸走肉。

"慢声……"简轻语不安地唤了她一声。

她没有看简轻语，只是低声问秦怡："你就这么想让我嫁过来?"

"这是娘这辈子，最大的心愿哪!"秦怡说着眼泪又要落下。虽说简震和简慢声都是她亲生的孩子，但她私心里最疼的是简慢声。

简慢声定定地看着她，才发现她的鬓边有一缕白发，以前是没有的，应该是最近刚生的。再看她的脸，往日多么精致的夫人，今日却连口脂都没涂，整个人都像老了十岁。

简慢声沉默许久，才轻声道："娘，回去吧，周国公府不会退婚。"

秦怡蹙眉："慢声……"

"相信我。"简慢声眼底闪过一丝坚定。

秦怡愣怔许久，最终还是选择了相信她。简轻语沉默地看着简慢声，心中

生起一股不好的预感。

半个时辰后，她被简慢声叫去了寝房。

"……你要用人证跟口供，逼周励文娶你？"简慢声什么都还没说，简轻语便先开口了。

简慢声顿了一下，轻笑："嗯。"

"你疯……"简轻语意识到声音太高，又赶紧低下声，"你疯了吗？他怎么可能同意？"

"他会答应的，即便不为了周音儿，也要为了周国公府的名声，"简慢声十分平静，"只要他知道一切都是周音儿所为，哪怕证据不足，他也不敢冒险。"

简轻语怔怔地看着她，许久之后哑声问："值得吗？"为了让母亲高兴，就牺牲自己的一辈子，值得吗？

"你不也为了给先夫人立冢，才勉强自己留在京都吗？"

简轻语顿了一下："不一样。"

"有什么不一样？"简慢声反问。

简轻语抿了抿唇，沉默许久后叹了声气："你既然已经做了决定，我不会再劝你，只是人证在陆远那儿，怕是要等到明日才能带过来。"

"嗯，那便明日去周国公府，"简慢声含笑看向她，"你陪我去吧，我实在不想一个人丢脸。"

"别笑了，难看。"简轻语皱眉。

简慢声顿时笑不出来了。

简轻语安静地陪了她许久，直到天色渐晚才离开。

回到寝房后，她找出供词，待到夜深了，才起身出门。

她去找了秦怡。

宁昌侯白天跟秦怡吵了架，晚上去了书房休息，主院中只有秦怡一人。秦怡身心俱疲，听说她来后本不想见，可听丫鬟说是为了简慢声而来后，又临时改了主意。

主院花厅，简轻语安静地坐了许久，才等来要见的人。

"你找我什么事儿？"秦怡憔悴地问。

简轻语将供词取出："想让夫人看一样东西。"

秦怡无力去看什么东西，可见她坚持，只能接了过来，然后在看了两行后脸色一白，攥紧了一字一句地看下去。

"那日落水，是周音儿有意为之，且是专门针对我的，慢声只是受我牵连，"简轻语说完顿了一下，"对不起。"

秦怡手指越来越哆嗦，一个字也说不出来。

"如您所见，一切都是周音儿的阴谋，她本想毁了我的名声，却不料毁了慢声的，而根据她后来同癞子说的那些话来看，她更窃喜毁了慢声，"

"这些证据，虽然不能定周音儿的罪，但足够威胁周国公府，这也是为何慢声笃定周国公府不会退婚，她要用这些东西逼周国公府娶她，"简轻语看向她，"可有这样的毒妇做小姑子，您真觉得慢声嫁到周国公府会幸福？能生养出毒蛇一样女儿的人家，真的值得托付吗？"

秦怡将供词啪的一声拍在桌上，手指都震得通红，另一只手高高扬起，简轻语闭上眼睛，却迟迟没有疼痛降临。

她顿了一下睁开眼，就看到秦怡捂着心口跌坐到地上，无声地哭泣。

简轻语居高临下地看着这个女人，许久之后低声道："我问慢声，为了让你高兴值得付出自己的一辈子吗，她反说这与我坚持要为母亲立冢一样，我当时便反驳了她，却没有说为何不一样。"

她说完停顿一瞬，轻笑："我母亲已经走了，人死如灯灭，我如何牺牲她都看不到，也不会心疼，立了冢便是完成了她的心愿。可你还活着，亲生女儿幸与不幸，做母亲的即便现在看不出，可将来也是能看出的，你早晚会后悔让她嫁给周励文，你后悔之时，便是她的牺牲白费之日。"

秦怡哭得发颤，闻言也只是怨恨地看向她："你懂什么？她若不嫁，这辈子都嫁不出去了！我怎么能看着她孤独终老！"

"所以就让她嫁到龙潭虎穴痛苦一辈子？"简轻语反问，"你究竟是想她过得幸福，还是想将她推出去图个清静？"

"你又如何知道是龙潭虎穴？"秦怡失了魂一般质问，"也许坏的只是那周音儿呢？也许周国公夫妇明理、励文懂事呢？"

简轻语定定地看着她，许久之后一阵失望："我原以为天下母亲都一样，如今看来，倒是不同。"

她说完转身就走："口供就放在你这里，你若执意要将简慢声嫁出去，就自己去求周国公府，我会除掉周音儿，免得简慢声多受磋磨，其余的便看她自己的造化吧。"

秦怡已经听不进任何话，只是死死攥着一纸供词，宛若抓着最后一根救命稻草。

简轻语离开后，便直接回了自己的院子。心情烦闷睡不着，索性就在院中坐着，一直坐到夜凉露重，肩头湿了一片，她才缓缓起身，朝着房门走去。

"简轻语。"

背后传来一道声音，简轻语开门的手一停，眼底闪过一丝光亮，片刻后扭头看过去："想好了？"

"你说你能除掉周音儿。"秦怡站在院中，定定地看着她。

简轻语沉默许久，轻笑："不止，我要她痛苦千倍万倍，要她受千夫所指万劫不复。"

"那便做吧，"秦怡眼底透着冷静，"有什么需要帮忙的，尽管跟我说，我要为我的慢声出气，要他们都付出代价。"

"夫人不想跟周国公府结亲家了？"

"……他们不配。"

第二十九章　如何谢我

简慢声在桌边一直坐到天亮，才起身推门出去，还未等走出院子便被英儿拦住了。

"二小姐可是要去找大小姐？"她问。

简慢声颔首："是。"

"二小姐且等片刻，大小姐出门去了，估摸要一个多时辰才能回来，"英儿恭谨道，"她怕您白跑一趟，特意着奴婢在此候着。"

简慢声顿了顿："你可知道她做什么去了？"

"奴婢不知。"英儿回答。

简慢声将她打量一遍，确定她并非欺瞒后，便推测简轻语是去同陆远要人证了。这般想着，她点了点头："好，我回屋等候，待大小姐回来后，你请她过来一趟。"

"是。"

简慢声扯了一下唇角，空洞的眼眸看了眼天空。

天色昏沉，空气沉闷得厉害，想来是要下雨了。

简轻语坐在马车里，将车帘掀开一个小角，偷偷地盯着不远处的府衙。平日锦衣卫不得召的时候，基本都在此处值守，李桓刚回不久，应该还没进宫当值，她现在便是要等他。

她紧盯着门口，当看到季阳从里头出来后，吓得赶紧合上了车帘，半晌才小心地掀开，看到人影已经不见了，这才松一口气，同时又忍不住蹙眉。

她天不亮就来了，少说等了也有两个时辰了，可连李桓的影子都没见着，难道他今日休沐？那现在是继续等，还是去他家中看看？

简轻语叹了声气，正纠结时，突然感觉马车动了起来，她顿时着急了："车夫，你怎么走了？快停下！"

外头的车夫没有应声。

"快点停下！此处人少，马车突然走动，会引起锦衣卫的注意！"简轻语忍不住抬高声音。

话音刚落，车帘外传来一道欠兮兮的声音："即便是不走动，也会引起锦衣卫注意。"

简轻语愣了一下，猛地掀开车帘，就看到了某个恼人的家伙，而车夫早已经不知所踪。

她顿时头大："我的车夫呢？"

"杀了。"季阳回答。

简轻语震惊地睁大眼睛。

"……你不会信了吧？"季阳无语，"在你心里我就这么残暴？"

简轻语更无语："我弟弟跟你顶个嘴，都能被你打个半死，你有什么不敢做的？"

"所以他没事顶什么嘴，不知道我当时正烦着吗？"

季阳理直气壮地说完，突然意识到一个严肃的问题——

若大人将来真的一条路走到黑，娶了这个简喃喃，那被他揍过的简震不就成了大人的小舅子？

一想到这里，季阳顿时心虚，清了清嗓子后道："行了，没什么大不了的，我改日登门道歉就是。"

"千万不要，他现在看到你跟老鼠见了猫儿似的，你别把他吓坏了！"经过这段时间的相处，简轻语对简震改观不少，做不到如先前那般无动于衷了。

季阳闻言撇了撇嘴："不去就不去，我还省心了。"

简轻语轻嗤一声，正要说什么，突然意识到马车还在走，她赶紧问："你要带我去哪儿？"

"当然是带你去见想见的人，不过得从后门进去，府衙平日不准闲人踏足，带你进去已是破例，怎好太高调。"季阳说着，马车已经绕到了后门，直接加速往里头冲去。

简轻语没想到他会突然快起来，险些磕到脑袋，好不容易撑住没有摔倒，马车又突然停下。

"到了。"

简轻语皱着眉头，一边下马车一边质问："你怎么知道我想见谁？你是我肚子里的蛔虫……"

话没说完，便对上了陆远清冷的眼眸，她顿时卡壳了。

今日的陆远只着一身干练短打，腰间系着粗布腰带，额上绑了一根月白发带，汗水顺着下颌滴落，落在握着绣春刀的手背上。

简轻语一眼便看出他方才在练刀法。

当初往京都赶路时，她时常见他做此打扮，拿着一根树枝挥舞，那时候的她总觉着违和，如今一看心想难怪，他这双手就该配锋利的刀，拿根树枝像什么样子。

简轻语盯着他走神时，季阳正笑嘻嘻地跟陆远邀功："她天不亮就在大门外守着了，就为了见你一面，我看到后便直接把人带了进来，大人，我是不是很懂事？"

简轻语回神，顿时一阵无语："你不是刚来吗？怎知我天不亮就守着了……不对，谁说我是为了见陆远而来的？"

"你那马车猫在大门正对面，驾车的马都拉三坨粪了，谁会看不出。"季阳轻哼一声，自动忽略了她的下半句，"行了，我已经把你带到了，不必感谢我，快去给大人擦擦汗吧。"

说完，也不知从哪儿拿的棉布，直接兜头砸了过来。简轻语下意识地接住，还未表示抗议，季阳便扭头走了，偌大的庭院顿时只剩下她与陆远二人。

陆远平静地看着她："擦汗。"

"……大人，我真不是来找你的。"简轻语站在原地不动。

陆远沉默一瞬："擦汗。"

简轻语："……"

看来今日不擦完汗是无法正常对话了，简轻语叹了声气，无奈地走上前去，拿着棉布为他擦脸上的汗水。

他方才定然练了许久，身上汗津津的，晾了许久也不见干，反而有源源不断的汗在流。简轻语站在离他很近的地方，为他擦拭时能感觉到他身上热气蒸腾，奇怪的是即便是汗味，他身上的也并不难闻。

陆远安静地看着面前的小姑娘持续走神，在她擦汗的手快要停下时，突然握住了她的手腕。

简轻语吓了一跳，震惊地抬头看他。

"擦汗。"说罢，便放开了她。

简轻语："……"

她讪讪继续，只是被他握过的手腕隐隐发热，仿佛也开始流汗了。

简轻语不敢再走神，三下五除二地帮他擦完汗，把棉布丢到石桌上，正要开口说话，就听到陆远问："不找我，是找李桓？"

"……是。"简轻语惊讶于他的敏锐。

陆远若有所思："所以已经想好如何处理了？"

他问得不清不楚，简轻语却听懂了，认真地点了点头："想好了。"

"去屋里等着，我去叫他。"陆远指了指她身后的厢房。

简轻语扭头看了一眼，突然有些尴尬："还是不劳烦大人了，我自己去就行。"她特意来找李桓而不是陆远，便是因为怕承的情越来越多，日后会还不起。

"你早就还不起了，"陆远扫了她一眼，径直往院外走去，"我去叫他，你不想我过问，我不问就是，若遇到解决不了的，再来找我也不迟。"

简轻语愣了愣，接着惊悚地捂住心口。真不知是她将什么都摆在脸上，还是陆远对她越来越了解了，他竟然总是轻而易举地猜到她的心思。

既然陆远已经去了，她也不好再说什么，直接进了厢房等着。一刻钟后李桓便来了，看到简轻语的第一句便是："慢声还好吗？"

短短几日没见，他便消瘦不少，眼下的黑青连小麦肤色都无法遮掩，整个人都憔悴萎靡了，哪儿还有半点锦衣卫意气风发的样子。简轻语叹了声气回答："她还好。"

"麻烦大小姐回去告诉她，我会解决城中的流言蜚语，也会阻止周国公府退婚，我……我绝不会让她再受苦。"李桓坚定道。他很想去见简慢声，亲自同她说这些，可却怕自己去了只会徒惹她痛苦，于是纠结着没敢去见她。

简轻语闻言微微摇了摇头："这些你都不必做，我要你去做另一件事情。"

李桓愣了一下，上前听完低语后，眼底闪过一丝愤怒。

简轻语嘱咐完便回了宁昌侯府，然后直接去见了简慢声，随便找了一个借口拖住她，让她暂时歇了去周国公府的心思。

接下来几日，她找各种理由，总之就是不肯让简慢声去周国公府，慢慢地简慢声也回过味儿了，气得要找她算账，她却各种躲避，始终没有被抓到。简慢声最气的时候，想干脆自己去周国公府，却次次都被秦怡"不经意间"地阻止了。

宁昌侯府几个女人斗智斗勇的时候，外头的流言也越发离奇，在周国公府有意退婚的消息传出后，更是说什么的都有，虽然大部分都表示认同，可也有一小部分觉得周国公府不太厚道。

周国公府有周贵妃撑腰，向来都是不受气的，周国公夫人更是眼里不揉沙子，干脆于一日宴席上直接挑明了说："我周家虽不是世代为宦，可也是有头有脸的人家，怎么可能娶一个名节有污的女子进门！"

她这句话不可谓不狠，就差直接表明简慢声不守妇道了，一时间再无人敢说周国公府的不是。

这话传到宁昌侯府，秦怡气得险些昏厥过去，颤着嗓子怒骂："这个杀千刀的，是想要我儿的命啊！昔日我怎就没看出来，她是这么一副恶毒心肠，为了周国公府的名声，竟要抹黑一个未出阁的姑娘！"

"他们家能教出阴毒狠戾的周音儿，养出不辨是非、懦弱虚伪的周励文，便能想到家教如何、素养如何，夫人不必生气。"简轻语坐在主院厅中，不紧不慢地说了一句。

秦怡闻言暗恨："你不是说能让他们得到教训吗？何时才能得到教训？慢声受的委屈还不多吗？！"

"是时候了，"简轻语抿了口茶，"今日休沐，不论是大街上，还是他周国公府的门前，想来都热闹得紧，夫人你换身低调些的衣裳，我带你去看个热闹。"

秦怡愣了一下，顿时扭头就进了寝房，简轻语伸了伸懒腰，也迈步往外走，结果刚走出主院便被简慢声揪住了。

"好你个简轻语，竟然躲到这里来了，难怪我一直没找到你！"简慢声咬牙切齿，"你现在是不是又想跑？"

简轻语心里一虚，半晌才镇定下来："不跑，你不是要去周国公府吗？换身衣裳，别那么显眼，我带你去。"

"你觉得我会信你？"简慢声冷笑。

简轻语扬眉："不信就算了，我自己去。"

简慢声定定地看着她，许久之后眯起眼睛："你若再敢骗我，我就杀了你！"说完就直接回寝房换衣裳了。

简轻语没忍住乐了，看来是真把二小姐逼急了，竟然连杀人的话都说得出口。

趁她们母女换衣裳的工夫，简轻语让英儿将一辆破旧的马车赶到主院，又找来一个生面孔做车夫，准备妥当后就到马车里等着。

秦怡先来一步，一坐进马车便开始嫌弃："你哪儿弄来的马车，这也是人能坐的？"

"您就凑合吧。"简轻语乜斜了她一眼。

秦怡抿了抿唇，正要继续抱怨，简慢声也进来了，看到秦怡后一愣，接着瞪向简轻语。

简轻语笑了："坐稳，走了！"

马车驶出宁昌侯府，在大街上绕了几道弯后，终于朝着周国公府去了。

简慢声有一肚子的问题想问简轻语，可碍于秦怡在旁边只能忍着，当注意到车夫绕路秦怡无动于衷时，她终于意识到不对："你们到底要做什么？"

"到了你就知道了。"简轻语安抚。

简慢声蹙起眉头，正要继续问，便听到前头一片热闹声，其中一个撒泼哭闹的声音尤为明显："大家快为我做主啊！他周国公府仗势欺人啊！周音儿你薄情负心，说好了嫁给我却又反悔你不得好死啊！"

简慢声愣了一下，接着马车停了下来，简轻语撩开车帘，看向前方密密麻麻的人群，以及人群之上周国公府偌大的匾额："好戏开场。"

人群之中，被好吃好喝养了几日的癞子虽然伤没痊愈，可换上一身好衣裳遮住伤口，看着气色倒也不错，正坐在地上哭号，周围聚集的人越来越多。

周国公府终于出来一群打手，带头的便是脸色铁青的周励文："哪儿来的无赖混账，还不快将其打走！"

癞子赶紧嚷起来："我可不是无赖，我是音儿的男人！"

"胡说!"

"谁胡说了,大舅哥你可别冤枉人,这么多百姓看着呢,小心抹黑了周国公府!"癞子十分泼皮。

周励文气得要死,也不与他争辩,当即便叫人将他乱棍打走。癞子一看十分机灵地爬起来,忍着伤口疼一边躲一边将身上的包袱解下来,将里头的东西一件一件散出去。

"这些可都是音儿送我的定情信物,每一样都是她亲身戴过的,大家都来评评理,我若与她没什么,如何能有这些?"癞子说完,抓着一团东西扔出去,不偏不倚地砸到了周励文头上。

周励文取下一看,竟是一个肚兜,顿时气得两眼发昏:"给我将他打死!"

"大舅哥杀妹夫啦!大舅哥杀妹夫啦!各位快救命啊!"癞子一边说,一边穿梭于百姓中,"京中小姐们都有绣品传出,音儿也有不少流落在外,这肚兜上的牡丹是不是她绣的一对比便知,大舅哥你若觉得我在撒谎,为何只是一味打人?!"

简轻语乐了:"这个癞子,嘴皮子可比赵玉庆利索。"

许久没听到赵玉庆的名字,秦怡原本还兴致勃勃,闻言顿时有些尴尬。简慢声看看这个又看看那个,终于明白今日是来做什么了,她垂下眼眸,唇角却轻轻扬了起来。

闹剧还在继续,周励文见癞子说得如此笃定,便确定这肚兜就是周音儿的,于是越发愤怒:"好啊你,偷了周国公府女眷的东西,还敢来污蔑陷害,我定要你死!"

癞子扬眉:"大舅哥对音儿可真是信任,即便我拿出这么多东西,还觉得她与我无关。"

"……来人!给我撕了他那张嘴!"周励文厉喝。

癞子赶紧往百姓更多的地方钻,周国公府家丁投鼠忌器,不敢伤了无辜百姓,只能跟癞子你追我赶,僵持的工夫癞子不知说了多少浑话,终于逼得周音儿跑了出来。

"音儿,你可算来了,快告诉大舅哥,你已经答应嫁给我了。"癞子眼睛一亮。

周音儿气得直哆嗦："你个混账胡说什么！看我不叫人将你打死！"

"音儿，你怎么能赖账呢？"癞子一脸失望，"不是说好了嘛，我帮你推简慢声下水，让她名声尽毁，你就嫁我。"

"癞子！你再胡说！"周音儿没想到他会抖搂出来这事儿，顿时气得脸色铁青。

而一心想让癞子死的周励文，在听到他这句话后也是愣怔一瞬。

癞子喜笑颜开："诸位都听到了，她唤我诨名呢，但凡是远郊的街坊四邻，想来即便没见过我癞子，也是听说过我名号的，有远郊的朋友吗？也请出来给我做个证。"

"我可以证明！癞子就是我们远郊的一霸，远郊百姓都认识他！"人群中不知是谁喊了一句。

本就信了三分的百姓们顿时信了五分，一时间议论纷纷——

"还真有这号人啊，周小姐一个大家闺秀，若不认识他，如何知晓他的诨名？"

"可周小姐如何能看得上他？"

"估计是诳他的，没听到他说吗？周小姐要他害简二小姐。周小姐也是够毒的，连自己未过门的嫂嫂都要害。"

"哟！这么一说，近日京中传的那些都是谣言了？这个周音儿可真是害苦了简二小姐……"

周音儿听得浑身发抖，终于忍不住歇斯底里地怒吼："胡说！你们都是胡说！"

"不会是恼羞成怒了吧！"人群中有人喊。

简轻语闻言，眼底闪过一丝困惑，眉间也渐渐皱了起来。

秦怡正听得痛快，一回头看她皱着眉头，顿时紧张起来："可有什么不对？"

"没什么……只是觉得百姓们未免太配合了些。"

她是要用癞子毁了周音儿不假，可只要眼不瞎的，就能看出这两人天差地别，即便癞子拿出周音儿的贴身衣物，也很难叫人信服，她之前最担心的也是这个，怕最后白忙活一场，不仅没达到目的，还要搭进去一个癞子。

然而今日却无一人提出质疑。

不质疑也就罢了，癞子躲进人群时，正常来看热闹的都忍不住躲才是，可今日的百姓却大多都站着没动，平白给癞子当了护盾，才让癞子叽叽这么多。

……京都的百姓有这么仗义吗？

正当她疑惑时，四面八方已经来了不少看热闹的，每来一人起初那拨都会详细地解释一番前因后果，极有兴致和耐心。

眼看着人越来越多，却迟迟抓不到癞子，周励文再也坚持不住了，扯过周音儿回了府，癞子当即大喊："你们还没给我个交代！怎么就这么走了……还把我的肚兜拿走了！"

"你放屁！"周音儿忍不住骂了一声，周励文在她更失态之前赶紧将她拉进院中，只吩咐护院们继续抓癞子。

然而在他们进去之后，癞子便悄无声息地离开了，而他原本散了一地的证据，也都在原地彻底消失。

简轻语看得没头没尾，最后一脸疑惑地看向简慢声。

"看我做什么？"简慢声扬眉，"该你解释吧？"

"……也没什么，只是以其人之道还治其人之身罢了。"简轻语随口说了句，当着秦怡的面没说李桓也帮了大忙，周音儿的那些贴身物便是他偷的。

"这个女人如此恶毒，总算遭报应了，"秦怡心中痛快，"慢声、轻语，今日咱们不回去了，去酒楼吃，我请客！"

简轻语看了她一眼，神色淡了下来："我就不去了……"

"你必须去！"简慢声一把捂住了她的嘴。

简轻语："……"

三人很快便到了京都最好的酒楼，直接被老板安排上了三楼雅间，简轻语还在想方才的事儿，说话都心不在焉。秦怡今日怎么看她怎么顺眼，也没跟她计较什么，只是一味地往她碗里堆菜。

简轻语看着满是饭菜的碗，突然没了胃口，正不知要说什么时，简慢声突然跟她换了碗："你要吃自己夹，我娘只能给我夹。"

"你这孩子！"秦怡嗔怪地看她一眼，倒没有再给简轻语夹菜了。

简轻语轻呼一口气，闷闷的感觉减轻不少，她安静地吃了几口，便找借口离开了。

"现在就走？吃饱了吗？"秦怡挽留。

简轻语顿了顿："还要去善后。"

秦怡一听赶紧点头："那你快去吧，正事要紧，若有什么搞不定的，便告诉我。"

简轻语应了一声，起身朝外走去，刚走出厢房门，便被一股大力拖了过去，直接抵进了两间厢房之间的夹缝。

"……大人？"简轻语睁大眼睛，"你怎么在这里？"

"事情办妥了，便来吃席庆祝？"陆远定定地看着她。

简轻语被他看得不自在，讪笑一声道："您都知道了？"说完灵光一闪，有些问题突然有了答案，"……今日那些百姓是你安排的？"

"不全是。"

"有多少？"

"最初那些人，十个里有七个。"

简轻语："……"确实不全是，可跟全是也差不多了。

"流言无非人云亦云，只要最初无人质疑，以后也不会再有人质疑。"陆远撩起眼眸看她，"我帮了你，要如何谢我？"

简轻语笑了，眼睛亮晶晶的："大人说要怎么谢，请您吃饭？刚好我没吃饱。"

"不够。"陆远说着，突然往下看去。

简轻语愣了一下，顺着他的视线往下看，这才意识到二人在夹缝中相对而站，而她也紧紧地抵在他身上，某对过于傲人的东西都要被挤变形了。而在她看过去的一瞬，她便察觉到了陆远的变化。

她："……"这个变态。

第三十章　陆大人很生气

正是饭点，酒楼中人来人往热闹异常，每当有聊天声靠近，简轻语心中就一紧，反复几次后实在受不了了，推着陆远的胸膛抗议："能换个地方说话吗？"

大白天的跟他挤在犄角旮旯，若是被人发现了，明天被传得满城风雨的人就是她了。

陆远扫了她一眼，直接横步迈出夹缝，简轻语松一口气，低着头跟着走了出去。两人直接去了隔壁的厢房，小二很快送了茶水过来，问陆远："大人，还是平日那些菜？"

"加两道糕点，再端一碗西瓜汁来。"陆远随口道。

小二应了一声便离开了。

简轻语看着小二从外头关上门，这才看向陆远："你时常来这家吃饭？"

"不常来。"陆远单手钩起茶壶，倒了两杯茶水。

简轻语疑惑地坐下："那这里的小二为何跟你这般熟，连你爱吃什么都知道？"

"我的手下，自然知道。"陆远将其中一杯茶推到她面前。

简轻语愣了愣："你的……手下？这里不是京都最好的酒楼吗？！"

"若非这个名号，如何有这么多达官显贵来吃饭喝酒？"陆远反问。

简轻语一噎，算是明白了，什么酒楼不酒楼的，合着这就是锦衣卫的情报点，那些被窃听了机密的官员，恐怕至死都不知道自己是如何泄密的。

她深吸一口气，突然意识到一件事："这么重要的事情，你告诉我做什么？"

"你会泄密？"陆远问。

简轻语忙缩了缩脖子："不敢不敢！"

陆远这才满意。

小二很快送了餐食过来，简轻语注意到其中几样是先前秦怡点过的，但明显要比秦怡点的那些分量多、颜色好……关系户就是不一般。

她方才心中烦闷，也没吃太多东西，此刻看着热腾腾的饭菜顿时有了胃口，待陆远下筷后她也跟着吃了起来，两个人各吃各的谁也没有再说话，气氛一时还算和谐。

只是和谐注定是要被打破的——

"近来跟二皇子可有联系？"陆远突然问。

简轻语顿了一下："没有，怎么了？"

陆远撩起眼皮看向她，确定她没有撒谎后才道："他遇刺一事已经查出些许眉目，你且离他远些，免得受牵连。"

简轻语心中一紧："你的意思是……"

"嘘，"陆远往她碗里夹了块鱼香茄子，"吃饭！"

简轻语顿时不敢吱声了，忍下心中的惊涛骇浪默默吃饭。

两个人用过午膳，陆远便有事离开了，简轻语直接回了侯府。

经过半日的发酵，如今满京都都知道了周音儿陷害简慢声的事儿，人都惯会踩一个捧一个，风向变了之后，辱骂周音儿的人越多，夸赞简慢声的人也就越多，关于简慢声的那些谣言不攻自破不说，还为她博得了更好的名声。

不仅如此，在周音儿的事之后，周励文又被爆出贪墨，虽然贪的只是翰林院采买文房四宝的钱，还受了点小小的处罚，可对名声越来越差的周家来说，无异于雪上加霜。

宁昌侯在了解前因后果之后，果断将周家所赠的定亲礼全部收拾妥当，休沐当日的清晨便要去退亲。他本来要自己去的，结果秦怡非要跟着去，无奈之下也只能答应了。

"此事我一人便可，你跟着凑什么热闹！"他不认同地说。

秦怡扬眉："这么好的事儿，我自然也是要去的。"

两人说着话便往马车走，结果到马车前一掀开车帘，便看到里面有三个脑袋，正齐刷刷地盯着他们。

宁昌侯炸了："你们三个是怎么回事儿！"

"爹您别生气，我们不下车，保证不会被人发现。"简震赶紧道。

简轻语和简慢声也跟着点了点头。

"不行，哪有退亲一家子都去的！你们都给我下来！"宁昌侯道。

秦怡当即上了马车："孩子们也是想凑个热闹，你生什么气，"说罢坐到简慢声旁边，抬头看他，"你走不走，不走我们可走了，震儿如今也大了，不是不能代你出面。"

宁昌侯："……"

他到底是妥协了，黑着脸上了马车，五个人拥挤地坐在马车里，带着十余辆装着定亲礼的架车，大张旗鼓地朝周国公府去了。

宁昌侯府如此高调，引来不少百姓跟着围观，待他们到周国公府门前时，后头已经跟了百十号看热闹的人。

不等他们敲门，周国公府的小厮便赶紧去禀报了，周国公夫妇很快就出来了，一看到宁昌侯身后的架车，当即尴尬地上前一步："侯爷，你今日怎么有空来？快请进屋喝个茶吧！"

"不必了，有什么话在门口说便好。"宁昌侯站着不动。

周国公赶紧迎上来，压低声音道："侯爷，我知道你生气，你就当给我、给大皇子点面子行吗？咱们进去说，一切还有回旋的余地，何必闹成这样？"

"还有余地？"宁昌侯冷笑。

周国公忙点头："是啊，我已经想好了，励文和慢声成亲一事不拖了，就按先前定的时间来，音儿会送去乡下与姨母同住，日后绝不会影响他们小夫妻的感情，你觉得如何？"

周国公府与大皇子息息相关，如今周音儿闹出这些事儿，毁了周国公府的名声不说，大皇子也受了影响，他昨晚被周贵妃叫进宫里怒骂一通，如今不得不舍弃女儿了。只要宁昌侯答应成亲，那励文好歹也能落个有担当的名声，日后才不会被音儿影响了仕途，他们周家才有希望。

宁昌侯没想到周国公府到今日不仅不道歉，还想用婚事补周家的名声，当即气得大骂："你当我简业是什么人！我女儿被你们家欺负成这样，真当我还会答应?！"

"哎哟，你小声些，别生气啊！"被这么多人盯着，周国公汗都要下来了。

周国公夫人见状，赶紧去拉秦怡的手："妹妹，你不是最希望慢声跟励文喜

312

结连理吗？前些日子还特意来看励文不是吗？快劝劝侯爷呀，我们夫妇日后一定会好好疼惜慢声的。"

"那恐怕不行，"秦怡慢条斯理地推开她的手，"我简家虽不是世代为宦，可也是有头有脸的人家，怎能嫁一个连儿女都教养不好的夫家。"

一模一样的话，她终于可以还给周国公夫人了。周国公夫人被刺得脸一白，顿时知道没了回旋的余地。

秦怡轻笑一声，突然抬高了声音："我那日来，不过是听慢声说那日落水是被刻意推下去的，恰好你女儿也在场，所以只是想来问问情况而已，谁知你们竟将我拒之门外，现在看来，恐怕是早就心里有鬼了吧？"

她这话就纯属胡编乱造了，可有癫子闹事在先，假的也成了真的，上赶着求嫁愣是被她颠倒成了为女儿求公道。

简震趴在马车里感慨："娘颠倒黑白的能力真是越来越强了。"

"震儿，不可胡说！"简慢声不悦。

简震嘿嘿一笑，没有再说话了。

周国公夫妇还想挽回败局，结果宁昌侯直接叫人将定亲礼堆在了他家门口，周国公见他如此不给自己脸面，当即就恼了："简兄，你当真要如此决绝？"

"当初你们对我慢声，不也如此决绝？"宁昌侯冷笑。

秦怡当即叉腰："你们家两个嫡出，一个阴毒淫乱，一个贪污受贿，怎么还在我们面前委屈上了？"

"你！你们！"周国公气得脸一紫，突然昏厥过去，周家人顿时慌乱。

宁昌侯冷哼一声，同秦怡一起头也不回地上了马车，直接掉头回家。

短短一日的时间，此事便传遍了京都城，连宫里都跟着议论纷纷。

"赢儿这个外家，儿子废物贪财，女儿恶毒不贞，属实上不了台面，难怪连最没脾气的简业都受不了他们，我看哪，"圣上轻嗤一声，在棋盘上落下黑子，"活该！"

陆远没有回应，只是执起白子盯着棋盘，似在斟酌该下在哪里。

一旁的褚祯给圣上倒了杯茶，闻言也只是笑笑："这件事儿臣也听说了，周家近日怕是要焦头烂额了。"

"都是自找的，朕倒是没想到他家那个妮子会如此恶毒，先前贵妃还说要给你兄长做正妃，幸好朕一直没答应，否则今日被人取笑的，便是大皇子未过门的正妃。"圣上提及此事便一脸不悦，看到陆远落棋后扬眉，"你确定要落在此处？"

陆远沉默一瞬，抬头询问："能悔棋吗？"

圣上大笑："培之啊培之，落棋不悔可听说过？不过朕心情好，便让你一回。"

"多谢圣上。"陆远说完，果断拿起那颗白子。

褚祯在一旁吃味："父皇待儿臣都没这般好。"

"瞧瞧，瞧瞧，多大的人了，还跟个孩子一般掐酸吃醋。"圣上嘴上嫌弃，表情却是被取悦了，待陆远重新落棋之后才问，"培之，祯儿遇刺的事儿，你可查明白了。"

褚祯面上的笑容一僵，平静地看向陆远。

陆远沉默一瞬："微臣办事不力，还请圣上责罚！"

圣上蹙眉："这么久了半点儿消息都没有？"

"事关重大，微臣想全部查清之后，再回禀圣上。"陆远间接地否认了圣上这一句。

圣上微微颔首："也好。"

"麻烦陆大人了。"褚祯温和道谢。

陆远扫了他一眼："殿下客气，都是微臣分内之事。"

三人继续下棋，直到圣上面露疲色，褚祯和陆远才一同退下。

从深宫到宫门，似乎有走不完的路，陆远平静地与褚祯同行，时刻慢他半步。

"陆大人，不必如此拘礼。"褚祯无奈。

陆远垂眸："都是微臣分内之事。"

褚祯笑笑，视线又落在他手背的疤痕上，半晌突然道："本王记得大人前些年总是受伤，圣上便着太医院研制半年之久，为大人研制出了上好的伤药，连陈年旧疤都能消了，为何还留着这道疤痕？"

"伤药珍贵，小伤不必用。"陆远淡淡道。

褚祯含笑："是不必用，还是不舍得让疤痕消失？"

陆远眼神一暗，没有回答他的问题。

"这道疤痕缝得实在不算好，想来那小大夫也不知道吧。"褚祯眼底笑意更深。

两人很快便走进了长长的宫道，四周一个人都没有。陆远停下脚步，沉默地与他对视，褚祯眼底的笑意渐渐消失，也变得严肃起来。

"周励文贪墨一事，想来是殿下传出的吧，"陆远平静地看着他，"微臣替轻语谢过殿下。"

褚祯垂下眼眸："我帮她，是因为将她当朋友，并非要利用她什么。"

"如此最好。"陆远眼底闪过一丝郁色。

褚祯抿了抿唇，重新看向他："本王今日想同大人说的，并非这件事儿。"

"你想让我欺瞒圣上？"陆远直接问，等于直白地告诉他，自己已经查出遇刺一事是他的苦肉计了。

褚祯苦笑一下："果然什么都瞒不住陆大人。"

"这个忙，微臣怕是不能帮，也请殿下日后离她远些，最好不要再见她！"陆远说完，转身朝前走去。

"周家是褚赢的亲外家，若褚赢将来登基，周家即便今日落魄，将来也一定得势，你猜最先倒霉的会是谁？"褚祯突然问。

陆远再次停下脚步。

褚祯走上前来："想来你也是知道这一点，刚刚才没在父皇面前拆穿本王吧？"

"殿下想多了，微臣只是因为证据还不充分。"陆远淡淡道。

褚祯叹了声气："本王并不想争这个皇位，可若皇兄将来登基定然不会放过本王，本王不得不争。还请陆大人出手相助，哪怕只有这一次。"

陆远闻言沉默许久，最后面无表情地一个人离开了。

褚祯目送他的背影消失，默默松了一口气。

宫门外，李桓来回踱步，他今日没穿飞鱼服，少了一分矜贵，多了一分莽气，看到陆远出来后，便迎了上去："大人！"

"何事？"陆远抬眸问。

李桓不好意思地笑笑："也没什么大事，就是想问问大人，简家大小姐喜欢什么。"

陆远眼神一凛："你问这个做什么?"

李桓见他误会，急忙解释："卑、卑职没有别的意思，就是想去谢谢她帮慢声……"

"你以何身份谢她?"陆远又问。

李桓突然哑声。

陆远静了片刻，放缓了神情："为简二小姐着想，你最好还是不要再见她们。"

"可、可是……"李桓一个大男人，突然眼眶一红，"别人不理解卑职，大人那么喜欢简家大小姐，难道也不理解?"

陆远沉默一瞬："与其想这些，不如多建功立业加官晋爵，将来成为锦衣卫中那个例外。"

李桓愣了愣，表情逐渐严肃，"卑职明白了，"说完停顿一瞬，小声问，"在建功立业加官晋爵之前，卑职能去谢谢简大小姐吗?"

"……我替你去。"陆远说完，便走了。

李桓傻了半晌，竟分不清他是为自己着想，还是找借口去见简家大小姐。

周家的闹剧已经落幕，可流言却毫不停歇，当初简慢声承受的一切，终于都回到了周音儿身上。

当听到周家要将周音儿嫁到乡下姨母家时，简轻语惊讶："是嫁过去，还是暂时送去避风头，你可听仔细了? 这二者可是天差地别，后者还有回来之日，可前者就真的要一辈子留在那里了。"

"我绝对没打听错，确定是嫁过去，"简震轻哼一声，"她那么坏，名声又差，京都哪儿还有人愿意娶她，若非周国公府出了很多嫁妆，她姨母家也未必答应。"

简轻语啧了一声："她爹娘平日看着挺疼惜她，没想到也会下此狠手。"

"若非太疼惜，她也不会被骄纵成这样，"简震一脸嫌弃，"就她还想当皇妃呢，我呸!"

简轻语好笑地看他一眼，待英儿来唤自己，便起身要走。

简震急忙叫住她："你去哪儿?"

"许久没上街了，去走走，"简轻语回答，"要一起吗?"

"……还是不了，我可对那些胭脂水粉不感兴趣。"简震吐槽。

简轻语扬了扬眉，制止要解释的英儿，主仆二人便一起走了。

"大小姐怎么不跟少爷说，您对胭脂水粉也不感兴趣呀？"英儿询问。她们这次出门，分明是为了去逛药铺。

简轻语伸伸懒腰："因为只是客气一下，我才不想带个小屁孩儿出门。"

英儿恍然，伸出大拇指："大小姐高见。"

简轻语被她逗乐，两人说说笑笑去了药铺，一番挑拣之后，买了一大捆东西，简轻语仍觉失望："我想要的那些都没有。"

"姑娘您要的那些药材实在太贵重，小店实在没有啊！"老掌柜叹气。

简轻语叹了声气，跟英儿一人抱一捆没有切的药材往外走，走到路边后停了下来。

"您在此处等着，奴婢去叫车夫过来。"英儿说着，便要去接她抱的药材。

简轻语失笑："你抱不动的，去吧，我拿着就行。"

英儿只好点了点头，扭头去叫车夫了，简轻语安静地等在路边，突然听到路上传来一阵马蹄声，接着行人纷纷退让，她抬头看过去，看到是周国公家的马车正鱼贯而来，足足有十几辆。

"听说是送周音儿出城的，这些都是她的嫁妆。"有人议论。

简轻语心头一动，好奇地打量这些马车。

旁边的人继续聊天："只听说过下午发殡，还未听说过下午嫁人的，这周国公是怎么想的啊？"

"现下只是将人送过去，过几日才完婚，如今周音儿的名声这么差，周国公怎可能让她从家中出嫁。"

"原来如此……"

简轻语听着众人说话，安静地等待马车队过去，然而在最后一辆马车经过面前时，里头突然传出歇斯底里的凄厉怒吼："我是大皇子的正妃，你们怎能将我嫁到乡下，都给我去死！"

话音未落，马车里传出一声惨叫，下一瞬周音儿从里头滚了出来，手中的匕首上满是鲜血，身上、脸上也一片红。

她脸颊凹陷眼圈发黑，已经憔悴到了极致，可眼睛却透着不自然的亮，俨

317

然已经不正常了。她的出现引起百姓们一阵恐慌，简轻语也吓了一跳，正要往后退去，便对上了她的视线。

简轻语心里咯噔一下，正要扭头就跑，可身边乱窜的人太多，不知是谁绊了她一下，害她直接跌坐在地上。

周音儿攥紧了手中匕首，咬牙切齿地盯着她："简、轻、语！你去死！"

说完，她怒吼着举起匕首，朝着简轻语直直地刺了过去，简轻语来不及起身，便眼睁睁看着匕首朝自己的心口刺来，一时间心生绝望。

当匕首转瞬到眼前时，她恐惧地闭上了眼睛，但下一瞬只感觉脸上一热，似是溅了什么热腾腾的东西，想象中的疼痛却迟迟没有到来。

她下意识地想看看情况，却被一只手捂住了眼睛，彻底挡住了眼前的一切。

"没事了。"陆远沉声道。

简轻语抖了一下，乖顺地点了点头。

"大小姐！"英儿惨叫一声扑了过来，想要去扶她，却被陆远一个眼神制止。

陆远面无表情地把简轻语扶上马车，自己也跟了上去，接着便盖紧了车帘，咬着牙道："走！"

简轻语被他的声音激得一愣，待他的手离开她的眼睛后，她终于重见光明。马车开始移动，一阵风吹过，将车帘吹起一角，简轻语看到周音儿瞪大双眼躺在地上，脖子上一道狰狞的伤口，鲜血不断地往外涌，而季阳和李桓站在旁边，正招呼巡逻的捕快料理尸体。

她眨了一下眼睛，半晌机械地扭头，然后对上一双怒气腾腾的眼睛，她愣了愣，不懂陆远为何生气。

"她要杀你你就任她杀？不会躲开？"他气恼地问。

简轻语顿了顿，没有回答他的问题。陆远见她这副样子更加愤怒，正要再加斥责，就看她眼角一耷嘴一撇，嗷地哭了起来："我都差点死了，你还凶我?!"

陆远："……"

第三十一章　求赐婚

方才的一切都发生得太快，简轻语根本来不及反应，直到此刻被陆远训斥，才感到后怕，一哭起来就刹不住了。

陆远表情僵硬，一时间竟不知所措，直到她硬邦邦地撞进怀里，他才下意识地搂住，略显无措地安慰："没……没事了。"

简轻语呜呜地哭，眼泪很快浸湿了他的前衫，陆远抿了抿唇，还不忘问一句："你现在是回家，还是去我那里？"

简轻语正哭得厉害，听到他的问题也没回答。

陆远久久等不到答案，沉默一瞬后又道："回家就哭两声，不回家就哭一声。"

简轻语："……"

她噎了一下，泪眼婆娑地抬头："哪儿有这么问的。"

陆远揩去她眼角的泪："所以去哪儿？"

"……回家。"

陆远顿了一下，抿着唇答应了。

马车飞快地往前跑，很快便到了宁昌侯府，陆远在中途便已经下车，最终进入府中的只有简轻语一人。

她已经在第一时间回来，但周音儿发疯的消息还是先她一步，等她红着眼睛下马车时，一家子都围了上来。

"大姐，你受伤了吗？"简震紧张地问，"怎么一身血？脸上也有血！"

"别乱说，应该是没受伤。"简慢声蹙眉，确定简轻语身上没伤口后松了一口气。

秦怡恨得直拍大腿："这个杀千刀的，真是不得好死，真该下地狱！"

"没事就好，没事就好……我现在就进宫面圣，定要为我儿讨回公道！"宁昌侯先是怕轻语受伤，看到没事便怒气冲冲地离开了。

简轻语哭过之后已经平静，看到这么多人围在这里，一时有些不好意思："我没事儿，回去歇歇便好。"

简震闻言忙上前扶住她："走吧，我送你！"

"……不用这么麻烦。"简轻语哭笑不得。

简慢声也走了过来，到她另一侧搀住："我们一起送你回去。"

"真的不用……"

简轻语抗议，但还是被两个人架回了寝房，刚一坐下，简震就开始倒茶，简慢声也拿了湿锦帕来，一点一点地擦拭她脸上的血迹。

"……我又没残废，你们是不是太大惊小怪了？"简轻语这回是真无奈了。

简慢声扫了她一眼："老实待着。"

简轻语顿时老实了。

"大姐，你当真一点儿都不怕吗？"简震好奇。

简轻语想了想："最初是怕的，但哭……嗯之后就不怕了。"

"你胆子真是太大了，要是换了我，我肯定要做噩梦的。"简震感慨。

简轻语被吹捧得心情极好："所以我是姐姐，而你，只是个弟弟。"

简震："……"这句话倒也没错，可怎么听起来怪怪的？

擦干净脸上的血，又换了一身干净衣裳，被周音儿刺杀的阴影仿佛一下子远离了，只是到了晚上，简震和简慢声都走了，偌大的房间里只剩下她一个人时，细细密密的恐惧好像才逐渐出现。

她晃了晃脑袋，警告自己不要多想，却没有熄灭灯烛直接躺在了床上，用薄被将自己盖得严严实实。

不知不觉已经到了秋天，京都的晚上不再像之前一样闷热，反而多了一丝凉爽，然而对于盖得太严实的简轻语来说，这点凉爽真是远远不够。

又热又怕的她睡得很不踏实，不知不觉就做了噩梦，噩梦中周音儿还活着，拿着匕首狰狞地朝她刺来，梦里的她没有陆远来救，生冷的利刃刺进胸膛，她猛地惊醒，却发现灯烛不知何时已经熄灭，整个房间都是黑的。

她浑身是汗，却还是默默地将不小心露出来的脚缩回被窝，正犹豫要不要叫英儿进来点灯时，突然注意到床边有一道黑影，她下意识地要尖叫，却被及时捂住了嘴。

"是我。"陆远淡淡道。

简轻语愣了一下，待他松开自己后脱口而出："你怎么在这儿?!"

"来陪你。"陆远回答。

简轻语顿了顿，虚张声势："我很好啊，为什么要陪我?"

陆远想到她刚才被噩梦吓醒的样子，沉默一瞬才道："白天杀了人，害怕，找你壮壮胆。"

简轻语："……陆大人可真会嘲讽人。"

陆远扫了她一眼，在床边坐下："你睡吧，我等天亮再走。"

简轻语将自己从被子中解放出来，稍微凉快些后才道："不用了，我叫英儿进来陪我就好。"

"睡觉!"陆远只有两个字。

简轻语："……"

确定拗不过他后，简轻语也不白费力气了，在床上挪了半天，挪到离他比较远的地方才停下，接着便闭上了眼睛。

夜晚还是一样的黑暗，可身边有了位比阎王还可怕的杀神镇着，她也没必要再怕某些小鬼。紧张了一整晚的简轻语总算心安，很快就沉沉睡去。

陆远安静地陪着，一直到天蒙蒙亮才离开。

他没有回府，而是直接去了锦衣卫当值的府衙，一进门便遇见了正要外出的李桓。

"大人!"李桓打招呼。

陆远微微颔首，视线落在了他手中的老母鸡上。

李桓主动交代："这只鸡是卑职婶娘家散养的，昨天简大小姐不是受惊了嘛，卑职便想拿给她补补身子。"

"受惊与补身子有什么干系?"陆远扫了他一眼，"你到底是要给简轻语，还是要给简慢声?"

没想到会被陆远拆穿，李桓顿时紧张起来："反、反正一只鸡这么大，一个人肯定是吃不完的，二小姐若是想吃，大小姐想来也不会吝啬。"

说着话，手里的老母鸡若有所感，噗地飙出一坨粪，恰好落在府衙门口的地上。李桓顿时惊恐，急忙将鸡抱进怀里："大人息怒！卑职这就打扫干净！"

陆远蹙眉："你这副样子，确定简慢声能看得上？"

"当然看得上。"李桓嘟囔一声，接着大着胆子道，"大人，与其操心二小姐能不能看得上我，还不如操心自己和大小姐的事吧，你有时对她未免太冷硬，要知道大多女子都是要哄的，你不哄，她又如何能喜欢你呢？"

说完，怕被陆远收拾，便一溜烟地逃走了。

陆远若有所思地盯着他的背影，直到他消失在长街尽头，才转身进了府衙。

另一边，简轻语一直睡到了天亮，恐惧随着黑暗一并被太阳驱逐，好心情总算又回来了。她起床用了早膳，闲着无事便又跑去园子里看兔子，结果一进去便看到简慢声蹲在地上，正盯着一只鸡发呆。

"……简震又养鸡了？"简轻语无言。

简慢声顿了顿："不是。"

"那是谁弄来的……都拉屎了。"简轻语一阵嫌恶。

简慢声抿了抿唇："是李桓送来的。"

"李桓？"简轻语睁大眼睛，"他来过了？"

简慢声微微点头，看到她眼中的好奇便知道她想问什么："偷偷进来的，其他人不知道。"

"我说呢。"简轻语失笑，接着注意到简慢声眼角泛红，像是哭过，她顿了一下问，"你怎么了？和他吵架了？"

"没有吵架……但也差不多吧，我叫他以后不必再来，他便生气了。"简慢声垂眸道。

简轻语蹙眉："既然放不下他，为何还要赶他走？"

"因为我已经打算出家了。"简慢声回答。

简轻语愣了一下："什么？"

"本来昨日要说的，但你受了惊吓，时机不合适，"或许是简轻语震惊的表情太有趣，简慢声竟笑了，"反正也不是一天两天就能走的，现在说也不迟。"

"你先等一下，为什么会有这种想法？你难道不想跟李桓成亲吗？"简轻语皱眉。

"他是高门庶子，能有今日不容易，要想与我成亲，便先要退出锦衣卫，放弃如今的一切，"简慢声十分平静，"这也就罢了，他做过那么多得罪人的事，一旦离开锦衣卫，还有谁能护他？"

做了锦衣卫，便注定没有回头路。

"就没有两全之法？"简轻语不知为何，心里堵得厉害。

简慢声自嘲一笑："若真有，陆大人怕是早就下聘了。"

"……在说你的事，怎么又扯上我们，"简轻语说完，又小声道，"更何况我们跟你们不一样。"

她说完停顿片刻，又叹了声气："就算不嫁他，也没必要出家的。"

"我若不出家，他如何死心？"简慢声扬唇。

简轻语愣了一下，想问她为了个男人值得吗？可话到嘴边却有些说不出来。

简慢声笑笑："总之我主意已定，你不必再劝了。"

简轻语静静地看了她许久，突然问："你还有很长的一辈子，当真要长伴青灯？"

简慢声沉默一瞬，没有回答便转身走了。

天空突然阴沉，不多会儿便下起雨来，简轻语心情也跟着阴沉，失去了看兔子的兴趣，抿着唇转身回房了。不多会儿，外头突然传来秦怡的哭声，简轻语心里堵得难受，干脆就关了门。

晚上的时候，陆远又来了。

简轻语在黑暗中静静地看着他的轮廓，不知过了多久突然开口："陆大人。"

"嗯。"

"锦衣卫当真不能娶侯府小姐吗？"她问。

陆远的心跳突然快了起来，他的手指不自觉地攥紧了被褥，半晌才哑声开口："为何这样问？"

"因为我想知道，李桓与慢声还有没有在一起的可能。"简轻语叹息。

陆远顿时冷下脸："你是为他们而问？"

"不然……呢？"简轻语回过神，当即闹了个红脸。

黑暗中虽然看得不真切，可陆远还是看出了她的羞窘，心情顿时好了一些："至少现在不能。"

"为什么?"简轻语蹙眉。

"因为不论是李桓还是简慢声,都没有让圣上开这个先例的能力。"陆远淡淡道。

简轻语顿了一下:"那你有吗?"

"简轻语。"陆远十分平静。

简轻语赶紧坐起来:"怎么了?"

"再撩拨我,我当真要对你做什么了。"陆远语调没什么起伏,却透着浓浓的威胁。

简轻语顿时又羞又恼:"我跟你说正事呢!"不过是问个问题,如何就成撩拨了?

"我也在跟你说正事。"陆远淡淡地开口。

简轻语自知说不过他,干脆躺下侧过身,用后背对着他。陆远眯起眼睛:"你最近真是越来越放肆了!"

简轻语一僵。

"这样很好。"陆远不怎么熟练地夸人。

简轻语:"……"神经病。

她知道问不出什么了,便没有再开口,躺了一会儿后渐渐困意上头,便自顾自地开始睡觉。快要入睡时,她听到陆远缓缓开口:"我也没有,但若你肯嫁,我会想办法。"

翌日醒来时,陆远已经不见了。

想想昨晚迷迷糊糊中听到的话,简轻语觉得自己肯定是听错了。

嗯,一定是听错了。简轻语揉揉自己泛红的脸,咳了一声强行制止自己再去想。

接下来几日,整个宁昌侯府都愁云惨淡,宁昌侯夫妇坚决反对,简慢声也不同他们争辩,只是将自己锁在屋里不吃不喝,连续两三日后,宁昌侯终于妥协。

"……慢声,你出来吃口东西,爹答应让你走了。"宁昌侯的声音沙哑,鬓间多了一缕白发,他身边的秦怡捂着嘴落泪。

关了几日的房门终于开了,简慢声从里头出来,身上背着包袱,显然已经准备妥当。几日没吃饭的她清瘦了些，脸色也不大好，看向宁昌侯时仍笑了笑："多谢父亲！"

宁昌侯怔怔地看着她身上的包袱："你这是……"

"女儿想现在就走。"这两日李桓也偷偷来过，她不愿再见他，只想现在就走。

秦怡终于痛哭出声，宁昌侯也眼圈泛红，匆匆赶来的简震和简轻语，见状都停下了脚步。

简慢声的视线从众人身上一一扫过，最后红着眼眶跪下："女儿不孝，让爹娘伤心了。"

"慢声啊！"秦怡崩溃地抱住她，彻底痛哭起来。

宁昌侯急匆匆别开脸才掩住眼中泪光，正要说些什么，小厮突然来报："侯爷，圣上请您进宫。"

宁昌侯顿了一下，这才看向简慢声："你再陪你娘说会儿话，爹回来……回来就送你去庙里。"

简慢声无声地点了点头，与简轻语对视一眼后又低下头。

宁昌侯叹息一声，转身朝外走去。

一个时辰后，宫中御花园。

宁昌侯心不在焉地落下一子，圣上当即蹙眉："你今日怎么回事？若不想陪朕下，就换培之来。"

一旁的陆远顿了一下，与一起值守的李桓对视一眼。

宁昌侯急忙跪下："微臣大意，还请圣上见谅。"

圣上冷哼一声，将手中的几个棋子扔到棋盘上："说吧，发生何事了。"

宁昌侯顿了一下，眼角又开始泛红："也……没什么大事，只是今日微臣二女儿要出家为尼，还等着微臣送她去庙里。"

今日来了不少臣子，闻言都惊讶起来，李桓更是险些失态，被陆远冷着脸推到了一边，这才握紧绣春刀不说话了。

圣上思索一瞬，不由叹息一声："是个烈女子，真是被那周家害苦了。"

同周家有姻亲的几个臣子顿时面露尴尬，心下也十分佩服。简慢声落水虽是被人陷害，可被一个男人救上来却是实打实的，所以名节上依然有污，即便

325

将来嫁人，也只能嫁那些不入流的人家，不如出家为宁昌侯府博个名声，将来大姐小弟也能有段好姻缘。

"侯爷真是教女有方，老臣佩服！"

一个两朝元老起身行礼，其他臣子也纷纷起身，宁昌侯却无心理会，只是苦笑一声还礼。

李桓眼睛泛红，握着刀柄的手越来越用力，终于忍不住要上前，却被陆远一把拦住。

"不准去！"陆远低声警告。

李桓紧咬牙关，嘴里弥漫着一股血腥气，当听到那些老臣向宁昌侯推荐寺庙时，他终于克制不住冲上前去，跪在了圣上面前。

"李桓！退下！"陆远戾声呵斥。

李桓不为所动，坚定地朝圣上叩首："圣上，当日是卑职连累简二小姐名声受辱，以至于今日要削发为尼，卑职恳求圣上赐婚，让卑职负责简二小姐终身！"

在座的众人都惊了，圣上也愣了愣。

"李桓！你当你是什么东西，也配让圣上赐婚？！"陆远怒极，抬头看向不远处的侍卫，"还不快将他拖出去，杖五十！"

"微臣求圣上赐婚，简二小姐才华横溢，不该长伴青灯！"李桓连连叩首，磕得额头都烂了，血肉模糊的样子叫人心惊。

侍卫冲过来将他强行拖走，李桓眼睛通红，逐渐陷入无尽的绝望。他无力地垂下头，却听到上方一阵爽朗大笑。

"众卿家看看，朕的锦衣卫个个都是好儿郎，有情有义，有情有义！"

圣上大赞，众人也跟着附和，李桓不可思议地抬起头。

圣上夸完，含笑看向已经傻眼的宁昌侯："简业，你觉得这个女婿如何？"

宁昌侯愣怔："微臣……微臣怕是要回去问问夫人才行。"

他的话又引起一阵大笑，圣上笑骂："你一个男人，连这点小事都做不了主吗？你不能做主，朕却可以，李桓上前来。"

李桓闻言急忙挣脱侍卫，跌跌撞撞地跑上前去跪下："圣上！"

陆远也冷着脸上前："圣上不可，李桓不过区区侍卫，怎可高攀侯府小姐。"

"大人！"李桓急了。

圣上又是一阵大笑，直到呛得咳嗽了才赶紧停下，擦着嘴道："培之啊，你怎么还是如此迂腐！"

"请圣上三思！"陆远说着，直接跪了下去。

李桓不可置信地看着他，一时间不知该作何反应，只能寄希望于圣上。

而圣上也没有让他失望："你不让朕做媒，朕偏要做，李桓听旨，这门亲事朕答应了。"

"多、多谢圣上！"李桓黑脸泛红，眼睛亮若星辰地看向陆远，被陆远扫了一眼后顿时不敢嘚瑟了。

宁昌侯一脸蒙地跪下："多、多谢圣上！"

圣上笑了起来，招呼陆远过去下了一局，宁昌侯稀里糊涂地接受众人道贺，一直到回到府中还是糊涂的。

宁昌侯府内，已经凄凄惨惨，一群人坐在主院的石桌前，秦怡还在哭哭啼啼，简慢声已经被劝得疲累了，宁昌侯回来后，就看到他们个个精神萎靡、面露伤心。

"爹，"简慢声看到他后赶紧上前，"要送我走了吗？"

宁昌侯愣了一下："啊……可能送不了了。"

简慢声不悦："您要反悔？"

简轻语也站了起来，蹙眉看向宁昌侯。

"不是反悔，是……"宁昌侯一时也不知该如何说，"是圣上为你赐了婚，没办法再送你走。"

简慢声脸色一变："赐婚？赐什么婚？"

秦怡听到赐婚眼睛一亮，急忙跑了过来："可是京都人士？"如今她已经不奢求女儿能嫁到高门大户，只想她留在自己身边。

宁昌侯尴尬一笑，简慢声急了："你若不说，我亲自去问圣上！"说罢直接往外走。

"是那个救你的锦衣卫！"宁昌侯忙道。

简慢声猛地停下，简轻语也睁大了眼睛。

片刻之后，简慢声不可置信地回头："是……谁？"

"那个锦衣卫，叫什么李桓，应该是户部侍郎李青的庶子，"宁昌侯叹了声气，"不是什么好人家，可总比……"

总比好好的姑娘家，就这么当尼姑了好啊！

简慢声还愣在原地，一时不知该如何说。

简轻语看看这个又看看那个，突然笑了起来。

当晚，陆远又来了。

简轻语点了灯，笑眯眯地看着他："李桓与慢声的事儿，可是你促成的?"

"是他自己磕头磕来的，"陆远提及此事便心生不悦，"当着那么多人的面，当真是不想活了!"

简轻语扬了扬眉："我倒是觉得挺好，至少证明他对慢声的心是真的。"

"证明真心的法子那么多，非要以死证真心?"陆远还是不高兴。

简轻语叹气："算了，你不懂。"其实她也不懂，明明情与爱都稍纵即逝，何必为此断送人生，可今日见简慢声掉眼泪的样子，她又真心为他们高兴。

陆远定定地看着她，突然转身就走，简轻语被他吓了一跳："你去哪儿?"

"进宫，磕头，求赐婚。"陆远头也不回道。

简轻语蒙了，回过神时他已经走到窗边，吓得她赶紧上前去拉他："你疯了? 你要求赐谁的婚?!"

陆远面无表情地回头："你说呢?"

简轻语顿了一下，脸颊再次泛热。

第三十二章　要怎么谢我

秋天深夜，气氛突然变得黏稠。

简轻语看了陆远许久，最后艰难地将视线挪开："……时候不早了，陆大人请回吧。"

陆远蹙着眉头，半晌才开口问："我要如何做，你才肯让我留下？"

简轻语："……怎么都不会让你留下，赶紧走。"

"你倒是干脆。"陆远凉凉地看着她。

然而简轻语却不怎么怕他，叉着腰道："快点啊，不然我可叫人了。"

"你试试。"陆远好整以暇地倚向窗子。

简轻语第一次见他这般无赖，一时间目瞪口呆，不知该作何反应。

陆远安静地与她对视，好半天突然开口："对不起。"

简轻语愣了一下："为什么道歉？"

"行宫那晚，是我出言不逊伤害了你，我早就该道歉，"陆远看着她的眼眸漆黑透彻，道歉的话说得硬邦邦，显然不太熟练，"对不起，不管你如何罚我，我都认了。"

说完，朝她伸出手。

简轻语没想到他会突然提起行宫那晚的事，顿时被勾起了不好的回忆，她脸上的轻松逐渐消失，半晌干笑一声："大人说笑了，我怎么敢罚你。"

"我说任你处罚，便是任你处罚，绝不会有怨言。"陆远伸出的手没有收回。

简轻语定定地看着他指头上常年练刀磨出的茧，静了片刻后摇了摇头："大人现在心情好，便想任我处罚，哪日若心情不好了，是不是又要找我算账了。我如今已不是大人的宠物，不想再配合大人玩这些游戏。"

她知道身份悬殊从未改变，她不该一时冲动说出这些话，可面对陆远所谓

329

的认错，却被勾起了无名火，实在是不想再忍。

简轻语说完，主动将窗子打开，然后头也不回地往床边走去："大人请吧，日后也不必再……"

"我那日如此冲动，是因为害怕你不要我。"陆远突然开口。

简轻语猛地停下，不可置信地扭头看向他。她没听错吧，堂堂锦衣卫指挥使，在偌大京都搅弄风云的人物，竟然像个深闺怨妇一般，说……怕自己不要他？

陆远目光坦然面色如常，只是额上出了一层细汗，耳根也有些泛红："我知你我之间，一向是我强求，也知你从来都不是心甘情愿。我怕你为了摆脱我，就去讨另一个男人的欢心，更怕你不是为了摆脱我，只是因为喜欢他。"

褚祯是皇子如何，是未来储君人选又如何，他从未有过惧意，却独独因为怕她离开他不择手段，怕自己在她心中始终这般不堪。

简轻语还在愣怔，许久之后才憋出一句："我、我在你心里就是这种人？"

"我倒不想将你当成这种人。"陆远幽幽说了句，明明语气如常，可偏偏叫人听出一丝怨气。

简轻语被他说得噎住，好半天竟然认同他的说法，毕竟他就是自己为达目的勾到手的。

见简轻语没有反驳，陆远心中莫名不悦，他深吸一口气，这才缓缓开口："我虽不大会疼人，也总在言语上惹你生气，更是为逼你回来，做过许多不入流的事，可至少我待你是真心。入京前日，我已经拟了奏折，打算请圣上赐婚，只是还未呈上去，你便跑了。"

"……方才不还在道歉吗？怎么突然开始控诉了。"听他提起逃走的事儿，简轻语咳了一声。

不说别的，陆远将她从青楼救出，的确算得上她的大恩人，所以不论何时他提及此事，她都忍不住心虚。更何况她逃走前，还留了张故意气他的字条。

陆远被她一提醒，也意识到跑题了，可提起前事情绪有些刹不住，只能闭上嘴不说话了。

简轻语见状叹息一声："那晚的事儿，我原谅你了。"再不原谅，恐怕要被翻更多旧账了。

"敷衍!"陆远蹙眉。

简轻语无奈,清了清嗓子后站直了身子,一本正经地与他对视:"陆大人,我原谅你了。"

陆远静了许久,突然朝她走去,简轻语吓得连连后退,结果脚后跟不小心磕到床脚,直接朝床上仰了过去。刚落在床上,他便倾身覆了过来,抓着她的手腕道:"当真原谅了?"

"……原谅了原谅了,你赶紧起来!"简轻语闹了个大红脸。

陆远不悦:"若真原谅了,为何还要我起来?"

这个问题问得好,简轻语竟然没听懂。

"原谅难道不是重修旧好?"陆远好心解释。

"当、当然不是!"简轻语惊恐地推开他,趁他不备赶紧跑到窗边,"这二者一点干系都没有,我只是原谅你了,并不想跟你重修……呸!我们哪儿来的旧好?"

听到她一口否认他们的过往,陆远眼神微冷,可一想到过去那些好都是她精心营造的假象,严格说起来的确没有所谓的旧好,于是他的眼神更冷了。

简轻语默默咽了下口水,正思索是不是说得太过分要道歉时,就听到他冷淡开口:"没有旧好,那就修新好。"

"……你还打算强买强卖啊?"简轻语心里没底。

陆远板着脸盯着她,没有回答她的问题,许久之后突然翻窗子走了。

简轻语:"?"怎么突然走了?

陆远绷着脸回了家,一进门就看到管家老夫妇正在前院说笑,看到他回来后急忙行礼,陆远目不斜视地往前走,走了一段后又突然折了回来。

"你们夫妇成亲几载了?"他木着脸问。

老管家茫然:"如今已经三十余年……大人问这个做什么?"

陆远看向管家夫人:"三十余年,你就没腻过?"

"他、他待我极好,老奴怎么会腻……"管家夫人更迷茫。

陆远盯着二人看了许久,最后若有所思地走了。管家夫妇无言地看着他离开,最后对视一眼,管家夫人艰难开口:"大人这般问咱,是什么意思?"

管家:"……"

托陆远的福，今晚又多了两个睡不着的人。

简轻语想了大半夜，都没想清楚陆远为什么会突然走，想到困倦时干脆就不想了，踏踏实实一觉到天亮。

然后一睁开眼睛，就看到桌子上摆了一个熟悉的食盒，怎么看怎么像陆府出品。她无言一瞬，披件衣裳走上前去，打开之后果然看到几样吃食，看样子像是刚蒸出来的，此刻还冒着热气。

……所以他是什么时候送来的？简轻语狐疑地看了眼四周，没看到人影后冷哼一声，板着脸想把东西都扔了，可惜吃食太香，她怎么也下不了手，最后只能勉为其难地吃掉了。

接下来几日，每天早上都能在桌上看到各式各样的吃食，有时是陆府厨子做的，有时像是宫里的，偶尔也会有市井上买来的。简轻语起初还警惕些，时间一久就不深究了，来了东西吃就是了，不知不觉中被喂养得圆润了些许。

赐婚的圣旨早就下了，简慢声也放弃了出家，宁昌侯府总算雨过天晴，简轻语也提出了要为母亲立家的事。

秦怡如今对简轻语改观许多，闻言正要帮忙说两句，便被简慢声看了一眼，她顿时聪明地不说话了。

宁昌侯看着简轻语清澈的眼眸，恍惚间想起那个总是满眼是他的女子，沉默许久后叹了声气："我早已请高僧合过，再过三日便是吉日，只是慢声的事闹得我头晕，一时间就忘了，你既然提起，那便三日后如何？"

简轻语终于轻松了，带着笑意点了点头："多谢父亲。"

"虽然时间上赶了些，但一切有我，我会为你母亲办一场法事，再准备上好棺木，定叫她风风光光入祖坟。"宁昌侯承诺。

简轻语眼睛亮晶晶的，显然十分高兴："棺木由我这个做女儿的置办便好，其他的就劳烦父亲了。"

秦怡刚想说她也可以帮忙，却被简慢声拉了一下。

待众人散了后，秦怡不高兴地叫住女儿："你为何不让我说话？"

"娘，我知道您是好心帮忙，"简慢声叹了声气，"但她应该不想让您伸手她母亲的丧事。"

秦怡愣了一下，这才想起自己的尴尬立场，半晌嘟囔一句："不管就不管。"

说完便板着脸走了。

简慢声无奈地目送她离开，等她的背影消失在拐角后，才慢吞吞地往回走，经过园子时看到简轻语正坐在假山旁发呆，顿了顿后走了进去。

"待事情都办好之后，你是不是就要走了？"简慢声问。

简轻语顿了一下，抬头："……应该吧。"

事情都办完了，自然要回自己的家。

简慢声听出她的不确定，轻笑一声道："就不能多留一个月吗？送我出门之后再走。"

简轻语懒洋洋地看她一眼："你不是不想让我送吗？"

"这次和上次不一样。"简慢声小声回答，表情有点窘迫。

简轻语顿了顿，失笑："嗯，看出不一样了。"

"……所以你留下吗？"简慢声气她打趣自己。

简轻语想了一下："留，也不差这一个月。"

简慢声闻言，顿时松了一口气，脸上的笑都真心了许多。

简轻语与她又聊了两句，见她张口闭口不离李桓，全然没有以前克制的意思，顿时被她酸得牙疼："跟你说话真没意思，我走了！"

说完，扔掉手里的小石头，抬脚便往外走，经过简慢声身边时突然停了一下："那个，谢谢你方才阻止夫人。"

她分得出好坏，知道秦怡是真心想帮忙，可母亲当初的悲剧虽然不是秦怡造成的，却也因为秦怡伤心了十几年，所以无论如何，她都不希望秦怡插手此事。

简慢声笑笑："买棺木若需要银钱，就来找我借。"

"借？"简轻语扬眉。

简慢声一本正经："不然呢？"

"……小气鬼。"简轻语笑骂一句。

三日后便要立衣冠冢，时间紧迫，跟简慢声见过面后她便回房换了身衣裳，带上英儿和这段日子积攒的全部家当就出门了。

然而买棺木比她想象中要难。

京都有权有势的人家，基本都会提前请最好的木匠定做，如今她能买的都是摆在棺材铺里现成的，比起定做的品质要差不少，稍微像样点的还贵得出奇，以她现在手里的银钱根本买不起。

将整个京都城的棺材铺都逛过一遍后，天色也就暗了下来，简轻语从最后一家棺材铺出来时，浑身疲累得厉害。

"……大小姐，实在不行就请侯爷帮忙吧，他或许有相熟的人家，能转给我们一口棺木应急。"英儿小心提议。京都官宦人家有年过花甲的，大多会提前备好棺木，也时常有人转让给急着用的人家，都不算什么忌讳。

简轻语闻言沉默许久，抬头望了望天："能舍得转让的棺木，估计跟这铺子里的差不多，连我在漠北准备的一半都不如。"

英儿鼻子一酸："大小姐，人死如灯灭……"

简轻语笑笑，没有接英儿的话。她也知道人死如灯灭，丧葬办得再风光，也只是活人的一厢情愿，可她就是想办得体面一点，全了母亲最后一程。

主仆俩又转了一圈，最后实在找不到合适的只能作罢，眼看着还有两日就要立冢了，总不能最后一日才找好棺木。简轻语回到寝房发了许久的呆，终于还是妥协了："明日我去跟父亲说一声，请他帮忙找副好的棺木吧。"

英儿小心地为她脱去鞋袜，看到她白皙的脚上几个鼓鼓的水泡，顿时心疼不已："大小姐能想通就好。"

简轻语心想，我哪儿想通了，我只是找不到更好的棺木而已。

英儿想帮她涂点药，简轻语实在没心情，便叫她出去了，自己吹熄了灯烛躺在床上发呆，不知过了多久才勉强睡去。

陆远来时，就看到她皱着眉头，睡得并不安稳，而两只脚上也长了很多水泡。他抿了抿唇，轻车熟路地去她柜里找出药膏，先确认不是她自己调制的，再过来为她涂药。

睡得迷迷糊糊的简轻语感觉脚上凉凉的，她不满地轻哼一声，却没有睁开眼睛。

长夜漫漫，朦胧的月亮慢吞吞地往西走，当最后一丝月光落入西山，天也就渐渐亮了起来。

"大小姐！大小姐！"

简轻语被英儿吵醒，睁开眼睛就看到她冲到了自己床边，险些一头栽在床上。

"……着火了吗?"简轻语茫然问。

英儿用力地摇头,不等气儿喘匀就开始说话:"九爷!九爷……"

"他怎么了?"简轻语下意识地看向桌子,却没有看到熟悉的食盒。

"他送了上好的棺木来!"英儿终于将话说全了。

简轻语愣了一下,起身便要穿鞋,穿到一半时感觉脚上黏糊糊的,这才发现是涂了药膏。

"大小姐,您自己涂的吗?"英儿好奇。

简轻语扯了一下唇角,没来得及解释便匆匆跑了出去。

等她到前院时,远远便看到宁昌侯等人都聚在一起,旁边还围了一群下人。

简震是第一个发现她来的,急忙朝她招招手:"大姐,快过来!"

他这一声吼,围在一起的人顿时散开了些,将中间的棺木露了出来。

棺木大气厚重,黑色的漆底泛着幽幽的光,金线描出的花纹贵气繁复,即便隔了这么远,也能看出与棺材铺那些棺木的差别。

简轻语怔怔地走上前去,抬手扶上黑色的棺头,眼角有些湿润。

"轻语你看看,可还满意?"秦怡心情极好地挽住简慢声的胳膊,"到底是陆大人,做事就是体面,知道日后李桓与我慢声成了亲,大家便是一家人了,所以提前送份大礼……"

"娘,别说了。"简慢声无奈地小声打断,心想这哪儿是李桓的脸面。

宁昌侯看着简轻语发呆的背影,半晌叹了声气:"陆大人是一片好心,可不提前说一声便送来棺木,也实在是不体贴,母亲的棺椁都没有这么好,轻语她娘是做媳妇的,如何能用这么好的棺木。"

简慢声一听赶紧道:"这可是陆大人特意送的,若是不用,怕是会让他心生芥蒂,"说完怕宁昌侯还是反对,于是又小声道,"李桓可是他手下人,总不好闹太僵。"

秦怡闻言当即瞪眼:"没错,怎么也不能让我未来女婿难做!"

"对啊爹,人家送都送了,不让用像什么样子,你就不怕别人说你苛待我大姐生母?"简震也在后面加码。

宁昌侯被众人反对,最终叹了声气:"行吧行吧,不合规矩就不合规矩了,待我百年之后，自会向母亲告罪。"

众人这才松一口气。

简轻语没有听他们的对话，将棺木仔细检查一遍后，才扭头看向宁昌侯："陆远呢?"

"已经走了，他今日休沐，大约是要回府歇息……你去哪儿?"宁昌侯话没说完就看到简轻语跑了，无语之后突然回过味儿来，"她怎么这般没大没小，竟然直呼陆大人的名讳。"

简慢声咳了一声："大约是太感激了。"

"……太感激反而就没礼貌了?"宁昌侯莫名其妙。

这边简轻语一路飞奔回别院，一看到英儿正要说什么，就听到英儿笑眯眯道："马车已经为大小姐租好了，您这便去就是。"

简轻语顿了一下，脸颊微微泛热，但也没说什么便去后门坐上了马车。

马车不停地往前跑，车轮碾过地面的声音仿佛从她心间传来的一般。她一路都心跳得很快，手心也隐隐出汗，可真当马车停下时，她似乎又冷静了下来。

……陆远送完棺木就走，大约是有事要忙吧，她现在跑来道谢，是不是会耽误他的正事?

"这位姑娘，到了。"车夫提醒。

简轻语咽了下口水，沉默半晌后小声道："算了，回去吧。"

车夫："……回去?"

被车夫一反问，她又犹豫了。

一刻钟后，纠结的她还是下了马车，慢吞吞地往陆家走去，还未走到门口，大门突然开了，她猝不及防地和陆远对视了。

陆远今日没穿飞鱼服，而是一身月色锦袍，比起平日鹰犬的冷硬气息要多出一分文雅之气。

简轻语愣了愣，来时准备的千言万语都忘了个干净，憋了半天说出一句："你要出门吗?"

"不出门，来接你。"陆远平静道。

简轻语顿了顿："接我? 你怎么知道……"哦，他是锦衣卫，自己在他家门口逗留这么久，他怎么可能不知道。

“进来吧。”陆远不紧不慢地开口。

简轻语干笑：“不必了，我就是来道个谢。”

“进来说，”陆远说完，见她还要推拒，顿时生出不悦，“你就是这样道谢的？”

简轻语顿了一下，想想人家送了那么贵的棺木给她，她就站门口说声谢谢是不合适，于是赶紧跟了进去。

她已经不是第一次来陆府了，却感觉比第一次还紧张，一路安静地跟着陆远进了房间，刚进门便有人送了糕点过来。

“吃吧。”陆远坐下。

简轻语尴尬：“我不是来吃东西的。”

“我知道，来道谢的。”陆远抬眸，视线落在了她稍稍有些圆润的脸颊上。

简轻语挠挠头，走到他面前问：“你怎么知道我要买棺木？”

“你昨天跑了十多家棺材铺，我想不知道也难。”陆远将她拉到旁边坐定，又递给她一双筷子。

盛情难却，简轻语只好夹了块糕点，咬了一口香气四溢，顿时放松了许多：“你那棺木很贵吧，我现下没有太多银子给你，可否给我缓上一段时间？”

“缓上一段时间你便有了？”陆远还在盯着她鼓鼓的脸颊看。

简轻语点头：“嗯，肯定有。”母亲给她留了不少钱财铺子，只是全都在漠北，等她回去之后，便有钱还他了。

陆远闻言面无表情：“我不要钱。”

简轻语顿了一下，无辜地抬起头：“那你要什……别说要我啊，那是不可能的。”

她倒是警惕，陆远轻嗤一声，还在看她脸上的肉，静了片刻后开口：“我不要你，要别的，你给吗？”

“只要不是我的人，只要我有，肯定给你。”简轻语保证。

陆远勾起唇角：“我要捏捏你。”

简轻语：“？”

简轻语：“！！！”

她嘴里还咬了一口软糕没来得及嚼，表情从茫然到震惊，好半天才问：“你、你认真的?"

"捏一下都不许?"陆远蹙起眉头，倒是没想到她厌恶自己至此。

"不、不是……不对，就是!"简轻语脸颊一红，"你怎么这般流氓!"

"你浑身上下我哪里没见过，以前缠着我要的时候怎么不说我流氓?"陆远冷了脸。

简轻语气得把软糕咽下去:"以前是以前，现在是现在!"

"说什么我要什么都可以，"陆远被她挑起了火气，但是想想还是忍住了，"算了，我不要了!"

简轻语噎了噎，好半天想起他近日为自己做的一切，再看看他不高兴中带着一丝委屈的表情，突然就心软了:"那、那你捏吧。"

简轻语说完，闭着眼咬牙朝他挺了挺身。

陆远乜斜她一眼，看到她的动作后愣了一下，表情突然微妙。

简轻语等了许久都没等到，于是偷偷睁开眼睛，却正好对上陆远古怪的表情。她顿了一下彻底睁眼，虚张声势地问:"你怎么还不动手?"

"真要我动手?"陆远反问。

简轻语仰头:"嗯!"

陆远眼底闪过一丝笑意，抬手捏住了她的脸。

简轻语:"?"

"你以为我要捏什么?"陆远慢条斯理地问。

简轻语:"……"

不知道那口棺木够不够大，她想把自己也装进去。

第三十三章　你敢走我就找别人

简轻语最后可以说是落荒而逃，当晚的噩梦就是陆远追着她说"捏一捏"，羞耻感一直持续了许久都没消退。

转眼便是立冢那日，天下着蒙蒙小雨，但没影响一众事宜。宁昌侯府办了一场大法事，又请来四邻好友，按照规矩认认真真地为简轻语的母亲立了冢。

当棺木被黄土掩埋，简轻语心中的大石头也落了地，她红着眼角，看着墓碑上的名字，许久之后低声道："下辈子，多为自己考虑，别再吃苦了。"

一旁的宁昌侯闻言愣了一下，抬头看向这个女儿，明明她离得这样近，他却恍惚觉得她离自己很远，就好像从丧事办完的一瞬间，她便变得陌生了一般。

操持丧事很累，待一切都结束后，简轻语回到房中睡了一天一夜，再醒来时只觉得神清气爽，一切过往和过错仿佛都不重要了。

窗外又淅淅沥沥地下起了小雨，她在床上坐了会儿，就懒洋洋地起来了。英儿进屋时，就看到她在收拾东西，愣了愣后震惊："大小姐想现在就走？"

"……我倒是想现在走，"简轻语想起那日在陆府丢的脸，恨不得立刻飞回漠北，"不过我已经答应了慢声，待她成亲之后再离开，现在只是简单收拾一下。"

"那就好那就好，"英儿松了一口气，"前院春生借走奴婢二钱银子，奴婢还没要回来呢，要是现在就走，怕是没法跟他讨要了。"

简轻语失笑："那你可得尽早要，婚期虽然还未定，但应该不会太久。"

"嗯！奴婢明日就去要！"英儿保证。

简轻语含笑点了点头，这才注意到她手中端的糕点，当即感兴趣地拿了一块，尝了尝后惊讶："这味道跟陆远送的似乎一样。"

"这正是九爷送来的，奴婢估摸着大小姐该醒了，便去热了一下，味道可还好？"英儿问。

简轻语应了一声："不错，跟刚出锅的味道一样。"

"那就好，"英儿松一口气，接着想到要紧的事，"对了，您要回漠北的事，跟九爷说了吗？"

简轻语吃东西的动作一停，半晌才若无其事道："要是说了，恐怕就走不了了。"

英儿顿时担心起来："可不说的话，他会不会很生气？"九爷发起火来，应该很可怕吧。

"……会，但是说了一样会生气，所以此事绝不能让他知道，明白吗？"简轻语认真强调，也不知是说给英儿听的，还是说给自己听的。

英儿皱眉："万一他去找你了呢？"

"应该不会……吧，圣上那么看重他，每日都要他陪着，他就算想去找我，怕也是没时间，等日子一久，说不定就将我忘了。"简轻语说着，心里突然有些不是滋味，连手中的糕点都不甜了。

英儿倒不觉得九爷会忘了她，可见她神色郁郁，便也不忍再多说，只是强调一句："不论大小姐做何打算，奴婢都听您的！"

简轻语勉强笑笑，默默将糕点吃完。

莫名其妙的情绪一直持续很久，直到一日清晨，她突然发现衣裳紧了，震惊瞬间压过了不高兴。

"我怎么就胖了呢？最近也没吃太多东西啊？"她坐到铜镜前，一边吃点心一边百思不得其解。

英儿默默看向她手中的糕点，简轻语沉默一瞬，咬着牙丢到了盘子里："待会儿叫个工匠来，把窗子加固了，不准再让某人进来！"

这几天虽然没见陆远，可糕点却是每日清晨都准时出现在桌子上，她吃了那么多难怪会突然胖起来。

想到自己多少年都没胖过了，简轻语顿时咬牙切齿。

英儿看她一脸不高兴，顿时把那句"也不能全怪九爷"咽了下去，听话地去喊了木匠。

当晚，陆远推了半天窗，动静将简轻语都吵醒了还是没能进来。陆远站在窗外沉默许久，最终默默看向自己手中的食盒。

简轻语裹紧她的小被子，坐在床上屏息听着，当推窗的动静消失后，她长长地舒了一口气，唇角勾起一点得意的弧度。然而这点得意没有维持太久，门就被推开了，人家陆远直接从正门进来，二人猝不及防地对视了。

简轻语睁大眼睛："你、你怎么进来的？"

"开门进来的。"陆远说完，看了眼被封死的窗子，将食盒放到桌上后径直朝她走去。

简轻语吓得连连后退，眼看着他要到床边了，赶紧开口威胁："你要再过来，我可就喊人了。"

"喊啊，最好喊得整个侯府都知道。"陆远在床边坐下，抬眸似笑非笑地看着她。

简轻语瞬间怂了，默默裹紧被子嘟囔："我才没那么傻……"

她说完之后，陆远喉间溢出一声轻笑，如玉石落入泉水，叮咚清澈。简轻语愣了一下，不知为何脸颊突然有些热了，一时间也没有再说话。

屋里本就黑黢黢的，窗子又封死了，更是伸手不见五指，两个人面对面坐着，也只能勉强看到对方的眼睛。不知过了多久，简轻语感觉到陆远动了动，还未等问怎么了，就看到一簇火光突然在他手中绽开，驱逐了周围的黑暗。

火折子昏黄的光亮起，两个人的脸终于暴露在光中，简轻语一抬头便对上了陆远漆黑的眼眸。她又往被子里缩了缩，把脸也用被子挡住了。

陆远唇角勾起一点不明显的弧度，伸手去拉她身上的被子，却被她下意识地制止："做什么？"

"松开，让我看看你。"陆远低声道。

他平日总是冷着一张脸，偶尔温和一次，便叫人难生拒绝，简轻语觉得自己真是魔怔了，竟然真的因为他一句话，便松开了身上的小被子。

陆远盯着她的脸，眼底透着一分认真，像是要将每一寸都看仔细。简轻语被他看得渐渐局促，终于忍不住嘟囔一句："有什么好看的，不是每天都来吗？"她就不信他来的时候会不看她。

"不一样，现在是没睡着的。"陆远回答。

简轻语无语地扫了他一眼，却在对上他的视线后脸颊更热，正在不知所措时，就听到陆远不紧不慢道："醒着时似乎比睡着时更圆润些。"

简轻语："……"

陆远还没觉得自己说了什么了不得的话，说完手里的火折子熄灭了，四周重新归于黑暗："为何要将窗子钉死？"

"……你还有脸问？"简轻语怒从心头起，"我如今这么圆，到底是谁害的！"

陆远顿了一下："圆了不好？"

"你觉得好吗？"简轻语反问。

陆远沉默一瞬，抬手搂住了她的腰，直接拖到了怀里。简轻语没想到他突然动手，急忙抵住他的胸膛："你干什么？"

"是重了不少，抱起来都比以前沉了。"陆远说完，还不怕死地掂了掂。

简轻语："……不想被我杀了，就最好闭嘴！"

陆远轻笑："真凶。"

简轻语："……"

一刻钟后，陆远被赶了出去，房门砰的一声关上，险些拍到他的鼻子。他眼底带着笑意，直接转身离开了。

简轻语被陆远气得一夜没睡好，待天亮之后便决心日后要少吃些，然而待饭菜送到面前时，她又没忍住多吃了些，吃完又开始懊悔，懊悔完再吃。

反复了几日后，她确定这条道是走不通的，于是痛定思痛、反复思考之后，一头扎进了医书里，打算为自己研制一种吃完就瘦下去的药丸。

当看到她开始炼药时，英儿简直胆战心惊，盯了两三日见她没乱吃药后，这才放心下来。

在简轻语专心炼药的时候，不知不觉中便到了简慢声的定亲宴。

其实定亲礼一般只适用于婚期较长的人家，像简慢声这种婚期较为仓促的，往往会省了这一环节，而李桓却觉得，别人有的简慢声也要有，于是坚决要办这一场，而像这样给女方撑面子的事儿，宁昌侯府自然也不会拒绝。

"我这个女婿啊，可真是懂事儿，我家慢声也是有福气，才能找到这么个体贴的。"秦怡笑得见牙不见眼，其他女客纷纷附和。

简慢声听得窘迫，便低着头去找简轻语。

"从大早上夸到现在，她也不怕被人笑话。"简慢声低声埋怨，眉眼间总算有了小姑娘的娇嗔。

简轻语原本正心不在焉地想溜，听到她的话后扬眉："她夸得难道不对吗？

定亲可不止吃饭喝酒这么简单，还要送定亲礼，我看方才那些箱子，可比父亲当初退给周家的多，李桓这次是把全部身家都送来了吧？"

"……你也笑我，我不理你了。"简慢声没什么力道地横她一眼，便去找自己的小姐妹了。

简轻语失笑，待她走后四处张望一圈，确定没人往她这边看后，便偷偷摸摸地跑回了别院。她的药丸已经炼了三天三夜，再有小半个时辰便好了，她必须得盯着点儿才行。

眼下已是晌午，后院宴席已经准备妥当，像这样的定亲宴向来不大在意"男女不同席"的规矩，所以不论男客还是女客，都是各自找了相熟的人同坐。

今日陆远、季阳等人也作为李桓的亲朋来赴宴了，宁昌侯单独为他们开了一桌，就离主桌不远。

季阳还没坐下就先张望一圈，没看到简轻语后立刻跟陆远告状："大人，这么重要的日子，她却不见人影，不会是想躲着你吧？"

陆远早在他之前便注意到简轻语不在，闻言抬起眼眸看向他，却没有开口说话。

季阳被他看得心里没底，咳了一声问："大人，你这么看着我做什么？"

"你若真闲，就回去将府衙的茅厕都打扫了。"陆远缓缓开口。

季阳："……大人，我错了。"

"晚了。"

陆远说完便看向门外，一刻钟后，简轻语匆匆赶来，手里还攥个什么东西，正匆匆往荷包里塞。他眉眼微动，这才垂下眼眸。

简轻语一早就知道他也来了，所以在厅内看到一桌锦衣卫也不觉得意外，只是视线扫过季阳时，总觉得他莫名地……幽怨？

她没有多想，匆匆赶到了宁昌侯身边："女儿来晚了，还请父亲恕罪。"

"今日大好的日子，说什么恕不恕罪，快坐下。"秦怡热情招呼。

宁昌侯也笑道："是啊，快坐下吧。"

简轻语笑笑，挨着简慢声坐下了，一抬头就看到李桓坐在对面，黑黑的肤色还透着一点红，偏偏还要表现得庄重，真是说不出的好玩儿。

"近来天气转凉，可我怎么瞧着他又黑了？"简轻语小声八卦。

简慢声顿时不高兴了："谁黑了？明明白得很。"

……这便是传说中的情人眼里出西施？简轻语无言一瞬，鬼使神差地看向隔壁桌的陆远，在猝不及防与他对视后急促收回视线，脸颊突然就红了，一颗心也跳得越来越厉害。

"你很热吗？"简慢声蹙眉看着她泛红的脸。

简轻语默默喝了一大杯水："嗯，屋里人多，就热了。"

虽然没有听到她说话，却清楚看到她脸红的陆远扬起唇角，心情颇好地对旁边的季阳道："打扫茅厕的时候，记得点上熏香。"

"……大人，卑职知道了，咱能别在宴席上说这些吗？"季阳低声地问。

陆远斜睨他一眼，没有与他计较。

宴席热热闹闹地进行着，简轻语一边吃饭，一边惦记怀中刚炼好的丹药。她已经查过医书，这丹药吃完会有些四肢无力，也有可能冒虚汗，而且最好是在躺下后服用，所以她方才没有急着吃，打算等宴席结束之后回房服用。

她炼了这么久才炼出一颗丹药，恨不得立刻试试其效果，所以越到宴席最后她便越急切，恨不得立刻就走。

陆远看出她的急切，以为发生了什么事儿，便想着宴席结束后找她问问，谁知结束后一转眼，便找不到她了。他刚要抬脚去找，便被李桓拦住了："大人。"

陆远面无表情，抬脚便要走。

李桓忙道："大人，我知道你还生我的气，可我当日确实已无别的法子，您就别不理我了。"

"让开！"陆远蹙眉。

李桓吓得一缩，但还是坚强地站定了："不让，除非您不生我气了。"

厅堂门前，人来人往，陆远没兴趣给人当猴看，于是不耐烦地扫他一眼："过来！"

李桓眼睛一亮，急忙跟了过去，两个人走到了角落无人处，刚一站定，李桓肚子上便挨了一拳，直接摔在了地上。

陆远这一拳毫不留力，李桓疼得脑门冒汗，半天都没说出话来。

"若非你今日定亲，不好叫人看见伤处，这一拳就该打在你的脸上。"陆远面无表情道。

李桓呼出一口浊气，半晌委屈地问："卑职当时虽抗命行事，可结果还是好的，大人为何还要生卑职的气？"

"你当真觉得结果是好的？"陆远冷淡反问。

李桓愣了一下，不太明白他的意思。

另一边，简轻语一路跑回别院，刚进门便叫英儿为她倒茶，英儿知道她想做什么，顿时心急得不行："大、大小姐，这药是什么效果还无人知晓，您就这么贸然服用，会不会对身子不好？"

"我严格按照医书炼制，不会有问题的。"简轻语胸有成竹。

英儿就怕她胸有成竹，见她已经将黑乎乎的丹药掏出来了，急忙拉住她的手："要、要、要真是这么好的药，不如赐给奴婢吧，奴婢也特别想吃。"

"你已经瘦得像麻秆一般了，还吃这东西做什么！"简轻语奇怪地看她一眼，"不过你若真想要，那我明日再给你炼制就是。"

说完，仰头将药丸吞了进去。

英儿："……直接吞了？"

"咳咳，有点卡嗓子，但咽下去了，"简轻语心情愉悦地到床上躺下，"药效差不多持续四五个时辰，这四五个时辰内我便不下床了，若是饿了就让你给我送些吃食过来。"

英儿无言许久，默默走到床边蹲下。

简轻语奇怪地看了她一眼："现在不饿，不必管我，忙你的去吧。"

"……奴婢还是陪您一会儿吧。"英儿忧心忡忡。

简轻语见她坚持，便也没有再说什么，只是安静地躺着。

半刻钟后，英儿紧张道："大小姐，您的脸好红。"

"嗯，药开始有效果了，你给我倒杯水，我有些渴。"简轻语镇定道。

英儿赶紧倒了杯水来，简轻语咕嘟咕嘟喝完，稍微舒服了一些，于是继续躺着。

又过半刻钟，英儿咽了下口水："大小姐，您出了好多汗……"

"我知……道，"简轻语咬紧了唇，隐隐觉得身子不大对劲儿，"出汗也是效果之一，没事儿。"

英儿看她呼吸都开始不稳了，实在不像没事的样子，咬咬牙扭头就跑："大

345

小姐您等着，奴婢给您找个大夫去！"

"别去唔……"简轻语话没说完，喉间流溢出一声甜腻的轻哼，她顿时惊恐地睁大了眼睛。

英儿一路飞奔，经过园子时险些撞到人，站稳后忙福身道歉："对不起对不……九爷？"

陆远已经习惯了她的叫法，见她如此着急顿时蹙起眉头："这般着急，可是发生什么事了？你家小姐呢？"

"我、我……小姐方才服了自己炼制的丹药，现下出了很多汗，整个人都有些不对劲儿了。"英儿急忙回道。

陆远一听顿时黑了脸，大步朝着别院走去，英儿吓了一跳，急忙跟过去："您不能这么过去，万一被人看见了……"

"侯府下人此刻都在前院帮忙，此处没人。"陆远冷淡道。

英儿愣了一下，想说你怎么比我还清楚府中的状况，可惜还没说出来，陆远已经消失了。她盯着前方的路纠结一瞬，最终放弃了请大夫。

嗯，陆九爷无所不能，他去了小姐就该好了……吧，即便好不了，他也能请来最厉害的大夫。英儿满是信任地轻呼一口气。

陆远径直走到简轻语寝房门前，门都没敲直接推开进去，重新关上时突然听到了甜腻的闷哼，他关门的手顿了一下，眼神突然变得微妙。

与她做过千百次那事儿，他自然知道她此刻的轻哼是什么意思，只是没想到她这个时候……不是说吃了丹药？陆远清醒了些，直接走到床前，看到床上的画面后喉头一紧。

此刻的简轻语衣带尽褪，身上露出大片风光，一双长腿在散落的衣裙中若隐若现，她双眼迷离，红唇咬着指尖，显然正在极力忍耐。

简轻语也察觉到有人，她抬起湿漉漉的双眸，看清是谁后含泪伸手："大人……"

陆远的喉结动了动："英儿说你吃了自制的丹药。"

"……是可以让人变苗条的丹药，不知道哪儿出了问题，就变成现在这样了。"简轻语都快委屈死了，她又不是没经过人事，怎会不知现在是什么情况，只是她想破脑袋也想不明白，为何丹药会有这种效果。

陆远眼眸渐黑，见她的手还伸着，便直接握住了。简轻语轻哼一声，直接跪起缠了上去，身子紧紧贴着他，试图叫自己好过一些。

然而陆远没动，只是任由她贴过来。简轻语在他唇边亲了半晌后，终于忍不住催促了："大人，快点。"

"……知道你现在在干什么吗？"陆远哑声问。

简轻语艰难点头："我神志很清楚。"

"所以明日一早不会赖账？"陆远扬眉。

简轻语愣了一下，不大明白他的意思。

"我不能白白出力，除非你答应负责。"陆远盯着她的眼睛。

简轻语："……你这是趁火打劫。"

"我一个清清白白的男人，现在要将身子给你，只是要求你负责，如何就成趁火打劫了？"陆远嘴上一本正经，手指却心猿意马地抚上了她的腰。

简轻语没想到他会这么无耻，一时间震惊都快压过难受劲儿了："你不要脸！你哪儿……清白了？"

"我只有你一个女人，还不清白？"陆远反问。

简轻语正想反驳，突然愣了一下："就我……一个？"

"不然呢？"陆远扬眉，"你将我当成什么人了？"

……若她没猜错，他如今也二十五六了吧，这么多年竟然只有她一个？简轻语愣怔之余，心里突然生出一分奇怪的欢喜。

"说话，高兴傻了？"陆远已经没有耐性了。

简轻语回神，又是一声轻哼，紧贴他的身子立刻察觉到他的变化，她眯起眼睛，突然狠心推开了他，红着一张脸重新倒在床上："我不负责。"

"你是执意要赖了？"陆远似笑非笑，"不怕我走？"

简轻语咬了咬下唇，缓慢地呼出一口浊气："你要是敢走，我就找别人。"

陆远的脸瞬间黑了："除了我，你还想找谁？"

简轻语："……"我哪儿知道，就是为了气你而已。

陆远见她不说话，还以为她心里真有一个名单，当即气笑了，解着腰带居高临下道："简喃喃，几日没收拾你，你真是越发无法无天了。"

简轻语咽了下口水，即便在如此渴求他的情况下，也隐约察觉到一丝危险。

第三十四章　大婚前日

简轻语的药炼得极好，说药效能持续四五个时辰，那便是四五个时辰，她从白天哼唧到深夜，陆远也一刻都没闲着，到最后二人头一次没有清洗便相拥沉沉睡去。

翌日晌午，日头晒得人眼睛都疼了，简轻语才勉强睁开眼睛，刚一动就感觉身上又疼又酸，顿时闷哼一声重新老实下来。

寝房里还弥漫着令人脸红心跳的味道，她却顾不上害羞，只是双眼呆滞地窝在陆远怀里，脑海中闪过一幕幕难以启齿的画面。

……所以她昨天都干了什么？自制一颗药丸，接着就开始跟陆远邀宠，深夜明明已经累得动弹不了了，还含着泪要他抱。简轻语倒吸一口冷气，默默将脸埋进了陆远的怀中。

陆远还未醒来，简轻语躺了一会儿后，咬着牙勉强坐起来，歇一会儿后扶着腰起身，颤巍巍地去将窗子打开，散了散屋里令人萎靡的气味。

等她做完这一切，陆远也醒了，躺在床上安静地看着她。

"……快起来，你该走了！"简轻语一开口，便是破锣般的声音，她顿时懊恼闭嘴。

陆远眼底闪过一丝笑意："待会儿叫人泡些蜂蜜水，润润嗓子。"

简轻语假装没听见，红着脸往门口走，陆远看着她还在打战的双腿，眼底的笑意更浓。

简轻语叫英儿送了些吃食，自己从半掩的门端进屋，陆远见状起身到桌边坐下，两个人一同用了膳。大约是真累了，二人的胃口一个比一个好，吃饭的时候谁都没有说话，寝房里只偶尔发出碗筷碰撞的轻响。

吃过饭，又沐了浴，换上一床干净的床单被褥，继续躺下休息。简轻语原本还惦记着要赶陆远走，无奈他太懂事，沐浴和换床单都是他亲自去做，她作为被伺候的人，实在没脸再赶人。

"……你走的时候，记得将换下的床单带走，"简轻语嘟囔，"自己洗，别被人发现了。"

上头那么多痕迹，她没脸让下人去洗。

陆远闭着眼睛，手指在她光洁的胳膊上摩挲："嗯，我带走。"

简轻语在他怀里蹭了蹭，又想起陆远先前要她洗的那条床单，此刻还在床底下扔着，正想趁机叫他带走，可惜实在太过困倦，没等说出口就睡着了。

陆远轻轻拍她，不多会儿也跟着睡去，他这一次没睡太久便醒了，小心地将简轻语搭在自己腰上的手拿开，待她调整好姿势睡得更安稳后，才下床收拾。

穿好衣裳后，他将随意丢在地上的床单被褥打包好，正要拿着离开时，突然注意到床底露出的一角布料，他顿了一下上前，随意一扯便拉了出来。

是他先前要她洗的床单，上头的一点癸水早已干涸，在浅色的布料上十分显眼。

都拿过来这么久了，竟然到现在还没洗。陆远眼底闪过一丝无奈，正要将床单一起带回去洗了，可转念一想还是放回了床底。

他倒要看看，这丫头何时会洗。

京都的天儿渐渐转凉，晌午时还有两分热，待日头落山之后，连空气都开始泛着冷。简轻语睡得又香又沉，一直到天黑才醒来，当她睁开眼睛时，身边的人、地上的床单被褥全都消失了，若非她浑身酸痛，还真以为自己只是做了一场大梦。

她呆坐了片刻，才去找陆远以前给的避子丹，然而找出装药的瓷瓶后，才发现里面已经空空如也。

没了？那岂不是可以试试自己改良的避子药方了？简轻语眼睛一亮，当即找来笔墨纸砚，熟练地写出一张药方，等英儿进来后交给她："你去为我抓一服药。"

"……这药是干吗的？"有了昨日那事，英儿十分警惕。

简轻语顿了一下："强身健体的。"她脸皮虽厚，可也不好意思跟一个没经人事的小姑娘说避子的事儿。

英儿疑惑地看向药方，无奈不认字，只好暂时信了简轻语的鬼话。

不过她到底留了个心眼，等跑到药铺抓药时，先拿出药方问了大夫，大夫对药方研究半晌道："这药方属实古怪，老夫也看不出个所以然来。"

"怎么说？"英儿忙问。

大夫皱眉："这上头的麝香、红花都是极寒之物，对女子身子常有极大损害，可当归、枸杞又是温补之物，还有其他这些药材都是相克之物，老夫还未见过有谁会放在一张单子上，敢问姑娘，这是要治什么病？"

"……别管是什么病了，您只需为我开一剂温补的汤药便可，不必按照这张方子来开！"英儿叹气道。昨日刚见过大小姐胡乱吃药的样子，今日说什么也不能让她乱吃了。

简轻语还不知英儿给她换了药，拿到手时便已经是熬好的汤药，她直接一碗灌进去，顿时一阵轻松。

这一日之后，陆远便因为二皇子遇刺一案忙碌起来，她也每日里陪着简慢声置办嫁妆，两个人便没有再见面。

虽然没见面，可桌上日日都会出现各种小玩意儿，有时候是吃的，有时候是用的，有时候是价值连城的名贵药材。每当看到这些，简轻语心里便有说不出的滋味，偶尔也会有那么一瞬间对京都突然产生不舍。

在她心情越来越奇妙的时候，二皇子遇刺案突然被叫停，圣上大怒，呵斥不准再查，谁也不知发生了什么，只知道陆远停手此案后，不论是大皇子还是二皇子，都一如从前。

简轻语隐隐猜到是有大事发生，因为桌上有两三日都没出现东西了，她心中沉重，终于忍不住叫英儿给陆府送了封信。

当天夜里，她睡得并不安稳，蒙眬中感觉身边好像有人，结果一翻身，当真翻进了一个怀抱。

她勉强睁开眼，对上陆远如深秋初冬般的眼神后愣了愣："陆远？"

"特意递信给我，可是想我了？"陆远勾唇反问。

简轻语讷讷地看着他眼底的黑青，半晌将脸埋进他怀里，闷闷地说："你这几日一直没来，可是发生什么事了？"

"是有些事儿，不过已经解决了。"陆远轻描淡写，没有说他将所谓的证据呈上时，圣上为了保密，对除他以外所有经办此案的锦衣卫起了杀心的事，亦没有说自己为保全属下，险些被发怒的圣上杀了的事。

这几日的确刀悬于顶，可当她软软地倚进怀中，一切惊心动魄便都离他而去。

简轻语闻言，只是安静地抱着他。

陆远轻抚她的后背："你就不好奇谁是刺杀二皇子的幕后凶手？"

"不重要，你没事就好。"简轻语小声道。

陆远心头一颤，他握住她的胳膊，将人从怀里捞出来，看着她的眼睛哑声问："你的意思是，我更重要？"

简轻语愣了一下，刚要反驳说自己不是那个意思，可与他对视后却说不出话了，半晌只是红着脸讷讷道："比起什么大皇子二皇子，你原本就更重要。"

陆远心中生出一股清晰的喜悦，仿佛初春融化的溪水，潺潺奔涌经久不息。他从未想过自己会有这样的情绪，与她每一次哄骗自己时完全不同的、极为陌生的一种高兴。

简轻语见他不说话了，一时后悔自己乱说话，当即胡乱辩驳："你别多想哦，我没有别的意思，我就是跟大皇子不认识，跟二皇子也只是泛泛之交，你却是曾经救我……"

话没说完，唇便被堵住了，她惊慌地睁大眼睛，双手抵住了陆远的胸膛，唇齿斯磨间抗议："今日不行……"算算时间她月信将至，这两日不好胡来。

陆远只是浅尝辄止，便将人拥进了怀中："知道，所以这次来，也是要给你送些东西。"

说罢，他从怀中掏出一个叠好的锦帕，交到了她手中。

简轻语顿了一下，将锦帕打开，便看到几块香料，闻到气味顿时打了喷嚏："这味道好难闻……"且有些熟悉。

她说完，突然想起第一次去陆家的时候，顿时睁大眼睛无声抗议。她可永远都记得，第一次去陆府时癸水突至，本就难受得紧，他还给她这种劣质香料，害她一晚上都熏得难受。

陆远见她这副样子，唇角浮起一点不明显的弧度："这是宫中蜜香，可以缓解月信腹痛，也能滋养身子，你这两日就用上，到月信来时就不痛了。"

简轻语愣了愣："这不是劣质香料？"

"陆府有劣质的东西？"陆远反问。

简轻语怔怔地看着他，许久之后突然眼角泛酸："我、我那时背叛了你，你为何还对我好？"

"大概是欠你的吧。"陆远语气没什么起伏，说出的话却透着温柔。

简轻语心中像打翻了五味瓶，一时不知是何滋味，只是在漫长的对视之后，逐渐察觉到自己有些失控的心跳，然后后知后觉地意识到，她或许喜欢上他了。

她都要回漠北了，这个时候发现喜欢他，可真是……太糟糕了。

"在想什么？"陆远抬手摩挲她的眉眼。

简轻语回神："没、没什么，就是……在想慢声的婚事。"

她只是随口拿简慢声做了幌子，但陆远听了之后神色却突然变淡，简轻语心里咯噔一下，有些紧张地问："可有什么不妥？"

陆远安静地看着她，许久之后将她扯进怀里，低声问："待你嫁我时，我定为你扫平所有阻碍。"

"……谁要嫁你了。"简轻语顿时心跳得厉害。

陆远唇角扬了扬，眼底却没有笑意。算起来，婚期还有半个月，可圣上却像是忘了此事一般，并没有发落李桓的意思……但愿他是真的忘了，抑或是愿给他一条生路。

这一晚之后，陆远便没有再来了，但桌上的小东西再次出现，简轻语每次都要盯着这些吃的用的发许久的呆，直到被简慢声拉去帮忙。

随着婚期越来越近，宁昌侯府也越发忙碌，连简轻语也失去了早睡晚起的权利，每日里都要跟简慢声一起忙碌。

京都有婚前不相见的习俗，这段日子李桓便没有再出现，可简轻语亲眼看着这两人的书信一日来往三四趟，比先前见面的时候还黏糊，转眼便是大婚前日，宁昌侯府都快忙疯了，简慢声却还在不紧不慢地给李桓写信。

"……若真这么思念，偷偷见一面不就好了，何必搞这些乱七八糟的。"简轻语刚忙完，一回来就看到她正在叠信封。

简慢声扫了她一眼，将手中信封郑重折好，待送信丫鬟拿走后才不紧不慢道："习俗上婚前若是见面，婚姻便不长久，该避讳还是要避讳的。"

"你何时也这般迷信了？"简轻语不屑。

简慢声眉眼带笑："与他的婚事，马虎不得。"

简轻语顿了顿，抬头将她认真打量许久，才小声问："嫁给他就这么好吗？"

"嗯，"简慢声点头，眼底是细碎的光，"我这段日子，高兴得像做梦一样。"

简轻语眨了眨眼："你不怕他婚后变心？"

"……我还没成亲，你就这般咒我了？"简慢声无语。

简轻语讪笑："我只是这么一说，你若是介意就算……"

"我不知他日后会不会变心，我只需知道这一瞬，他心中有我便够了。"简慢声打断她的话，眼底是浅浅的坚定。

简轻语愣了愣，许久之后才道："若是我的话，他要是敢变心，我就不要他了！"

简慢声顿了顿，突然福至心灵："简轻语，你是不是……"

"我不是我没有，不准胡猜。"简轻语顿时绷了脸。

简慢声笑了起来："看来即便是我成亲后，某人也未必会离开了。"

"谁说的，我定然是要回漠北的。"简轻语小声嘟囔，只是想到某个人，就没什么底气罢了。

简慢声也不拆穿她，只是握紧了她的手："我明日便要出门了，你今晚可要与我同衾？"

"这也是京都的习俗之一？"简轻语扬眉。

简慢声含笑点头："算是吧！"只不过习俗，是要同母所出的亲姐妹才行。

简轻语对京都习俗不熟，闻言便直接答应了。

皇宫，主殿门前。

李桓被几个同僚打趣得黑脸泛红，却始终是笑的，只是不停地提醒他们明日来喝喜酒。

"知道了，都说八百遍了，如今谁不知道你要娶宁昌侯府的二小姐了。"季阳笑骂。门口离内间有三道门，倒不怕惊扰圣上。

李桓不好意思："她即便是布衣之女，我也是心喜的。"

"够了啊，再这么酸我可真要打你了！"季阳说着便要动手，却在余光扫到谁后立刻站直，其他人见状也顿时各归其位。

陆远走过来时，一群人已经老实得像鹌鹑一般了，他扫了季阳一眼，这才看向李桓，神色中透出些轻松："恭喜！"

"多谢大人，"李桓嘿嘿一笑，看了眼周围后不好意思道，"大人，明日便是我的婚期了。"

"嗯，所以才要恭喜。"陆远眼底闪过一丝笑意。明日就是婚期，而圣上始终没有动手，看来是真的网开一面了。

李桓听到他道喜，心里越发高兴，正想拉着他说些话，里头的内侍便来了："陆大人，圣上还等着您下棋呢。"

陆远应了一声，抬脚走了进去。

一刻钟后，他在圣上对面坐定，接过圣上递来的白子。

"知道为何朕总执黑子吗？"圣上咳嗽着问，停查二皇子遇刺案后，他鬓间的白发便又多了许多。

陆远垂眸："微臣不敢妄揣圣意。"

"你呀，总是这么小心，"圣上叹了声气，"能为什么，还不是因为黑子先发制人，而朕从不喜欢被动接受。"

陆远正欲落棋的手指一顿，倏然下错了地方。

圣上大笑一声，立刻吃了他几子，陆远抬眸看向他，面上一片平静，放在腿上的手却暴起了青筋。

"朕先前赐婚的那个李桓，明日就该成亲了吧，"圣上啧了一声，"他可是第一个坏了朕规矩的人，当真是勇气可嘉。"

"圣上……"

"还记得朕为何为你取名培之吗？"圣上含笑看向他，"'天之生物必因其材而笃焉。故栽者培之，倾者覆之'，中用的就留着，不中用的就放弃，《中庸》诚不欺我。"

陆远静了许久，才哑声问："圣上既然已经决定'倾者覆之'，为何到今日才说？"为何偏偏是李桓成亲前一日，是连他都觉得圣上大发慈悲的时候。

"若非如此，如何以儆效尤？"圣上笑呵呵地说，"你是个聪明孩子，想来不会让朕失望。"

陆远垂下眼眸，没有说话。

"知道你心肠软，或许下不了手，待会儿出去时带上两个内侍，"圣上又落一棋，面上显露疲惫，"记得将人带得远些，别脏了皇宫这地界儿。"

"……是。"

陆远应声，将棋盘收拾妥帖后便往外走，刚走出第二道门，便有内侍跟上了。他眼底一暗，没有阻止二人，只是安静地往外走。

李桓还在与人说笑，看到陆远后立刻站直："大人！"

"跟我来，有事要你做！"陆远冷淡地扫了他一眼。

李桓愣了愣，急忙跟了过去，本想仔细问问情况，可看到他身后的内侍后顿了顿，到底是没有问。

一行人径直往外走，坐上马车出了宫，又出了城，最后在一片乱葬岗停下。

此刻已经天黑，空无一人的乱葬岗只有乌鸦低飞，时不时发出嘶哑难听的叫声。

陆远终于停下脚步，两个内侍也松了一口气，赶紧站到离他远一些的地方，安静地等着接下来发生的事。

李桓不解地看着面前的陆远："大人，我们来这里做什么？"

"自然是为了……"陆远眼角泛红，话没说完绣春刀突然出鞘，光影流转之后刺进李桓心口，"杀你。"

李桓不可置信地看着他，张开嘴想要说话，却只能吐出一摊血沫，最后睁着眼睛直直地倒了下去，抽动两下后闭上了眼睛。

陆远握刀的手微微颤抖，面色冷硬如十殿阎罗，许久之后阴鸷地看向两个内侍："两位公公，可以来检验了。"

内侍本就因为四周乱丢的尸体生出胆怯，对上陆远的视线后更是一颤，匆匆上前查了下李桓的鼻息，便急急退后了："大人，查验过了，咱、咱们走吧！"

"既然查验完毕，我便叫人将他的尸首送回李家，圣上既然没定他的罪，他便依然是锦衣卫，不该被丢弃在这种地方。"陆远淡漠开口。

内侍连连点头："是、是，大人说得是！"

陆远蹲下，抬手覆上李桓的伤口，哑声道："下辈子若还做锦衣卫，记得听话点。"

他说完，便面无表情地离开了，内侍见状也赶紧跟了上去，只剩下浸在血水中的李桓还留在乱葬岗。

半个时辰后，李桓被两个锦衣卫送回了李家，不久有人到宁昌侯府报丧。

秦怡听完直接昏厥过去，宁昌侯和简震急忙去扶，整个侯府都乱成了一锅粥。

而简慢声却显得极为平静，只是扭头看向一旁的简轻语："方才那人说什么？"

"他说……说李桓今日办差时遭贼人暗害，已不幸离世。"简轻语小心地看着她，仅仅是说出这些便有种不真实感，很难相信好好的人会突然离世，可来报丧的是李家管事，绝不可能会开这种玩笑。

简慢声在听完她的重复后，竟然没忍住笑了一声，随即又淡了神色："李家也真是的，明日就要成亲了，怎么今日还敢开这种玩笑！"

"慢声……"

"我要去李府，待我知道是谁胡说，看我不撕烂他的嘴！"简慢声说完扭头就要走。

简轻语看到她的样子极为担心，忙追了上去，然而刚追了几步，简慢声便突然停下了："不行，不能去，未婚夫妇婚前见面，日子会过不到头的。"

"慢声……"简轻语蓦地心疼。

简慢声眼圈渐渐泛红，许久之后颤声开口："我与他情投意合，怎么可能会不到头，姐，你陪我去李家看看好不好？"

简轻语急忙答应，叫人备了马车，扶着她便偷偷出了府。二人一路赶到李家，还未到门口便听到了震天的哭声，简慢声颤了一下，突然白了一张脸，接着疯一样从马车上跑下去，简轻语心中一紧，也急忙冲下去追。

待她追上时，简慢声已经在厅中停下，而在她面前的，便是一口还未合上的棺木。简轻语走上前去，便看到了里面脸色灰青的李桓。

真的……死了？简轻语怔怔，总算有了点真实感。

四周遍是哭声，偶尔也有远亲议论的声音响起，简轻语隐约听到有人说，这棺木本为李府老太太备的，没想到祖母还没用，孙儿就先用上了。

简轻语能听到的话，简慢声自然也听得到，当听到孙儿先用上那句时，她竟笑出了声，在满是哭声的主厅里顿时吸引了所有人的目光。

"……慢声，看也看过了，我们先回去吧！"简轻语担忧地扶住她。

简慢声将手抽了出来，平静地与她对视："姐，你听到了吗？这棺木是为李家祖母准备的。"

"慢声……"

"祖母的棺木，定然是最宽敞、最气派的，"简慢声扭头看向李桓，"做婚房，似乎也不算委屈。"

说完，不等所有人反应，她猛地朝棺木上撞了过去，简轻语下意识去抓，却只抓住她一片衣角，最后眼睁睁看着她撞在了棺木上。

满堂皆惊，一片混乱，简轻语的眼睛被她额上流出的血刺得生疼，慢慢地肚子好像也跟着疼了起来。

第三十五章　我没那么喜欢你

随着简慢声倒下，厅内一片混乱，简轻语不自觉地攥紧了小腹处的衣料，额上的虚汗落入眼眸，害得她看不清前方情景。

她想去扶简慢声，可腹痛得厉害，连半步都挪不动，最后只能眼睁睁看着她被众人抬走。她整个人都是茫然的，脑子里一片空白，一片混乱中被李家丫鬟扶住，携裹着朝前走去，走了没几步便两眼一黑。

待她眼前恢复清明时，已经回到了寝房之中，英儿急切地忙前忙后，看到她睁开眼睛忙冲过来："大小姐、大小姐您可算醒了！您再稍等一下，大夫马上就来……"

简轻语嘴唇动了动，半晌哑声问："慢声呢?"

"二小姐没事，她没事，"英儿红着眼眶，"就是头上的伤口吓人，大夫忙活许久才止住了血。"

简轻语听到简慢声还活着，便微微松一口气，随即感觉到小腹又是一阵疼，她脸色唰地白了。

英儿吓了一跳："您还有哪里不舒服吗？奴婢现在就去催大夫……"

"不用，"简轻语颤声开口，"我只是月信推迟引起的腹痛，你去将我的香取来，点上一块便好。"

"好好，奴婢这就去！"

英儿慌里慌张地去取香，直接在床边点燃了。刺鼻浓烈的气味升起，许久之后腹痛逐渐减轻，简轻语缓缓呼出一口浊气。

"……大小姐，好些了吗?"英儿担心地问。

简轻语微微颔首，英儿轻呼一口气："那奴婢去跟大夫说一声，叫他不必过来了。"

"嗯。"

英儿又看了她几眼，确定她没事之后转身离开，简轻语安静地躺在床上，满脑子都是简慢声撞上棺椁时的画面。

一块香燃尽，小腹终于不再疼了，她试着坐起来，觉得力气恢复了些，便径直去了简慢声院中。她到时大夫刚走，围满人的院子总算清净了些，宁昌侯红着眼眶坐在门口的地上，彻底没有了往日的体面。

简轻语抿了抿唇，走上前去唤了一声："父亲。"

宁昌侯迟缓地抬头，浑浊的眼睛与她对视半晌后，才想起要说话："啊……慢声已经醒了，夫人在里头陪她，你去看看她吧，顺便……看能不能劝劝她。"

"……嗯。"

简轻语抬眸看向寝房门，好一会儿才抬步走了进去。

寝房里的下人都遣出去了，只剩下简慢声母女，简轻语快走到里间时，便听到了简慢声虚弱的声音："娘，我真的好喜欢他，我这辈子，大概只能喜欢他一人了。"

简轻语猛地停下脚步。

"孩子啊，日子还长，你别钻牛角尖……"秦怡呜咽着。

简慢声叹了声气："您别哭了，我头疼。"

秦怡顿时捂住嘴，不敢再哭了。

"其实我与他早就认识了，在我定下周家之前，更早的时候，我便喜欢他了。"简慢声想起初相识，唇角扬起一点笑意，接着看向秦怡，"娘，您是不是觉得我在说疯话?"

秦怡再也绷不住了："娘怎么可能觉得你在说疯话，你是娘的女儿啊! 你听到赐婚的消息时有多高兴，娘都看在眼里，娘为何如此喜欢这个女婿，不就是因为他能让你高兴吗?!"

简慢声愣怔："是吗，我还以为自己遮掩得很好……"

"女儿，娘的好女儿，你好好保重自己行吗? 娘知道他死了你难过，可你还有爹娘啊! 你不能这般自私，就这么弃我们而去啊!"秦怡再也绷不住大哭起来。

简轻语抿着唇进门，低头便对上简慢声恍惚的双眼。姐妹俩对视许久，直到秦怡不再哭了，才彼此别开视线。

秦怡看到简轻语来了，急忙擦了擦眼泪："轻语来了，那我先回去，你们姐儿俩聊聊，"说着她站了起来，一到简轻语面前便又嘀了泪，小声哀求，"你劝劝她啊……"

简轻语微微颔首，目送她离开后才到床边坐下。

"今日吓着你了吧?"简慢声轻声问。

简轻语抬头，看到她额上缠的白布后，小腹又是一阵轻痛。她深吸一口气，待疼痛感消失后才低声道："你不该如此冲动!"

"我没有冲动，"简慢声垂下眼眸，"我只是想去找他。"

简轻语喉咙动了动，好半天问一句："为什么呢?"

简慢声唇角勾起一点轻笑，半晌抬头与她对视："总有一日，你会知道的。"

"……我不可能知道，"简轻语想起她满脸血的样子，顿时脸色苍白，"我做不到像你一样，这般喜欢一个人。"

"真的如此吗?"简慢声安静地看着她，仿佛要看穿她的灵魂，"若真这般笃定，为何现下如此恐慌?"

简轻语心口仿佛中了一箭，突然火辣辣地疼了起来，她深吸一口气艰难开口："我恐慌是因为……怕你会死。"

简慢声笑笑，许久之后疲惫地闭上眼睛："我累了，你回去吧。"

简轻语嘴唇动了动，像是想说什么，可最后还是什么都没说，便低着头转身离开了。临出里间时，她突然忍不住回头，当看到简慢声安静的睡颜时，心里生出一丝淡淡的恐惧。

她盯着简慢声看了许久，直到丫鬟到里间守着，她才捂着隐隐作痛的小腹离开。

简轻语走了之后，简慢声缓缓睁开眼睛，安静地看着床上的帷幔，一直到了深夜，整个侯府都陷入沉睡，她看了眼倚着脚踏沉睡的丫鬟，游魂一般走到梳妆台前，拿起台子上的簪子狠狠刺进手腕。

殷红的血缓缓流出，她神色平静，握紧了簪子便往另一侧刺去，然而下一瞬，窗子发出一声响动，她恍惚抬头之后突然就愣住了。

这一夜简轻语辗转反侧，脑子里尽是最后看到的简慢声，一直到天亮才勉强有些睡意，然而不等睡熟，外头便传来一声凄厉的哭声，她从梦中惊醒坐起，心口仿佛有一处瞬间塌陷，疼得她说不出话来。

大婚当日，简慢声到底还是去找她的夫君了，简轻语去看她时，只见她神色平静，唇角隐有笑意，似乎在做什么美梦。可她手腕上伤口狰狞，殷红的血染透了衣衫，又有什么美梦可言？

简轻语胃里一阵翻涌，冲出人堆跑到角落吐了许久，直到腹中的东西吐得一干二净，才无力地跌坐在地上。

接下来几日整个侯府都混乱不堪，早前准备的红绸尽数摘下，换上了丧事才用的白纱。李桓的父亲登门一次，不知都说了些什么，最后婚事还是办了，只是这一次用的是白布和哀乐。

二人合葬那日轰动整个京都，世家权贵来了大半，百姓纷纷上街观看，就连圣上，都着陆远送来了丧礼金。

简轻语这阵子消瘦许多，前些日子有些紧的衣裳，此刻穿在身上都松松垮垮的，她站在老了十岁的秦怡身边，安静地为新婚夫妇烧纸。

"……轻语，你若累了，就去歇歇吧。"秦怡满是疲惫，却还是哑声劝道。

简轻语微微摇头，垂着眼眸道："我答应要送她出门，自然要说话算话。"

秦怡闻言愣了一下，突然咬住衣袖无声地哭了起来。简轻语看她一眼，最终叹了声气，将她揽进怀中，秦怡顿时放声大哭，哭声引得不少人潸然泪下。

陆远到时，便看到简轻语一脸放空，安静地揽着秦怡，双眼直直地盯着火盆，也不知在想什么。他蹙了蹙眉，将圣上所赐之物放到灵堂上，然后转身便走了。

一刻钟后，李家丫鬟到简轻语身边说了什么，简轻语眼眸微动，将秦怡交给英儿后，自己跟着丫鬟离开了。

她一路往深院走，礼乐声被她落在身后，很快四周便静了下来。

不知走了多久，她来到一间偏房门前，而丫鬟早已不知所踪。她抿了抿唇，推门走了进去，一转身便看到了门后的陆远。

房门关上，四目相对。

"怎么瘦了这么多，人也憔悴了，"陆远不悦，"多久没休息了？"

简轻语定定地看着他，一个字都没说。

陆远极不喜欢她这样陌生的眼神，见状当即蹙眉："为何这般看着我？"

"……李桓的死，并非偶然吧。"简轻语开口，声音微微嘶哑。

陆远顿了一下，平静反问："何出此言？"

"锦衣卫差事，皆由指挥使大人派遣，大人又一向爱护属下，又怎会在李桓大婚前日要他去做事？"简轻语说完，眼角隐隐有泪。

陆远抬手去抚她的脸，简轻语猛地后退一步，与他拉开了距离，陆远的手就此停在了空中。

"大人还未回答我的问题！"她一字一句地说。

陆远还是如先前一般平静："有些事，你不该问。"

简轻语定定地看着他，半晌嘲讽一笑："既然怕被人知道，何必再假惺惺送什么丧礼金，不知道的还以为他当真宅心仁厚，真是虚伪……"

"轻语，不可妄言！"陆远沉了脸。

简轻语猛地闭嘴，两只手攥紧几次最终松开，有气无力地开口："大人教训得是，轻语失礼了。"

"轻语……"

"若无别的事儿，小女就先告退了。"简轻语垂下眼眸，直接越过他去开门。

正当她要出去时，陆远突然开口："李桓没死。"

简轻语猛地停下，不可置信地看向他。

"简慢声也没死，"陆远转身与她对视，"简慢声也没死。"

"……不可能，他们现在就在棺椁里。"简轻语低声道。

陆远蹙眉："不过是用了药昏睡而已，只有停灵满七日，才不会引起圣上怀疑。"

简轻语怔怔地看着他，还是不敢相信。

陆远见她还不肯相信，干脆举起手指发誓："若我有半句虚言，就让我遭天打雷劈。"

简轻语喉咙动了动，半晌睫毛轻颤："你说什么？"

"本来不想告诉你，"陆远无奈，"可今日一看，我便后悔了。"

若知道她会伤心憔悴成这样，说什么也不会瞒着她。

简轻语见他不像在说假话，蒙了许久之后终于还是相信了，虽然因此生出了更多的疑问，可她识相地没有再问。而事实上，她只需知道简慢声还没死便

362

够了。

陆远看出她想问什么，于是简单解释道："我早前便知道圣上可能会对李桓下手，所以提前与李桓通过气，也早就叫了人日日在乱葬岗等着，等圣上真要李桓命时，我便将他带到乱葬岗'杀'死，至于简慢声……她倒是个烈女子，我听说她自尽的事后，便去找了她一趟。"

那晚他到时，恰好撞见简慢声自尽，索性就让她伪装自尽，然后给了她一瓶护住心肺的假死药，骗过了大夫与宁昌侯府上下。

听完陆远的解释，简轻语总算理清了，于是晕乎乎地问："既然要保密，为何还要告诉我？"

"若我再不说，你现下是不是打算去灵堂上摔了御赐之物？"陆远无奈。

简轻语顿了一下，没有否认他的话。

"没猜错的话，你还想跟我划清界限吧？"陆远气笑了。

"……若你真是杀李桓的凶手，便等于间接杀了我妹妹，我如何不与你划清界限？"简轻语见他生气，心里也没什么底。

陆远撩起眼皮看了她一眼，突然将人搂进了怀中："这几日受苦了吧！"

明明是一句平淡的话，简轻语却突然感到心头抽疼，压抑了几日的难过猛然爆发，再也控制不住痛哭起来。陆远顿了一下，蹙起眉头低声哄道："过了这几日，我便带你去见他们，不哭了。"

简轻语还是哭，片刻后突然犯恶心，缓了片刻才好一些。

她像一根绷了许多天的弦，紧了太久之后猛然放松，一直压抑的疲惫突然涌来，以至于流着眼泪便已经昏睡过去。

待她再次醒来时，面前只有忧心忡忡的英儿，而陆远早已不见踪影。

简轻语坐起身，抬眸便看到窗外已日落西山："……我睡了多久？"

"回大小姐，您睡了两个时辰。"英儿小声道。

简轻语愣了一下："慢声……"

"二小姐已经下葬了，就葬在李家祖坟。"英儿提起简慢声，顿时红了眼眶。

简轻语抿了抿唇，对自己睡前的记忆突然不确定起来……陆远说的是真的吗？还是她太想简慢声活着，以至于出现了幻觉？

思来想去都没个结果，不如去找陆远问个清楚。简轻语下意识起身要往外走，走了几步后又猛地停下。

不行，不能找陆远，万一被有心人看到，岂不是平白生出许多事端？

"……大小姐，您做什么去？"英儿担心地问。

简轻语沉默一瞬，眼神逐渐坚定："回家。"若那些不是梦，那么等过完这几日，陆远自然会带她去见简慢声。

这般想着，她心下稍定，便带着英儿回家等消息去了。

然而这一等便是十余日，陆远一直没来，她的心也逐渐凉了下来。

英儿进屋时，便看到简轻语心不在焉地望着窗子，一如之前那些日子。英儿叹了声气，将洗脚水端到脚踏上："大小姐，您月信已经迟了十几日了，奴婢明日去给您拿些药吧。"

"我月信向来不准，不必当回事儿。"简轻语回神。

英儿咬唇："那您多用热水泡脚，一样有效的。"

简轻语笑笑，正要脱了鞋袜，一道身影突然越过窗子落进房中，她眼睛一亮，猛地朝他扑了过去。

陆远还未站稳就看到她跑过来了，只得丢了手中的刀抱住她，见她脸颊还是消瘦，不由得蹙起眉头："这几日可有好好用膳？"

"我那日不是做梦对吗？"简轻语与他同时问。

陆远顿了一下，无奈："你何时待我有这般殷切便好了。"

简轻语眼巴巴地看着他。

陆远眼底闪过一丝笑意："现在能走吗？还是先换件衣裳？"

"能！"简轻语急忙道。

陆远闻言直接将人打横抱起，跳窗之前想到什么，于是扭头对呆滞的英儿道："人我带走了，今晚不回。"

说完，便消失了。

英儿目瞪口呆地看着空空如也的窗子，好半天才点了点头："……哦。"

一辆不起眼的马车停在侯府后门，接了人之后便出发了，七弯八拐地跑了半天后，停在了一个胡同里。简轻语一路上心情都十分忐忑，待跟着陆远在一道门前停下时，心跳更急促了，直到大门打开，一张熟悉的脸出现，她的情绪突然在一瞬间平复。

"大姐。"额头、手腕都包着白布的简慢声，看见她后瞬间哽咽。

简轻语深吸一口气，然后缓慢地呼了出来："没事就好……"

跟在简慢声身边的李桓看到她，也愧疚地唤了声："大姐。"

简轻语微微颔首，便跟简慢声去了厢房。

"我本想提前同你们说的，可是怕你们露出破绽，只能暂时瞒着，结果一瞒就瞒到了现在。"

"继续留在京都太危险，我们先前是受着伤不好离开，现在伤已经恢复些了，得先去外头避避风头，等到将来江山易主，再想法子回来，到时候再来孝敬爹娘。"

"李桓他对我极好，你告诉爹娘，让他们放心吧，我不会受苦的……不对，还是先别说了，还是稳妥些好，待再过些时日，你再告诉他们，我不孝顺，害他们伤心，日后定用一辈子来弥补。"

简慢声仿佛有无数的话要说，简轻语唇角含着笑，安静地听她或欣喜或忧愁的闲话，竟生出一分想哭的冲动。

简慢声说到最后，渐渐有些不好意思："……你怎么不吭声啊？"

"我好像没什么要说的，知道你还活着便已经足够，若要我说的话，"简轻语想了一下，"那便祝你此生顺遂吧。"

"此生顺遂……"简慢声重复了一遍，眼底染上了笑意，"好，那便祝我此生顺遂。"

简轻语看着她脸上的笑，眼底隐有泪意。

这一日二人说了许多话，待到要分开时，简慢声拉着她的手舍不得松开，简轻语见状打趣："不是最初见我就讨厌的时候了？"

"你那时不也讨厌我嘛。"简慢声回怼一句，说完顿了一下，对上简轻语含笑的眼睛后，终于能坦荡地说出心里话，"当年父亲再娶平妻是祖母的主意，我母亲也只是听从了父母之命，你讨厌她实在没有道理。"

"当年我母亲明明是先嫁给父亲的那个，你却总觉得我们母女鸠占鹊巢，难道就有道理了？"简轻语也针锋相对。

简慢声眯起眼睛："你对我娘不礼貌。"

"你又何尝礼貌过？"

"你享受侯府大小姐的荣宠，却从未为侯府考虑，自私自利。"

"现在死遁的可是你，我的二小姐。"

……

两个人你一言我一语，李桓担心地凑到陆远身边，压低了声音问："她们会不会打起来？"

"那你们绝不会赢。"陆远面无表情。

李桓愣了一下，明白是什么意思后："……"

正当他觉得无语时，吵架的两姐妹突然笑了，张开手臂抱住了对方——

"姐，我走了。"简慢声哽咽。

简轻语眼角也泛红："你爹娘对我可没什么养育之恩，我是不会留在他们身边侍奉的，所以……别走太久。"

"……嗯。"

夜幕在不知不觉中落下，马车在没什么人烟的大路上飞快地跑，马蹄声混合车轮声荡出很远，离别在悄无声息中到来，然后天各一方，不知何时再相见。

简轻语从上了马车便一直在发呆，陆远唤了她几次，她都没什么反应。他本想着将她带回陆府，可看到她现下的状态，又担心她会休息不好。

正当他要告诉车夫送她回侯府时，简轻语突然开口："我永远不可能像简慢声喜欢李桓那样喜欢你。"

陆远顿了一下。

"但我喜欢你。"简轻语抬头看向他，眼眸湿漉漉的。

她不可能为了一个男人要死要活，但她可以为了一个男人……暂时在京都多留一段时日。

陆远定定地看着她，直到指尖传来疼痛，他才意识到自己按着刀柄的力道失了控，心跳也随之失了控。

"无妨，"他哑声回应，"只要独爱我一人，爱意再少，我都接受。"

第三十六章　把脉

马车穿行在京都的夜里，将完整的静谧撕开一个小角。

简轻语乖顺地枕在陆远肩上，不知何时已经入睡，陷在黑甜的梦里不肯醒来。马车平顺地驶入后院，渐渐停了下来。

"大人，到了。"车夫隔着帘子道。

陆远看了眼怀中安睡的小姑娘，沉默一瞬后淡淡开口："下去吧！"

"……是。"

打发了车夫，马车上只剩下两个人，其中一个还睡得不知今夕何夕。陆远垂着眼眸，端坐着听她浅浅的呼吸声，手指缓慢地在她手背上摩挲，一瞬便已是万年。

夜色渐渐深了，陆府院中的灯笼一盏一盏熄灭，只有停了马车的后院还一直亮着。简轻语不知睡了多久，终于轻哼一声醒来，她睁开眼睛后缓了片刻，才慢吞吞地坐起来："马车怎么停了？"

"到了，自然就停了。"陆远抬眸看向她。

简轻语眨了眨眼，撩开车帘看了眼，不由得失笑："还真是，那你怎么不叫醒我呀？"

"不过是刚到。"陆远随口道。

简轻语也不知自己睡了多久，闻言点了点头便俯身下去了，站稳后刚要给陆远腾地儿，一回头就看到他还在马车上坐着。

"怎么不下来？"简轻语扬眉。

陆远眉头紧蹙，没有要动的意思。

简轻语盯着他看了很久，恍然："脚麻了？"

陆远："……"

"还真是啊，"简轻语乐了，又重新爬上了马车，凑到他身边不怀好意地戳了一下。

酸麻的感觉从她指尖触碰的地方溢开，一时犹如过电一般，陆远闷哼一声，抓住了她的手："简喃喃，别闹！"

"大人平日不是最喜欢喃喃闹嘛，怎么今日就不喜欢了？"简轻语嘿嘿一笑，作势要去抓他。

陆远立刻控制了她两只作怪的手，轻轻呼出一口浊气："小混蛋。"

"大人你骂我，我就是想给你捶捶腿，你怎么能骂我。"简轻语撇着嘴控诉，耍无赖时颇有几分初相识时的模样。

陆远长眸微眯："简喃喃，放肆是要付出代价的。"

简轻语仍在作死："只要大人肯让我捶捶腿，付出什么代价我都乐意。"

"这可是你说的。"陆远意味深长。

简轻语顿了一下，升起一股不好的预感，下一瞬扭头就跑，可惜被陆远长臂一捞，一翻身便按在了软榻上。

简轻语的后腰轻轻磕在垫子上，她轻哼一声攥住陆远的袖子："别、别闹。"

"这会儿知道怕了？"陆远反问。

简轻语咬唇："腰酸，真的不能折腾。"

她说的可是真话，这几日一直腰酸得厉害，即便是轻轻地磕碰一下，酸意就会一路蔓延到小腹，滋味实在算不上好。

陆远一眼便看出她说的是实话，当即将人扶抱起来，安置在自己的腿上："可是这些时日惊惧伤心闹的？"

简轻语也不大确定："应该是吧。"

陆远抬手抚上她的额头："早知简慢声的事会让你如此伤心，我就该早些告诉你。"

"没事，都过去了，日后我好好养着，大约很快就好了。"简轻语急忙安抚。

陆远在她唇上印下一吻："那便好生歇息。"

"嗯。"简轻语乖乖点头。

两个人在马车里腻了许久，最后因为简轻语的肚子突然响了，才一同去厨房吃了些东西，然后便回屋歇息了。

虽然在马车上已经睡了许久，可简轻语一到屋里还是沾床就睡，陆远去熄个烛火的工夫，她便已经抱着被子睡熟了。

黑暗中，陆远在她身边静坐许久，最后喉间溢出一声轻笑，也跟着躺下了。

简轻语一直睡到天光大亮才醒，睁开眼睛时陆远已经走了，她习以为常地一个人起床用膳，吃饱后坐着陆府的马车晃晃悠悠地回了侯府，刚进门就闻到一股烧纸钱元宝的味道。

她顿了一下，顺着味道走了过去，一路走到简慢声的别院，就看到秦怡正抱着简慢声的一件衣裳痛哭，简震就坐在她身边，红着眼眶烧元宝纸钱，旁边的丫鬟、婆子都在无声抹泪，场面十分凄凉。

若换了之前，简轻语只会跟着一同难受，可现在看到这一幕，她只觉得无语。

简震是第一个发现她来的，看到她后哽咽道："大姐，你也来给二姐烧纸吗？"

秦怡抬头，泪眼婆娑："轻语……"

丫鬟、婆子们顿时哭出了声："大小姐！"

简轻语："……"不知道的还以为她死了。

她深吸一口气，走到了秦怡面前："夫人，逝者已矣，您就不要过度伤心了，简慢声她若……泉下有知，看到您这般难过，怕也会跟着伤心。"

"她个不孝女，若是真会因此伤心，那就让她伤去吧！"秦怡突然激动，说完又开始伤心，边哭边道歉，"慢声，呜呜，娘是一时口快，你别生娘的气啊……"

简轻语被她哭得头疼，正想再说些什么时，简震递过来一叠纸钱："大姐，你给二姐送些盘缠吧，她若知道是你送的，定然会高兴的。"

"我不……行吧，我送。"简轻语拒绝到一半放弃了，无奈地接过纸钱，像简震一样席地而坐，一边往火盆里扔纸钱，一边装模作样地念叨，"慢声啊，大姐给你送钱来了，你若是用不着，就让别的孤魂野鬼拿走吧，也算是积了阴德。"

她这话有调侃的意味，可惜在场的除了她谁也听不懂，甚至还引来新一轮的哭声。简轻语在一片哭声中，闻着香烛过于浓郁的味道，胃里顿时一阵翻涌，害得她对着火盆突然呕了出来。

当火盆被秽物灭了大半时，所有哭声戛然而止，每个人都一脸呆滞，尤其是秦怡，更是呆滞中难掩震惊。

简轻语吐完后很难受，当即使唤简震："去给我倒杯清水漱口。"

"啊……哦。"简震一脸蒙地跑进别院，给她倒水去了。

秦怡愣怔许久，突然怒了："你怎么能吐在火盆里？你是不是故意的！"

"你也别闲着，我现在嘴里发苦，叫人给我送碟腌酸枣过来。"简轻语随口道。

秦怡："……"

丫鬟婆子们："……"

悲伤的气氛被打断，突然显得不伦不类起来，秦怡还未来得及发火，简震便狗腿地跑了回来，简轻语漱了口，再次吐在了火盆里，本就不大的火苗瞬间彻底熄了。

一切荒唐过了头，反而叫人生不起气了，秦怡怔怔地看着她，半晌叫来贴身伺候的婆子："去给她拿一碟腌酸枣。"

"……是。"

简轻语轻呼一口气，看到火盆又开始干呕，简震忙将火盆端走，她这才好一些。

一通折腾后，简轻语如愿地吃上了腌酸枣，酸得倒牙的枣子吃进腹中，她的心情顿时好了许多，再扫了眼周围都盯着她的人，静了静后道："都下去吧。"

有夫人和未来世子在，丫鬟婆子们本不该听她这个小姐的，可经过方才那些事，愣是一个敢犟嘴的都没有，直接扭头都走了，别院门前顿时只剩下他们三人。

"我知道你心里不喜欢我，可你不该作践到慢声身上，她可是最喜欢你这个姐姐啊……"秦怡有气无力地说完，眼泪便掉了下来。

简轻语看向她死死抱在怀中的衣物，静了半晌后突然道："别扯坏了，将来还用得着。"

秦怡愣了愣，茫然地看向她。

简轻语伸出食指，在唇上比了一个"嘘"的手势，秦怡愣神许久，突然无声地睁大眼睛，捂着嘴安静地流泪。

简轻语叹了声气，拍了拍她的肩膀便走了，刚走出没多远，就听到秦怡抬高了声音："你没骗我?!"

"我有必要骗你?"简轻语回头，"且安心保重身体，待到变天了，自然有机会再见。"

说完，她意有所指地看了眼头顶的日头，便真的离开了。

秦怡怔怔地盯着她的背影看了很久，突然将怀里的衣物摔了，想笑又不敢笑，最后变成了大哭。

于是当天晚上，整个侯府都知道了大小姐气哭夫人的事，宁昌侯听说后当即要去教训简轻语，却被秦怡强行拦住，简震怕他们吵起来，也跑去拦着，三个人也不知在屋里说了些什么，最后宁昌侯和简震出来时，眼睛也是又红又肿。

"……现在府里都说夫人宅心仁厚，大小姐不知好歹，还说他们一家三口要被大小姐欺负死了，当真是一派胡言，可真是气死奴婢了!"英儿气恼。

简轻语不当回事儿："既然知道是一派胡言，就不要再与他们计较了。"

看父亲跟简震的反应，便知道他们也得知了真相，如今他们这一家老小，算是一个都没瞒着了，也幸好都是至亲，也是有分寸的人，不必担心会泄露。

挺好的。

简轻语想着轻笑一声，接着又忍不住干呕，英儿忙帮她拍背，一时也顾不上谴责流言了。

这一日之后，侯府依然愁云惨淡，丝毫没有露出破绽，京都永远都有新事物，很快便将简李两家结冥亲的事压了过去，渐渐地再无人关注。而简轻语等了很长一段时间也没有等来癸水，恶心的症状越发严重了。

又一次在陆远面前干呕之后，陆远冷了脸："明日必须看太医!"

"不用……"

"我不是在与你商量。"陆远打断。

简轻语漱了漱口，无奈道："真的不用，我只是前段时日没好好吃饭，脾胃不适而已。"

"即便是脾胃不适，过了这么长时间也该好了，"陆远不悦，"听话。"

简轻语撇了撇嘴，没有答应也没再拒绝。陆远知道她的小心思，但也没有戳破，待到明日将太医叫到她面前，便由不得她了。

"今晚想吃些什么？"陆远知道她最近腰总是酸，便伸手为她揉腰。

宽厚的手掌将整个后腰覆盖，热腾腾的气息源源不断地传来，简轻语很是受用，趴在他怀里不肯动："想吃鱼，多多地放醋。"

陆远一顿："你以前从不吃酸。"

"近来想吃了。"简轻语懒洋洋地回答。

陆远若有所思地看向她，许久之后心中升起一个大胆的猜测，这猜测让他的手不由自主地收紧，直到简轻语不满地轻哼一声，他才猛地放开。

"你说……你癸水将近两个月没来了？"陆远的声音透着连他自己都没发现的紧绷。

简轻语闭着眼睛应了一声："是啊，刚才不是说了嘛。"

"而且动不动就犯恶心，现在食性也变了。"陆远一字一句地确认。

简轻语猛地睁开眼睛，仰起头看向他，对视许久后恶从胆边生，直接掐住了他的脸："想都不用想，我们这俩月就那一次……"

"是一晚。"陆远强调。

简轻语嘴角抽了抽："那也不可能，我吃了避子药！"

陆远顿了顿："是我给你的那些？"

"……嗯。"简轻语略为心虚。

陆远逐渐冷静："那便不是了。"他给的避子丹是圣药，从未出过纰漏，若她吃的是那些，便绝不会有身孕。

简轻语松开了他的脸，看着他脸上多出的两个指印扬眉："我怎么听着，你有些失望啊！"

"没有太失望，"陆远攥住了她的手，拇指在她手背上摩挲，"现在成亲，风险到底大些。"

"……谁要成亲了，我才不成亲。"简轻语默默将手抽了出来。

简慢声和李桓虽也算圆满，可付出的代价实在太惨烈，给她留下了不小的阴影，她眼下虽喜欢陆远，可半点儿嫁给陆远的心思都没有。

她抿了抿唇，小声与陆远商量："我们不成亲行吗？"

"你要这样偷偷摸摸一辈子？"陆远反问。

简轻语眨了眨眼睛："我觉得挺好的呀，你想见我时便来找我，我去找你也行，平日就各忙各的互不干涉，不会像寻常夫妻一样整日在一起，最后徒生厌倦。"

陆远静静地与她对视，确定她是认真的后淡淡开口："可我想要你来做陆府的主子。"

"……什么主子不主子的，我不在意这些。"简轻语突然不敢看他了。

陆远定定地看着她："我在意。"

简轻语："……"

她张了张嘴，突然不知该说什么了，只希望他能尽快转移话题，陆远也沉默下来，静静地等着她妥协。两个人彼此等待，结果一晚上过去了，谁也没等到想听的话。

这一晚之后，陆远便没有再来，简轻语怕他逼自己许诺，也不敢再去找他，两个人就这么僵持下来。虽然隐隐闹了别扭，可翌日太医还是来了，只是简轻语没心情让他诊治，随便敷衍几句后又将人送走了。

之后一连数日二人都没见面，简轻语第一次知晓，原来思念一个人是这般难受，抓心挠肝的，总忍不住想去看看他，可偏偏又因为别的事不敢去。

……所以自己都不在意名分了，他为何还要在乎呢?! 简轻语越想越不高兴，每日里把自己关在府中生闷气，本想着眼不见心不烦，结果还是处处都能听到他的消息，难得阖府一起吃顿饭，饭间又听宁昌侯和秦怡聊到了他。

"锦衣卫这次真是了不得，竟然能让圣上革去大皇子监国之职，还将周贵妃软禁在宫里，依我看哪，储位极有可能是二皇子的了。"宁昌侯啧了一声。

简轻语拿筷子的手顿时一停，不等她追问，秦怡便先开口："圣上革大皇子的职，关锦衣卫什么事?"

"若非锦衣卫拿到了大皇子行刺二皇子的证据，圣上又如何舍得下如此重的手?"宁昌侯感慨。这已经是朝中公开的秘密，所以也不介意在家里说说。

秦怡惊呼："不是说二皇子遇刺一案不让查……"

话没说完，她便反应过来了，若是无事发生，为何好端端的突然不让查了? 为何大皇子这些日子无功无过，却突然被革了职，母妃还被软禁，想来是圣上为了遮家丑，才会要锦衣卫瞒下此事，待风头过了再一一清算。

此举瞒不过满朝人精，却足以糊弄百姓保全大皇子名声，虽不算高明，却也算得上有用了……可凶手为何会是大皇子？简轻语抿了抿唇，盯着碗里的菜发呆。

刚从行宫回来时，她便被陆远警告过，要离二皇子远些，当时她便看出他在意指遇刺一案，是二皇子自己策划的苦肉计，所以案子停查之后，陆远问她是否好奇谁是幕后凶手时，她虽未回答，但心里一直觉得二皇子才是幕后之人。

……怎么突然就变成大皇子了呢？

简轻语心中的疑惑越积越深，正要忍不住去问宁昌侯时，就听到秦怡长舒一口气，颇带几分得意地开口："无论如何，大皇子倒台对咱侯府来说都是好事，锦衣卫这回也算得上咱们的福星了。"

宁昌侯但笑不语，似乎也表示赞同。

简轻语顿了顿，脑子一时没转过弯来："为何是好事儿？"

"你忘了他外家是谁了？"秦怡反问。

简轻语恍然，这才想起周贵妃是周家女，而大皇子也是周家外孙、周音儿嫡亲的表哥。

虽然简、周两家之间的恩怨都因周家而起，可也叫大皇子的声誉平白受了牵连，加上他与周家打断骨头还连着筋的关系，将来若有一日做了皇帝，即便不找侯府算账，也要大力扶持周家，到时候小小的宁昌侯府，又如何能与天子近臣抗衡？

简轻语想通一切后猛然站起，将闲聊的秦怡跟宁昌侯吓了一跳。

"你、你做什么？"秦怡茫然问。

简轻语眼眸晶亮："我困了，先回房睡觉！"

说罢扭头就跑。

秦怡无言地看着她离开，接着才看向宁昌侯："你有没有觉得，轻语这阵子似乎比从前胖了些？"

"是胖些了，但看着神色乏累，总是睡不醒，还是得多补补身子。"宁昌侯蹙眉。

秦怡点了点头："也是，该补补了。"

胖且憔悴的简轻语匆匆从后门离开，轻车熟路地进了陆家的门，没等小厮通报，她便一路跑进了陆远的书房。

陆远正在看公文，当听到屋外传来跌跌撞撞的脚步声时，顿时什么都看不进去了，克制许久唇角才没扬起。

简轻语一冲进来，就看到他一本正经地拿着公文，并未朝她看过来。她也不在意，跑到陆远身旁后直接倒进他的怀里，陆远倒没想到她会这般无赖，只能伸手接住了她。

简轻语顺势揽住了他的脖子："陆培之，二皇子遇刺一案是苦肉计吗？"

"是，"陆远了然地看着她，"你听说什么了？"

"给大皇子定罪的人是你吗？"简轻语又问。

陆远不语，但态度已经说明了答案。

简轻语的心狂跳，莫名其妙地开始生气："你可知这是欺君之罪，你就不怕砍头吗？"

"我上呈所有证据皆非伪造，有什么可怕的？"陆远抬手抚上她的脖颈，几日未见，她似乎又圆润了些。

简轻语还是不高兴："可还是很危险，即便你能将自己择清楚，将来有一日大皇子找到了证据，一样可以反将你一军，治你个办事不力之罪。"

"锦衣卫直属于圣上，赏罚皆由圣上一人定，他想治我的罪，也要他先当上皇帝再说。"陆远眼底闪过一丝肆意，显然未将大皇子放在眼中。

简轻语定定地看着他，突然有些心堵："……你做这一切，都是为了我吧？"

陆远闻言勾起唇角，倒是坦荡承认了："除了你，还有谁值得我冒险？"

简轻语顿了顿，心里又酸又甜，一时间眼角都红了。

陆远看着她委屈的样子颇为无奈："你近来情绪真是反复得厉害。"

"……我乐意。"简轻语吸了下鼻子。

陆远喉间溢出一声愉悦的笑，半晌将她抱住，简轻语的耳朵贴在了他心口上，他一说话她的耳朵便被震得麻麻的。

"前些日子是我太急了，对不起，"他缓声道歉，"你也要相信我，给我两年的时间，两年之后，我定然能顺利娶你进门，绝不让你受半点儿简慢声受过的委屈。"

"两年吗？"

"嗯。"

两年之内不成亲，等到成亲时已经做了万全的准备，不会经历简慢声经历的那些。简轻语想了想，觉得还算可以接受。

她扬起唇角正要答应，突然一阵恶心。她立刻吸气平复，待到好些了才长舒一口气，然后一边答应，一边倚在陆远怀中偷偷给自己把脉，当指尖在脉搏上停留了片刻，她清楚地感觉到脉象为喜脉。

……嗯？

第三十七章　不能再拖了

简轻语学医多年，第一次怀疑自己的医术，于是反复把了几次，都是喜脉……不可能啊！近两个月来她与陆远什么事都没做过，最后一次也服了避子药，那药还是她亲自改良过的，怎么可能会有身孕？

她怎么可能怀上孩子?!

简轻语下意识地否认一切，可指尖的脉象，加上这些日子来奇奇怪怪的反应，都将真相指向了同一个方向。她现在只觉得头晕眼花，若非足够坚强，恐怕直接就昏了过去。

陆远察觉到怀里的人逐渐僵硬，当即抱稳了些："怎么了?"

"我好像……"简轻语一抬头，对上他黑沉的眼眸，眼神猛然清醒了，"好、好像忘了今日是英儿的生辰，得回去为她庆贺。"

不行不行，一切还未有定论，她得再确认一下才行。

陆远看着她紧张的模样，略微松开了些："一个丫鬟的生辰，忘了便忘了，何必太烦心。"

"那怎么行，她幼时在漠北跟过我许久，是我打小的玩伴，不能就这么抛下她。"简轻语从他怀里钻出来，继续拿英儿做幌子。

陆远蹙眉："可现下夜已经深了，你即便回去，也未必能为她庆贺，不如明日再说。"

简轻语闻言抿了抿唇，眼巴巴地看着他。

陆远无奈，只得也跟着起身："我送你回去。"

"不必，我自己回去便好。"简轻语见他妥协，顿时心有愧疚。

他们多日未亲近，陆远想来也忍了许久，本来今日是要留下过夜的，可偏偏又……简轻语揣着手，借着袖子的遮挡反复给自己把脉，每把一次便绝望一分，却总控制不住地再三确定。

简轻语默默深呼吸，尽可能平静之后便转身走了，陆远一路将她送到了马车上，看着马车远去后若有所思地蹙起眉头。

简轻语一路糟心地回了家，一进别院便要往寝房走，走到一半时想起什么，又生生掉转方向去了英儿房门口。

"英儿，睡了吗?"她高声问。

屋里立刻传来英儿的声音："大小姐，奴婢还未睡呢。"

说着话，便套上外衫跑到门口开门了，看到简轻语时眼底难掩惊讶："大小姐，您怎么回来了?"

"还能为什么，自然是因为要给你过生辰。"简轻语直勾勾地盯着她。

英儿想说今日不是自己生辰，可看到简轻语的表情后顿了顿，突然磕巴起来："奴、奴婢没想到大小姐还记得，真是多谢大小姐。"

简轻语见她机灵，顿时松一口气，拉着她便进屋了："走吧，进去聊。"说完，便将门关上了。

房门一关，墙上一道黑影闪过，很快"黑影"便出现在陆远面前，将看到的一切都回禀了。

"她这般着急，竟真只是为了给丫鬟庆生，"陆远唇角微扬，眼底闪过一丝无奈，"罢了，不是出了什么事便好，你下去吧。"

"是。"

另一边，英儿的睡房中。

简轻语趴在门上听了许久，才长舒一口气到桌边坐下。英儿紧张地为她倒了杯茶："大小姐，发生什么事了? 刚才是有人偷听吗?"

她一连问出许多问题，简轻语只能拣紧要的答了："没什么，我也不确定外面是否有人，只是小心为上才撒了谎。别担心，即便真有人，也是陆远担心我派来的。"

她方才心里乱糟糟的，陆远难保不会看出破绽，所以才要拉着英儿演上一番。

英儿这才松一口气，接着有了新的问题："您怎么突然回来了?"

简轻语无言一瞬，反问："英儿，你还记得之前我叫你去抓药的事吗?"

英儿愣了愣："记得啊，怎么了？"

"那日你确定没有抓错药吗？"简轻语一脸严肃，她对自己的医术可是很有信心的，药若是没错，定是别的地方出了问题。

英儿顿时心虚："什、什么意思？"

"算了，即便有问题你也不知道，毕竟你不通医术……"简轻语笑笑正要放弃追问，突然看到英儿眼神虚浮的样子，愣了愣后睁大眼睛，"你知道怎么回事?!"

英儿吓得一哆嗦，顿时眼泪汪汪地跪下了："大、大小姐恕罪，奴婢那日去药铺后请大夫看了看药方，说是药物相冲对身子不好，奴、奴婢就擅自给大小姐换了养气补身的药……"

简轻语听得两眼发黑，嘴里不停念叨："怪不得，怪不得……"

英儿吓傻了，眼泪簌簌地掉："大小姐，到底发生何事了？"

"你真是……"简轻语心里烦躁，可看到她可怜的模样又发不出火，只能恨恨地将她扶起来，"你真是害惨我了！"

"大小姐……"

"罢了，都说医者不自医，说不定是我看错了，明日找个大夫再看看吧。"简轻语叹了声气，第一次希望自己的诊断出错。

英儿呆呆地看着她，眼泪还在无声地掉，简轻语只能先把人哄好了，这才转身回房。大约是心里已经认定自己有了身孕，刚回屋她便觉得疲累，于是板着脸到床上躺下，翻来覆去许久之后竟然真的睡着了。

然而睡得并不安稳，甚至还做了噩梦。

梦里，她肚子高高隆起，跪在一间灵堂中哭天喊地，而灵堂上摆着的，便是陆远的尸体。她一边哭一边听旁人说，都怪她怀了孩子，陆远才等不及筹谋便求圣上赐婚，以至于被人抓了把柄直接害死。

她越哭越伤心，最后终于忍不住朝棺材角冲去，婴孩凄厉的哭声响起，下一瞬便一尸两命……

简轻语猛地睁开眼睛，直勾勾地盯着床帏看了许久，渐渐意识到自己还活着，这才猛地放松下来。她擦了擦脸上的汗，坐在床边一直发呆到天亮。

当太阳升起，她终于等不及了，叫英儿送来一身粗布麻衣，又梳了寻常妇

379

人会梳的发髻，再用黄粉将脸弄得灰扑扑的，直到看不出原本的模样，这才准备出门。

英儿愣怔地看着她："大小姐，您这是要做什么去？"

"去看大夫。"简轻语一脸严肃。一切还都只是她的推测，需要找人确认才行，说不定是自己诊错了呢？

英儿不解："看大夫……为何要做这身打扮？"

"自然是因为不能叫旁人看出来。"简轻语叹了声气，对着镜子照了照后打算出门。

英儿忙跟上："奴婢跟您一起……"

"我一个人去就好。"简轻语头也不回道，英儿只能停下脚步。

简轻语独自出了门，叫了辆马车去了最近的一家医馆，她进去一刻钟后，就黑着脸出来了，然后换到了另外一家，但还是很快就出来了。

于是在不同的医馆进出五六趟，当从最后一家医馆出来时，她一脸茫然地站在路口，看着人来人往的街道，一时间不知该何去何从。

……去告诉陆远吧，说不定他有法子呢？简轻语犹豫许久，到底还是朝着与侯府相反的方向去了。

当她到陆府时，看门的小厮险些没认出她，仔细辨认之后目瞪口呆："您怎么弄成这样了？"

简轻语干笑一声敷衍过去，问他陆远可在家里。

小厮连连点头："在的在的，今日有贵客……"

简轻语没听完，便心事重重地往府中走去，快走到厅堂时，突然听到里头传来砸东西的声响，她愣了一下，还以为是陆远在发脾气，正要进去询问，就听到了熟悉的声音：

"若非父皇听信你这个小人，你真当自己可以得逞？没了父皇，你也不过是一条没牙的狗而已，本王想碾死你，比碾死一只蚂蚁还简单！你既然选了褚祯，就最好给本王小心点儿，别被本王抓到了把柄！"

简轻语听出这是大皇子的声音，还未来得及反应，便看到他从里头冲了出来。她心里一惊，急忙往花圃后面躲。

大皇子只觉眼前一片衣角闪过，顿时若有所觉地看过来，却只看到无风自

380

动的花圃，他皱起眉头正欲上前，陆远却从屋里跟了出来。

"既然殿下事忙，微臣就不送了。"他淡淡开口。

大皇子黑了脸，冷哼一声甩袖离开。

陆远目送他的背影消失，这才看向花圃："还不出来？"

说完，花圃后探出一个灰扑扑的脑袋。

陆远看到她脏兮兮的打扮顿了一下，不由得蹙起眉头："怎么搞成这样了？"

"……这不是想白日来找你，怕被人认出来嘛。"简轻语说瞎话。

陆远唇角勾起一点弧度："你这副样子，的确很难认出来。"

简轻语不理他调侃的话，挠了挠头跑到他面前："大、大皇子为何会来？"

"这些日子圣上处处限制他，他便跑到我这里发火了，不必管他。"陆远并未将他放在心上，抬手擦了擦她脸上的粉，"怎么突然想来找我了？"

"……就是想你了。"简轻语勉强笑道，孩子的事却怎么也说不出口了。

方才大皇子那些话，于她而言真真是当头棒喝，陆远如今虽然看似要风得风，可每一步都走得凶险，稍有不慎便会万劫不复，这样的情况下，她怎敢轻易将孩子的事告知他。

陆远听到她说想自己，目光变得柔和许多："不是昨晚刚见过。"

"那也想，"简轻语说着，眼角有些泛红，"我现在最想见的便是你。"

陆远唇角的弧度渐渐消失，眸色也变得深沉，与她对视片刻后缓缓开口："发生何事了？"

简轻语顿了一下，突然钻进他的怀里："没事儿，只是今日想起了母亲。"

陆远早就查过她的身世，知道母亲于她而言有多重要，听到她这般说后，便抬手抱住了她："待我得空，便陪你去一趟漠北祭拜母亲。"

"……嗯。"

"至于现在，我得带你去清洗一番，否则总以为抱了只花猫。"陆远失笑。

简轻语撇了撇嘴，嘟囔："你就会取笑我。"

嘴上撒着娇，心里却越发沉重，只能做些别的转移注意力。

她在陆府一直待到天黑，用完晚膳后，陆远被召进宫，她便也坐上马车回侯府。

马车摇摇晃晃地往前跑，简轻语又开始犯恶心，正要叫车夫慢些，就听到车夫压低了声音道："姑娘，有人跟踪咱们，您坐稳了，小的要快些了。"

话音未落，马车突然快了起来，简轻语急忙扶住软垫，坐稳后脑海突然闪过大皇子的脸，她的心顿时沉了下去。

晚上的街道向来没什么人，大路小路皆十分空旷，马车在石板路上疾驰，后面也隐约有马蹄声浮现。简轻语的一颗心提到了嗓子眼，整个人都紧张地冒汗，好在车夫对道路熟悉，三下五下便甩开了跟踪者，将简轻语送到了侯府后门。

"姑娘，到了。"

简轻语："……确定没人跟着了？"

"姑娘放心，绝对没人跟着了。"车夫回答。

简轻语猛松一口气，小腹顿时跟着抽疼，她缓了许久才下车。

当天夜里，陆远急匆匆来了。

简轻语还没睡，看到他从窗子爬进来时有些好笑："是不是听说我被跟踪的事了？"

"是大皇子的人，已经处理了，"陆远表情阴鸷，显然十分不高兴，"你怎么样，可受到惊吓了？"

"……有一点儿。"简轻语回答。

陆远闻言更为不悦，沉着脸将她揽进怀中："放心，不会再发生这种事。"

简轻语抿了抿唇，没有接他的话。就在刚才被追的时候，她才突然发现，会拖累陆远的不仅有她腹中的孩儿，还有她这个人。

抱了许久后，她小声道："你不是进宫了吗？为何又突然回来，是因为我吗？"

"我来看看你。"陆远没有否认。

简轻语不认同地抬头："你还真是突然跑出来的？"

"我担心你。"陆远看着她的眼睛。

简轻语心里酸软一片，连带着眼角都红了，陆远蹙眉，伸手揩了下她的眼睛："到底还是受惊了，今晚我留下来陪你。"

简轻语咬着唇，重新抱紧了他。

有陆远陪在身边，这一觉睡得十分踏实，只是天刚蒙蒙亮时就醒了过来。

陆远已经走了，简轻语安静地躺了会儿，便换上昨日那身衣服独自去了医馆。

"大夫，给我抓一剂落子药。"她看着面前的大夫坚定道。

话音刚落，小腹突然抽动一下，她顿时睁大了眼睛。

如今怀上不过一个多月，这个时候是不会有胎动的，这一下抽动极有可能是小腹胀气了，她不该多想……可都说万物有灵，万一就是他听到母亲不要自己了，所以才动了呢？

大夫听到她说不要孩子先是一愣，再看她失魂落魄的样子，思忖一瞬后问："你确定？"

简轻语愣怔地看向他，嘴唇动了动却什么也没说出来。

大夫叹气："看你的模样，应该也成亲许久了，若是咬咬牙能养活，还是不要轻易堕胎的好。"他把她当成了吃不起饭的穷苦妇人。

简轻语闻言，原本生出的犹豫逐渐消退，眼神又清明起来："麻烦大夫了，给我抓药吧！"

大夫说得对，也要能养活了，才能留下这个孩子。陆远本就是许多人的眼中钉，如今又得罪了大皇子一党，朝堂上下那么多人盯着他，一旦行差踏错便是死路一条，而一旦陆远出事，恐怕不等她将孩子生下来，也会跟着没命。

既然不管她想不想留，这个孩子都会没命，倒不如狠狠心，也省得后患无穷。

简轻语拿着药出门时，连手都是抖的，但她还是很好地掩饰住了，安全无虞地回了侯府。

英儿正在院中洒扫，看到她从外面回来后愣了愣，赶紧上前迎接："大小姐，您回来……您手里拿的什么？"

"……药。"

英儿顿了顿，没敢问什么药："那奴婢去熬？"

简轻语微微摇头："不必了，我有时间自己熬就好。"

"……大小姐，您是不是还生奴婢的气？"英儿见她拒绝，说着又要掉泪。

简轻语失笑："没有的事儿，我只是……有些事想亲自做。"

说完，她叹了声气，转身回了寝房。

落子药伤身，晚上再服吧。她心里嘀咕一句，便将药藏到了枕头下。

然而当天晚上简震跑来找她玩儿，她只能推到第二天晚上，可一到了第二天晚上，又有了新的事情。她就这么一天推一天，始终没能服药，她的精神也一日比一日紧绷。

陆远看在眼中，蹙着眉问了她几次，却什么都没问出来，最后只能趁简轻语不在时，叫来英儿询问。

"大、大小姐……近来的确心情不大好，但奴婢也不知为何。"英儿紧张道。

陆远斟酌："除了心情不好，她没有别的异常？"

"别的异常……好像也没有吧。"英儿不太确定。

陆远又问了几个问题，结果什么也问不出，只能让她先下去了。

英儿一走，简轻语就回来了，看到他在床上坐着后愣了愣："你什么时候来的？"

"刚来不久，你做什么去了？"陆远反问。

简轻语扯了一下唇角："去园子里看兔子了。"

陆远定定地看了她许久，最后朝她伸出双臂，简轻语勉强一笑，主动上前坐到了他怀里，还未等揽紧他的脖子，便先一步开口："我身子不适，今日不能胡闹。"

"你自己数数，这是第几次拒绝我了？"陆远抬眸，眸底未见不悦。

简轻语干笑："是真的不舒服嘛。"

"是真不舒服，还是敷衍我？"陆远想问个明白。

简轻语捧着他的脸亲了亲："以前未通心意时，我尚且不反感你的抚慰，如今我这般喜欢你，若非真的不舒服，又怎会屡屡拒绝你？"

陆远轻嗤一声："你惯会哄骗我。"

"真没骗你。"简轻语失笑。

陆远见她总算笑得真心实意了，这才没有再与她计较，勾起唇催促："今日早些歇息吧，我也累了。"

"……你要留宿？"简轻语赶紧问。

陆远斜睨她一眼："放心，不动你。"

说罢抱紧她往后倒去，刚躺下便蹙眉从枕头下摸出一个纸包："这是什么？"

384

简轻语看着他手上的药包，后背一瞬间出汗："什、什么也不是……"

陆远蹙眉："你又胡乱配药。"

简轻语咽了下口水，试图将药抢回来。然而陆远眼疾手快，直接藏到了身后："说，这次又是什么药！"

"……是养身补气的药。"简轻语小声道。

陆远眯起眼眸："真的?"

"真的！"简轻语扑到他身上将药抢过来，宝贝一样护在怀中，"这真是养身补气的药，而且也不是我自己开的。"

陆远见她如此护着，心里并不相信她说的话。

简轻语也看出他不信了，只好对天发誓："我若说的是假的，就让我遭天打雷劈。"

陆远闻言顿时不悦，谴责地看了她一眼后，倒是相信了她的话："为何要吃这种药?"

"就……癸水一直没来，大夫说是气血两虚，要我好好补补。"简轻语故作镇定。

陆远看着她手中的药包："为何要将药放在床上?"

"这不是觉得药效不错，所以想研究一下大夫的方子嘛，"简轻语说完怕他怀疑，又赶紧补充，"你也知道，行医之人偷学别人药方是不道德的，自然要小心再小心。"

"我倒是不知行医之人还有这规矩，"陆远唇角浮起一点弧度，"所以学到什么了吗?"

"无非就是一些简单的药，没什么可学的。"简轻语说着，就将药包放到了梳妆台上，见他没有起疑，这才默默擦了一下手心里的汗。

"民间的大夫到底不如太医，这药你先别吃，明日我叫个太医为你诊治，先看看具体的情况再说。"她癸水一直没来，他心中也一直在担心。

简轻语闻言乖顺地点了点头，赶紧扑过去撒娇卖痴。

好不容易将陆远糊弄走后，她表情沉重地盯着梳妆台上的药包，觉得真的不能再拖了。

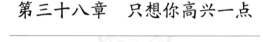

第三十八章　只想你高兴一点

简轻语攥紧药包，义无反顾地冲到小厨房，刚要进去，便感觉小腹一阵波动，抬起的脚瞬间僵住了……夜色已深，这个时候贸然烧火熬药，定然会引起其他人怀疑，要不还是明日清晨吧。她无言许久，最后又默默地回了寝房。

药包再次安然无恙地回到了床上，她心情越发复杂，杂七杂八地想了一堆，最后带着不甘睡去。心里揣着事，这一觉睡得依然不踏实，天蒙蒙亮的时候便醒来了。

知道已经不能再拖延，她坐着发了许久的呆，最终还是拿了药，起身往小厨房走去，半个时辰后，浓郁的药味便从里头飘了出来。

英儿顺着药味赶过来，正看到简轻语对着药锅发呆，眼圈发红像是要哭，她顿时担心起来："大小姐，您怎么了？"

"啊……没事，炉火熏得眼睛疼。"简轻语匆匆别开脸。

英儿一听，赶紧上前："这次买的炭就是烟大，平日得在院里烧才行，大小姐快出去，奴婢这就将炉子挪到外头去。"

"不必，药已经熬好了，你将炉火灭了便好。"简轻语说完，便将药罐端了起来，倒出满满一碗黑色的药汁。

英儿闻着味道呛鼻，不由得问一句："大小姐，这是什么药啊？闻着好苦。"

"……是对身体好的药。"简轻语小声回答。

英儿疑惑地看她一眼，总觉得哪里不对。

简轻语抿了抿唇，端起药碗往寝房走去，英儿盯着她的背影看了半晌，待她将门关上时猛地回神，顾不上灭了炉子里的火便起身，端了盘蜜饯便跟了过去，只是刚走到院里，就突然被叫住了。

"站住。"

英儿愣了一下，回头便看到简震从院外走进来："少爷？您怎么来了？"

"我来寻我大姐，你拿的什么？"简震说着走上前来。

英儿忙将盘子递到他面前："回少爷的话，是蜜饯。"

"大早上的她就吃蜜饯？"简震目露嫌弃，"也不怕齁得慌。"

英儿见状立刻帮自家小姐说话："并非是大小姐要的，是奴婢怕她服药口苦，这才要给她送的。"

"服药？她生病了？怎么从未听她提起？"简震一连问了三个问题，问完半点儿等待答案的耐心都没有，直接夺过英儿手中的蜜饯，大步朝简轻语寝房走去，门都不敲就直接进去了。

简轻语好不容易等药凉了，正端着要一口气喝下去，结果突然来了个不速之客，吓得她险些把药碗扔出去。

"你怎么不敲门？"简轻语不悦。

简震皱着眉头走到她面前，略带稚气的脸严肃地看着她手中药碗："这是什么药？"

"……补身体的药，怎么了？"几乎每个人都要问她这个问题，她心里隐隐生出不耐烦。

简震听出她的烦意，顿时老实起来："补身体？你是不是病了啊？"

"病什么病，你听谁说我病了？"简轻语没好气地反问。

简震刚想说英儿，英儿就匆匆赶来了，慌忙地解释："奴婢还什么都没说呢，您就跑进来了。"

简轻语顿时眯起眼睛看着他。

简震咳了一声，板起脸教训英儿："你倒是撇得干净，我要你进来了吗？还不快下去！"

英儿瑟缩一下，无辜地看向简轻语，简轻语知道她留下只会被简震欺负，索性示意她先离开。

待英儿走后，简轻语冷笑一声找简震算账："自己没理了，还要教训我的人，你还挺霸道啊？"

"我这不是听说你吃药紧张嘛。"简震讪笑一声，将蜜饯放到桌上。

"紧张你便随意冲进我的寝房？你还知不知道什么叫男女有别，若是被父亲知晓了，你信不信他能打断你的腿？"简轻语斜了他一眼。

简震自知理亏，不敢再聊这个话题，于是俯身嗅了嗅她的药碗，强行改变话题："你这药凉了，不如热热再喝吧。"

"热什么热，我好不容易才凉凉的。"简轻语嘟囔一句，看着手里的药碗心情更不好了。

简震皱眉："药要趁热喝才有效果。"

"凉的也一样。"简轻语说完，便端起来要喝。

简震赶紧拦住："还是热一下吧，养身补气最忌寒凉，你这么喝会没效果的。"

简轻语无语："我不，我就这么喝。"

"你不热一下，我就不准你喝。"简震犟劲儿也上来了。

简轻语气恼："简震，你一大早过来就是为了给我添堵？"

"……不是，是想叫你一起出去游玩，今日东湖那边有集会，虽然比不上中秋庙会那般热闹，可也是很好玩的，"简震说完，又看向被自己的手扣住的药碗，"当然了，现在最重要的，是先帮你把药热了。"

简轻语："……"

姐弟俩对视许久，她终于叹了声气："行吧，你松开，我去热一热！"

简震这才喜笑颜开："这才对嘛……"

话没说完他便松开了手，简轻语手疾眼快地往嘴边送，简震心中一惊，下意识地把药碗夺过来，因为怕简轻语再抢，直接往自己嘴里倒去。一碗药两三口便下肚了，等她回过神时，已经全部喝完了。

随着苦味在嘴里蔓延，他脑子逐渐清醒，默默地放下只剩下些许药渣的碗，干笑一声扭头就跑。

"简！震！"简轻语咬牙切齿地追了出去，结果刚追到院子里就不见人了，气得她狠狠地踹了门一下，才黑着脸回到屋里坐下。

房间里的药味还在弥漫，可药碗却已经见底，简轻语强忍着追杀简震的冲动，怒气冲冲地换了粗布衣裳，像之前一样扑了一脸黄粉，觉得差不多了才往外走，结果刚走到门口，迎面撞上了陆远。

两人同时一顿，简轻语最先反应过来："你怎么来了?!"

"刚下值，来陪你，"陆远沉默地将她打量一遍："怎么又穿成这样?"

"……想出去玩儿，"简轻语艰难地回答，第一个谎撒完，剩下的也就流畅了，"听说东湖那边有集会，我想去走走，穿成这样是因为……怕不安全。"

陆远看着她灰扑扑的脸，不认同道："若真有坏人，你即便再难看些，一样不安全。"

简轻语咳了一声，装模作样地转身回房："你说得有道理，那我还是不出门了吧。"

陆远拉住她的胳膊，将人拽了回来："有我在，便什么都不必怕。"

"……你的意思是?"简轻语升起一股不好的预感。

陆远唇角浮起一点弧度："换回你平日的装扮便好，无人敢欺负你。"

简轻语干笑："其实不去也行……"

"难得你想出门，去换衣裳。"陆远开口打断。

"可是……"

"好浓的药味，"陆远突然转移了注意力，蹙起眉头问，"你吃药了?"

"我、我、我吃了点补气养身的药! 好了你先出去我这便去换衣裳。"简轻语说完直接把他推了出去，砰的一声将门关上，然后慌里慌张地将药碗藏到了床底下，这才匆匆地去洗脸。

一刻钟后，她换好衣裳，以面纱遮面，又确认药碗已经藏好，这才跟着陆远出门，只是一直到快上马车时，她仍在犹豫："要不还是不去了吧，今日东湖定然人很多，万一遇到熟人被认出来了，那该怎么办。"

"我们去人少的地方走走，不会有事。"陆远安抚。

简轻语撇了撇嘴，正想再劝，陆远突然握住了她的手："你这几日心情不好，我很担心。"

简轻语愣了一下，茫然地抬头看向他。

陆远沉静地与她对视："我知道你有心事，既然你不肯说，我便不追问，但若有一日想说了，一定要告诉我。"

"……嗯。"简轻语心里泛酸，却依然没将有身孕一事告知。既然这个孩子注定留不住，那愧疚与自责由她一人承受便好，何必再拖一个人下水。

陆远见她眼角微红，眼底闪过一丝笑意："近来真是越发爱哭了。"

"我才没有。"简轻语嘟囔一声，扎进了他的怀中。

陆远安静地揽着她，两个人谁也没有说话。

马车很快到了东湖，还未停下时，简轻语便听到了一阵高过一阵的叫卖声，本来没什么兴致的她突然精神了些，撩起车帘一角往外看，当看到热腾腾的蒸饺出锅时，她扯了扯陆远的袖子："我要吃那个。"

"嗯。"陆远见她心情好了些，表情也有所缓和。

车夫找了个僻静处停下马车，简轻语立刻拉着陆远往蒸饺摊跑去，要了一屉蒸饺和一碗白粥。

"我们两个吃一份，留着肚子去尝尝别的。"简轻语说着，夹起一个蒸饺喂到陆远嘴边，陆远乐得接受投喂。

今日陆远穿着简单的青衫，头发用布带系着，完全是一副清俊的书生打扮，叫人丝毫联想不到锦衣卫，而这附近的小摊只有平民百姓喜欢，达官显贵即便来了东湖，一般也不会往这边挤，是以不会有人认出他们的身份。

两人难得这般轻松自在，你一口我一口地分完了蒸饺，便开始分食同一碗粥。简轻语今日胃口不错，陆远只象征性地尝了一口，便将剩下的粥都给她了，她也毫不客气，直接喝完了一大碗。

看着见底的碗，陆远唇角扬起："不是无甜不欢？何时也喜欢寡淡无味的白粥了？"

"我也不知道，突然就喜欢了。"简轻语不好意思地笑笑。

陆远伸手揩去她唇角的米粒："这一点倒与我很像。"

简轻语愣了一下，这才想起他平日也喜欢喝粥，再想想自己为何突然改变，脸上的笑顿时勉强起来。

她的情绪变化太过明显，陆远蹙了蹙眉，却没有问为什么。

两个人吃完蒸饺便继续逛，一边走一边买了不少东西，简轻语抱了满满一怀，心情顿时好了许多。

"我帮你拿。"陆远伸手。

简轻语急忙避开："不用，我自己拿就好。"方才买的有好几样都是陆远不喜欢的，她怕一给他就被他给扔了。

"小人之心。"陆远扫了她一眼。

简轻语嘿嘿一笑，四下张望一圈后偷偷蹭了蹭他。

陆远扬起唇角，到底是将东西都拿了过去，不等简轻语抗议便缓声道："我不扔。"

听了他的保证，简轻语这才放下心来，揪着他的袖子继续逛。

两个人玩了一上午，也到了午睡时间，简轻语哈欠连连却依然不想回家。陆远斟酌片刻，哄道："先回去歇歇，歇够了再来。"

"不要，万一歇够了你又有事呢。"他有多忙，简轻语最清楚不过。

陆远抬手抚上她的额头："放心，今日只陪你。"

简轻语耳朵动了动，却还是站在原地不肯动。

"你若听话，晚上便带你去船上酒楼玩儿。"陆远见她还是不肯动，只好拿出撒手锏。

简轻语果然生出了好奇："船上酒楼？"

"就在那边。"陆远指向东湖上，简轻语隔着雾气隐约看到一座酒楼，似乎悬浮于湖上。

"酒楼在船上，只有晚上才开门，上船之后可以坐在厢房中游遍东湖。"他仔细介绍，语速慢得像在与三岁小儿说话。

简轻语心动了："这么好玩吗？那你晚上可一定要带我去。"

"前提是你先乖乖回家睡觉。"陆远开口。

简轻语抬头看向他，对视许久之后总算是妥协了，陆远眼底闪过一丝笑意，带着她回了陆府。简轻语玩了一上午，早已经疲惫不已，还未等到家就睡着了，陆远将她从马车上抱到寝房都没见她醒来。

寝房里一片静谧，陆远坐在床边认真地看着她，当看到她眉宇间即便睡着也无法遮掩的忧愁后，静了许久转身出去了。

简轻语醒来已经是一个时辰后了，睁开眼睛没看到陆远，第一反应便是去找他，结果刚要出门他便进来了。

"醒了？"陆远走上前来。

简轻语抓住他的手："出去玩吗？"

"不急，到晚上再说。"陆远摸了摸她的脑袋。

简轻语闻言只好继续打发时间，等到太阳一下山便催他出发。陆远这回没有再拒绝，干脆地带着她往东湖去了，等到二人到地方时，天色也就彻底黑了下来。

陆远没有骗她，夜晚的东湖更加热闹，而白日里不大显眼的船上酒楼，此刻已经灯火通明，从远处看宛若一盏巨大的灯烛。

简轻语好奇地四下张望，陆远为她戴上帷帽，确定无人能看到她的脸后，才牵着她的手往船上走。简轻语下意识地想挣开，只是还未等她发力，便听到陆远道："无妨，我们来得晚，没人看到。"

简轻语顿了一下，这才发现东湖虽热闹，可上船的人却不多，也没人往他们这边看。她稍微松一口气，正要收回视线时，突然在不远处的岸上看到了季阳，她当即扯了扯陆远的袖子："季阳，是季阳。"

陆远顿了一下，不感兴趣地牵着她往船里走，等到了最高层的厢房后才不紧不慢道："今日集会，季阳爱凑热闹，遇到了也不奇怪。"

"……哦。"她只是随便一说，他怎么还解释起来了？

简轻语没放在心上，趴在窗子上往下看。此刻的她身处大约三层楼高的位置，下面是幽幽湖水，再往前一些，便是灯火通明的集会。

她渐渐看得入神，直到一双手从身后锁住她，温热的胸膛贴紧她的后背，她才悄悄扬起唇角，抚上了陆远的手："这里真好。"

"若是喜欢，就买下来。"陆远在她耳边道。

简轻语被他的气息惹得发痒，不由得笑了起来："那还是算了，我又不会水，整日待在湖上还挺害怕的。"

陆远颔首："也是，东湖看似平静，实则许多暗流冲向别处，落水的人常常被冲得尸体都找不到，不常来也是对的。"

"……你为何一定要煞风景？"简轻语被他说得心里都开始发毛了。

陆远失笑，抱着她看了会儿风景，待船只往湖中心去了，才叫人送了晚膳过来。

既然是在湖上用膳，吃的自然大多是湖鲜，简轻语本就饿了，加上尝新鲜，便一时用得多了些，最后撑得趴在窗边昏昏欲睡。

"吃饱就困，小猪一般。"陆远吐槽。

简轻语斜了他一眼，懒洋洋地继续看窗外。

陆远走到她身旁，将她捞进怀中："无聊了？"

"有一点……"大约是心里始终压了块石头，最初的好奇与新鲜退去，心事也越发沉重。

陆远攥着她的手，指腹在她手背上摩挲："别着急，我还为你准备了别的。"

简轻语闻言，好奇地扭头看他："准备了什……"

砰！

巨大的声音在空中炸响，简轻语愣了一下怔怔抬头，只见大片热闹非凡的烟花在她瞳孔中炸开，绚丽的光点将整个天空都点燃。

隔壁厢房传来惊呼，简轻语甚至能感觉到所有人都朝窗边拥来，船只轻微的倾斜提醒她，不止一人见证了这场烟花。

"喜欢吗？"陆远低声道。

简轻语嘴唇动了动，半晌低喃："季阳……"

"你一定要在这个时候提他？"陆远不悦。

简轻语笑了，不问也知道方才看到季阳并非偶然了，她安静地欣赏美景，待到最后一朵烟花散去，才扭头看向陆远："怎么还准备了这些？"

"我想让你高兴一点儿。"陆远专注地看着她，瞳孔中清晰地映出她的身影。

简轻语心头一颤，许久之后哽咽着钻进陆远怀中，低喃："对不起……"

陆远不知她为何道歉，但也没有过问，只是安静地抱着她，待她情绪稳定些后，又喂了她一些糕点。

船只在湖中心停了小半个时辰后，又开始缓慢地绕着湖边走。简轻语喝了太多水，便起身要去方便。陆远也立刻起身，简轻语哭笑不得："你做什么去？"

陆远看得直蹙眉："陪你。"

"不用，我自己去便好。"简轻语顿时一脸抗拒。

陆远只得放弃："那你尽快回来。"

"嗯，我很快的。"简轻语说完，便笑眯眯地出门去了。

船上酒楼说大也不大，她问了两次路便找到了方便的地方，解决完之后顿时舒畅许多，优哉游哉地往回走，在经过一间厢房时，里头的人突然砸了杯子，简轻语吓了一跳，正要加快脚步离开时，便听到有人咬牙切齿："这个陆远，竟敢一而再再而三地挑衅本王，本王一定要杀了他！"

393

简轻语："……"不会，这么巧吧？

她无言一瞬，刚要离开，门就突然开了，开门的人瞬间和她对视，二人面面相觑，一时无言。

短暂的尴尬之后，她忙低着头往前走，开门的人脸色一变，当即高声道："给本官拦住她！"

话音刚落，凭空出现两个人高马大的侍卫，拦住了简轻语的去路。

简轻语欲哭无泪，被强行带到了房间。

"小女只是路过，你们是谁，为什么要抓我？"简轻语颤声质问。

大皇子沉着脸，抬手扯了她脸上面纱，看清她的容貌后眼底闪过一丝惊艳，连带态度都好了不少："你方才可有听到什么？"

"听到什么？"简轻语眼底含泪，茫然地看向他，心里却对他黏稠的视线极为硌硬。

大皇子笑了一声，对她胆小的样子十分不屑："看你这模样，便知你什么都没听到，是本王……我误会了。"

简轻语："……"蠢货。

她正欲再说些什么，刚才开门的那个人突然盯着她看，她心里咯噔一下急忙低头，但那人还是走到大皇子面前，低声对他说了什么。

简轻语确定这人知晓自己的身份，因为大皇子听了之后皱起了眉头，对她的兴趣也减了三分。

她咽了下口水，稍微放下心来："若没什么事儿，我能走了吗？"

"走吧，别将见到我的事说出去。"大皇子淡淡道。

简轻语顿了一下，无辜地问："你是谁？"

大皇子见状，对她更放心了，摆摆手要她离开，简轻语默默松一口气，刚要离开，外头便进来一个侍卫，直接对大皇子抱了抱拳："殿下，陆远似乎也在船上。"

简轻语一愣。

"他？"大皇子脸色一黑，"真是阴魂不散，他来做什么？"

"似乎是带个女人来的。"侍卫又道。

简轻语顿了顿，默默地往门口挪动。

她走的幅度小，大皇子没有在意，而是对侍卫的话更感兴趣："女人？陆远也有近女色的时候？"

"你可知那女人的身份？"旁边的那人急忙追问。

侍卫回答："那女人戴着面纱，无法确定身份，属下问了小二，那女人身着浅粉水裙，戴的是全副珠玉，十六七岁的年纪……"

他说着话，众人的视线默默转移到简轻语身上，简轻语安静一瞬，突然朝外头冲了出去。大皇子当即跳脚："给本王抓住她！"

"快、快去！"官员也急忙催促。

简轻语闻言跑得更快，她直直往楼上陆远所在的厢房跑，然而刚跑了几步，前方的路就被拦了，她只能折身往楼下跑。

船上酒楼的路窄得厉害，她借着身材相对瘦小的优势，勉强甩开那些人一截。可酒楼总共就这么大，她总有跑到尽头的时候。

当她只身跑到甲板上时，大皇子带着人不断逼近，她一步一步往后退，很快便退到了船边，只要稍微站不稳便会掉下去。

"侯府大小姐？"大皇子双手叉腰，一边喘气一边阴恻恻地笑，"简业可真有本事，两个女儿都搭上了锦衣卫，难怪会看不上本王的外家。"

"我不知道你在说什么，当着这么多人的面你想强抢民女吗？"简轻语声音紧绷。

"强抢民女？"大皇子像听到了什么天大的笑话，突然就笑了，"你若真是民女，本王倒懒得抓了。"

"……你什么意思？"简轻语声音微沉。

大皇子眯起眼睛："本王什么意思你不知道？锦衣卫与侯府嫡女私通，犯的可是王法，本王已经迫不及待地想看到陆远的下场了。"

说罢，他指尖一点，两个侍卫顿时朝她走来，简轻语被他们逼得退无可退，再往后便是幽深的湖水。

甲板之上正对着的厢房，便是陆远所在的地方，窗子虽然关着，可她只要大声喊，他便能听到来救她……可救了之后呢？大皇子已经知晓她的身份，只要她活着，便是陆远致命的把柄，说不定侯府也要受她牵连。

简轻语慌乱到了极点，突然也就冷静了，她看了眼船与湖岸之间越来越近的距离，眼底闪过一丝苦涩。

"没想到我简轻语也有今日。"简轻语苦涩一笑，扭头朝湖里跳去。

大皇子脸色一变，瞬间冲到边沿往下看，却只能看到一片幽深。重物落水的声音引起食客们的注意，不知是谁喊了一声"有人落水了"，甲板上顿时热闹起来。

大皇子咬牙切齿地叫人去追，随从的官员急忙劝："殿下，人多眼杂。"

大皇子闻言恨恨地看了水面一眼，最后只能放弃了。

厢房中，陆远始终心神不宁，隐约听到外头的动静后蹙了蹙眉，推开窗子朝甲板看去，当听到有人说落水的是个小姑娘时，他顿时脸色一变，疯一般冲了出去……

夜色渐深，集会终于结束，只留下一些垃圾散发着不大好闻的气味。

幽静的湖岸边，简轻语挣扎着爬了上来，跪在地上呕出一大口水。她回头看向不算远的船上酒楼，有些惊讶自己真就一口气游了上来。

她不会游泳，唯一的经验便是陆远带她游的那次，如今全靠回忆陆远的动作，连换气都不大会，但呛了几口水后也算平安上了岸。

酒楼甲板上灯火通明，也有人系着绳子往下跳，似乎是要找她。简轻语担忧地盯着船上看，有一瞬间想对着船大喊，告诉陆远自己还活着，然而她张了张嘴，却说不出话来。

如今大皇子已经知晓她的身份，也会万分警惕陆远，若是自己再去找陆远，即便是藏起来，也难保不会被大皇子找到。世上没有不透风的墙，若想不被人知晓，便该彻底分开。

而今日落水，便是最好的契机。

只要陆远以为她死了，便不会再为她冒险，他或许会伤心一两年，有可能更久一点，伤心之后还是会娶妻生子，逐渐将他淡忘，就像世间每一个寻常男子。而她……她也可以保全自己的孩子，回到漠北生活，就像她一开始期待的那样。

简轻语抚上小腹，心跳突然快了起来。

第三十九章　离开

船上酒楼靠岸，湖岸边灯火通明，越发热闹。

如今已是深秋，简轻语一身湿衣，在草丛中瑟瑟发抖。她看到大皇子等人匆匆离船，又看到季阳带人冲了过去，混乱、呵斥和稚儿哭闹构成热闹的场景，她无心再看，趁周围没人跌跌撞撞地离开了。

她身上还在滴水，若出现在人堆里定会引起怀疑，只能挑小路避开所有人，艰难走了一段路后，刚好走到一个成衣铺前。模样像铺子老板的人正在门外专注地看人下棋，铺子里一个人都没有。

她瞄一眼周围，趁没人看到便快速地拿了离门最近的一件外衫，从荷包里掏出一块碎银放下，然后飞快地跑了。一口气跑到无人处，她拧了拧衣服上的水，又将外衫套上，看着稍微正常些后松一口气，这才放心往城里走。

夜色渐深，城中没有集会，百姓大多已经睡了，道路上偶尔有巡逻的兵马走动。简轻语紧张地眼观六路，每当注意到前方有人时，便飞快地躲藏起来，待人过去后才敢继续往前走，一连走了小半个时辰，也不过堪堪走了一半的路。

远离了东湖，四周一片静谧，连街边房屋里的咳嗽声都能听得一清二楚。简轻语的心跳得非常快，仿佛要从嗓子眼里蹦出来，明明走得不算快，呼吸却十分急促。

平安走了一段路后，她不由得加快了脚步，眼看着后门离自己越来越近，她心里生出一丝隐秘的喜悦。

然而下一瞬，她便听到了马蹄声从背后街道传来，惊得她急忙闪躲进路边的小巷中，屏住气息一动不敢动。

马蹄声越来越近，简轻语侧耳倾听，在一堆马蹄声中辨认出车轮碾轧地面的声音，推测至少还有一辆马车。她轻呼一口气，安静地等着这群人过去，然而只听到马蹄声越来越近，在与自己只有一墙之隔时，突然就停了下来。

"怎么不走了？"一道不耐烦的声音传来。

简轻语听出是谁后，顿时惊恐地睁大眼睛。

……他怎么这般阴魂不散！

不等她在心里骂完，便有人回他话了："殿下，属下方才似乎看到了简轻语。"

"简轻语？"大皇子的声音顿时更加清楚，想来是掀开了车帘说的话，"你的意思是她没淹死？"

"属下也不确定，只是方才隐约看到一个女子从这里跑了过去，身形很像简轻语。"那人严谨回答。

说完，大皇子便沉默了。

简轻语的心跳顿时越来越快。

"东湖向来多暗流，她一个女人，未必游得上来……罢了，你既然看到了，就去确认一番吧。"大皇子沉声道。

"是！"

简轻语瞬间便要疯了，转身便想往巷子深处跑，然而她躲的地方是条死胡同，前方只有高高的一堵墙，以她的能耐根本不可能爬上去。

脚步声越来越近，她心里越发慌张，正当被逼得真要去爬墙时，又一阵马车声由远及近，接着就听到大皇子不悦的声音："褚祯？"

简轻语顿了一下，还未反应过来，马车便停在了墙外。

"大哥，"褚祯温和的声音传来，"你在这里做什么？"

"去了趟集会，二弟呢，怎么也有空跑出来了？"大皇子懒洋洋地问。

褚祯笑笑："刚陪父皇下完棋，准备回府休息。"

"二弟还真是讨父皇喜欢呢，"大皇子一听他刚才在宫里，顿时忍不住阴阳怪气，"只是身为人子，明知父皇身子不好，还要耽误他歇息，多少有些不合适吧。"

"大哥说得是，可惜父皇不听我的，不如明日你去劝劝他吧。"褚祯含笑道。

满朝文武谁人不知大皇子得罪了圣上，不仅被革去所有职务，还禁止再进宫，褚祯这句话看似温和，却直接戳中了大皇子的死穴，大皇子冷笑一声，再懒得装什么兄友弟恭："三十年河东三十年河西，褚祯，你最好别太得意，我们走！"

他话音未落，空旷的长街上便响起了马蹄声，很快便逐渐远去。简轻语松了一口气，无力地跌坐在地上，还未来得及缓一缓，便听到褚祯淡淡开口："还不出来？"

简轻语愣了一下，一时没敢动。

"大皇子还未走远，要我请他回来？"褚祯又问。

简轻语闻言，顿时不敢再躲，急忙撑着地面爬起来，往外跑了两步紧张道："别、别让他回来！"

褚祯看到是她后愣了一下，当即蹙着眉头走上前来，担忧地攥着她的胳膊问："怎么是你？你怎么弄成这样了？谁把你弄成这样的？是褚赢吗？"

"……殿下，您冷静一点！"简轻语的胳膊被他攥得生疼，一时忍不住挣扎。

褚祯急忙放开她，局促地将她打量一遍，看到她湿漉漉的头发后蹙眉："到底是怎么回事儿？"

"您不知道是我吗？"简轻语小心地问。

褚祯抿唇："不知。"他只是恰好路过，认出了褚赢的马车，再看褚赢的侍卫小心逼近巷子，便推测他们或许要抓什么人，这才过来一探究竟。

但没想到他们要抓的是她。

"究竟是怎么回事儿？"他又问。

简轻语咬了咬唇，与他对视许久后突然问："殿下，我能相信你吗？"

"自然。"褚祯严肃点头。

简轻语当即跪下，红着眼眶道："求殿下帮我回漠北！"

京都与漠北之间有一段路程多悍匪，她当初便吃了这亏才沦落青楼，这一次再走这条路，必须万分小心才行。然而她已经死遁，不好光明正大地找侍卫，单靠自己又不可能离开，只能求褚祯帮助。

褚祯急忙将她搀扶起来，并未直接答应："究竟是怎么回事儿？"

简轻语自是不能说实话，只是避重就轻道："小女得罪了大皇子，恐怕会祸及家人，唯有死遁，才能保自己平安，保宁昌侯府平安。"

说罢，她将自己方才跳湖的事说了出来，但将陆远的存在隐去了，只是说自己一时贪玩才跑去船上酒楼，不料撞见大皇子与朝臣密谋。

"小女没有听到半点内容，可大皇子却不相信，一定要逼死小女，"简轻语红着眼角看向褚祯，"殿下可否看在相识一场的分儿上，替我瞒下还活着一事，助我远离京都这是非之地？"

"……你若只是怕他伤害你，那大可不必离开京都，本王也能护你周全。"褚祯严肃道。

简轻语勉强一笑："多谢殿下，只是小女还是想离开。"

她如今跟自己腹中的孩儿一样，一旦留下，便是陆远的致命弱点，与其一家三口共赴黄泉，不如天各一方好好活着。

她与陆远本就不是一路人，强行在一起能欢愉一时，却无法欢愉一世，趁这个机会早点儿断开也好。她回她的漠北自由自在，他在他的朝堂步步高升，一别两宽，各生欢喜，多好。

简轻语忽略抽疼的心口，坚定地看向褚祯。

褚祯定定地与她对视，许久之后叹气："懂了，你想与京都的一切断开。"他说的"断开"，也包括陆远。

简轻语抿了抿唇，没有否认他的话。

褚祯垂眸看着她："好，我帮你。"

简轻语顿时感激得要下跪，却被他强行拉了起来："你若再如此，我可就不帮了。"他到底没有再自称本王。

简轻语急忙站了起来。

褚祯无奈地叹了声气，带她上了马车："你现下如何打算？"

"还请殿下送小女回趟侯府，小女换身衣裳，再交代丫鬟一些事。"夜长梦多，她不想久留。

褚祯颔首，还不忘提醒："切记不要拿太多东西，免得引起怀疑，我为你备一份盘缠，缺什么路上买就是。"

"多谢殿下！"

说罢，她忍不住打了一个喷嚏，褚祯的手紧了紧，倒了杯热茶递给她："喝些热的，会舒服些。"

"是。"简轻语拘谨地接过，小口小口地喝热茶。

一杯热茶没有喝完，马车便停在了宁昌侯府的后门外，简轻语偷偷推开虚掩的门，四下张望一番后溜了进去。褚祯静静地看着她的背影，没忍住轻笑一声。

"殿下很喜欢这姑娘。"车夫笑道。

褚祯看了他一眼，没有否认他的话。

车夫自小便跟着他，既是车夫也是侍卫，更是他幼时的玩伴，是比寻常下人跟他更近些，见他这般反应，顿时更加好奇："既然喜欢，为何不将她留下？"

"留不得，"褚祯看着后门神色淡淡，"她是陆远的人。"

车夫愣了一下，半晌小声道："可她已经死遁了……"这世上知道她还活着的，只有殿下一人，堂堂二皇子，金屋藏娇还不简单？

褚祯指尖一动，平静地扫了他一眼。

另一边，简轻语直接跑回寝房，换了身干净的衣裳后，把脱下的湿衣团在一起，本想留给英儿，待晾干后烧了，可转念一想，等衣裳能烧的时候，她落水死不见尸的消息估计也该传回来了，到时候人多眼杂，烧衣裳容易叫人起疑。

……可也不好直接扔吧，这衣裙是陆远送的，看似裁制简单，可上面的金线刺绣满京都未必能找出来第二件，一旦被人捡了，便是她最大的破绽。

简轻语纠结许久后，咬咬牙决定直接带走，于是跑去衣柜，想找条床单将湿衣包起来。然而真当她站在衣柜前时，才发现每一条床单陆远都睡过，若是突然带走一条，他或许会察觉到。

……她是不是太紧张了，陆远是人非神，怎会连这点小事都注意到？简轻语心里安慰自己，可对着一柜子床单依然下不去手，最后想了半天，突然想到还有一条陆远不知道的。

她当即关了柜门，扭头跑到床边趴下，捞了半天后将有些灰扑扑的床单捞了出来。床单上，她当初弄上的月信已经干涸，形成一小片黑色的印迹，其他的倒还算干净。

简轻语仔细将被单叠了一下，将印迹遮住后把湿衣裳包了起来，这才转身去找英儿。

英儿本已经睡了，听到她敲门后赶紧迎上去，简轻语进门直接将晚上的事说了，待英儿听懂之后道："为了安全起见，我这次回漠北暂时不能带上你了，

401

你且等上一段时间，至多两年，等风头过了，我再回来接你。"

"……那、那大小姐路上千万要小心。"英儿红着眼眶道。

"我去东湖游玩的事，记得要透出去，但是我今日回来之事切记要保密，"简轻语安抚地摸了摸她的脑袋，半晌叹了声气，"不要让任何人知道，懂吗？"

父女关系上，她一向有自知之明，知道父亲对她较为纵容，一是因为没养在膝下，多少有些愧疚，二是的确不够疼爱，期待自然也不会高。她与简慢声不同，知晓她生死不明的消息，父亲或许会伤心，但不会伤及心肺，所以干脆就不要说了。

英儿不知她想了多少，闻言只是郑重点头："奴婢一定谁都不说。"

"嗯，记得表现伤心些，千万别在陆远面前露出马脚，"简轻语含笑捏捏她的脸，"实在不行，就当我真的死了。"

英儿眼眶瞬间红了："您别乌鸦嘴……"

"好好好，不乌鸦嘴，总之你安心等着，我会接你去漠北的。"简轻语说完，似乎也没别的可嘱咐了，于是叹了声气转身往外走去。

英儿眼巴巴地目送她离开，待她走了之后顿时哭了。

简轻语不敢回头，匆匆回到了褚祯的马车上。

"都准备好了？"他问。

简轻语微微颔首："准备好了。"

"先去我府中住一晚吧，明日我叫人护送你离开。"褚祯温声道。

简轻语点头："多谢殿下！"

褚祯抬头看向车夫，车夫顿了顿，驾着马车朝前去了。

简轻语在二皇子府住了下来，虽然没有出门，外面的消息还是传到了她耳中，比如落水的是简家大小姐，如今尸体都找不到，估摸着是被暗流冲走了，比如昨晚恰好锦衣卫在附近游玩，听到落水的事后搜寻了许久，那位陆九爷更是一直在水里找人，几次险些丧命。

当听到关于陆远的消息时，简轻语揪心地难受，铺天盖地的愧疚几乎要将她压垮，直到听说陆远被圣上召进宫了，这才多少好受些，只是依然担心陆远会再跑去湖里找她。

好在之后便没有再传来陆远去湖里找人的消息，简轻语松一口气的同时，又开始担心另一件事。

不知不觉中，她已经在褚祯府中住了三日，褚祯迟迟不提送她走的事，每次她提起，他都会将话题岔过去，时间一久，她便开始犯起了嘀咕。

在又一次同桌用膳时，简轻语又提了此事，褚祯不出意外地没有直接回答，她思忖一瞬没有再追问，而是默默吃完饭回了寝房。

夜色渐渐深了，外头逐渐安静，待大院里的灯笼灭掉后，她背上自己的小包袱，趁着夜色朝外跑去。

快跑到后门时，身后突然传来一道带笑的声音："你什么盘缠都不带，如何能回漠北？"

简轻语心里一惊，不动声色地回头："殿下，您怎么在这儿？"

"本王还想问问你为何在此。"褚祯说着，朝她走了过去。

简轻语笑笑："我想家了，回去看看。"

"京都人多眼杂，你就这么跑出去，不怕被人发现？"褚祯反问。

简轻语没有回答他的问题，只是若有所思地打量他。

褚祯在她面前停下，盯着她看了许久后叹息："走吧，我送你。"

"……夜深了，还是明日走吧。"简轻语站在原地没动。

褚祯扬起唇角："马车和侍卫都已经准备好了，走吧，我送你出城门，之后的路你自己走。"

他的话不容拒绝。

简轻语沉默许久，到底还是答应了。

一刻钟后，两个人坐在了同一辆马车里，马车摇摇晃晃地往城外走，马蹄声轻盈，车内的气氛却相当沉重。

不知沉默了多久，褚祯才缓缓开口："本王还是想将你留下。"

简轻语拿着包袱的手渐渐收紧，面上却还在强装镇定。

"可惜你若留在京都，陆远一定会找到你。"褚祯叹息。

简轻语脸上的镇定终于裂开："我听不懂殿下在说什么。"

"你这次离开，是为了陆远吧？"褚祯平静地看着她，"听说那晚陆远也在，让我想想，莫非是你们在一起的事，被褚嬴撞见了？"

简轻语咬紧了牙关，攥着包袱的手指隐隐发白。

褚祯看到她的模样，不由得轻笑一声："其实你先前说得不对。"

简轻语抿唇。

"你说我想娶你，只是为了给自己留一条后路，"褚祯唇角始终上扬，"可你从未想过，留后路的方式千万种，何至于我以王妃之位易之。"

简轻语隐约察觉到他要说什么："殿下……"

"轻语，我心悦你。"褚祯打断她的话。

简轻语喉咙发紧："多谢殿下抬爱，只是小女无心婚嫁，让殿下失望了。"

褚祯定定地看着她，却只能从她脸上看出浓浓的防备，他叹了声气，脸上的笑意渐渐淡了："的确失望，但凡你有半点儿意动，我便八抬大轿娶你进门。"

简轻语如坐针毡，不敢轻易接话。

马车继续往前走，车里的气氛更加沉闷，不知过了多久，速度渐渐慢了下来，最终彻底停在了一个地方。

"殿下，到了。"车夫道。

褚祯笑笑，从马车上下去了，站稳之后回过头："其实你愿意离开，我倒是挺高兴，希望你一路顺风！"

简轻语愣了一下："你没想囚禁我？"

"我囚禁你做什么？"褚祯扬眉。

简轻语皱起眉头："那你方才说那些话……"

"吓唬你一下不行吗？"褚祯板起脸，"我堂堂二殿下，将来要做皇帝的人，被你一个小丫头拒绝了，还不能恐吓一番？"

简轻语："……"不敢吱声。

褚祯脸上的笑意淡了："既然走了，就别再回来，远离京都，也远离……京都所有的人，知道吗？"

"……嗯。"简轻语谨慎地应了一声。

褚祯也知道自己吓到她了，只得跟她赔不是，结果不道歉还好，一道歉简轻语顿时像看神经病一般看他，褚祯自己都无奈了："要怎样你才能忘了今日的事？"

简轻语还是不敢说话。

"你可有想要的东西？"褚祯也只能想到送礼了，说完见她欲言又止，于是补充一句，"除了回漠北，这事我已经答应过了。"

"……那没别的了。"简轻语小声回答。

褚祯扬眉："那便等你想到了，再同我要，"说完，他想到即将到来的分离，又生出一分惆怅，"若还有机会再见的话。"

"……是。"

城门外风声喧嚣，将各人心事吹得七零八落，一片沉默之后，褚祯看了眼车夫，车夫当即将缰绳交给侍卫。

马车重新奔走，很快在视线中变成一个小点，再之后便彻底消失不见。

"殿下为何不将她留下？"车夫询问。

褚祯扬唇："舍不得，她还是笑的时候最好看。"

"可她一走，殿下连不笑的她也见不着了。"

"无妨，孤还有更重要的事要做。"褚祯说完，回头看向城楼之上巍峨的牌匾。

皇宫内，陆远一子白棋落下，圣上笑了起来："你输了。"

"微臣技不如人。"陆远垂眸。

圣上看了他一眼，脸上笑意不变："你哪儿是技不如人，分明是忧思过度。"

陆远顿了一下："圣上何出此言？"

"京都城都传遍了，你陆远为了救简家大小姐，直接跳进东湖找人，那东湖是什么地方，为了她你竟是连命都不要了。"圣上喷了一声，将棋盘上的棋子一一归拢。

"圣上说笑了，微臣与那简家大小姐……并无半点干系，想救她也只是出于道义，"陆远垂着眼眸，脸上情绪莫辨，"毕竟她的亲妹妹已然身死，不好叫宁昌侯失了仅剩的女儿。"

圣上愣了一下，半晌轻轻叹了声气，倒没有再试探他简轻语的事。

陆远安静盯着棋盘，漆黑的眼眸没有半点波动。

京都下了几场小雨，天气越发寒凉，宁昌侯府却始终没办丧事，即便都知道这么久没找到人，几乎没了生还的可能，但宁昌侯府还是坚持一日没见着尸体，便一日不承认大小姐殒身。

东湖的打捞还在继续，见侯府这般坚持，人人都感慨惋惜，可惜随着时间的流逝，不仅议论此事的人少了，就连打捞的人也越来越少，起初有几十人，渐渐变得只有十几人，最后只剩下几个人守在湖边，时不时绑上绳子下水找一遍，宁昌侯府虽然还是未办丧事，可都看得出已经不抱希望了。

京都城依旧热闹，每个人都有自己的使命，都在努力地活着，痛楚永远摆在最隐蔽的角落，只有黑暗降临，才可以稍微放纵。

"……大人，您又去东湖了？"季阳在陆府一直等到深夜，才看到身上冒着寒气的陆远回来，他先是一愣，接着眉头皱了起来。

陆远垂着眼眸，平静地往后院走："交代你的事做得如何了？"

"已经办妥了，现已经置于主殿牌匾后，每一个字都是临摹圣上的笔迹，保证看不出破绽，"季阳跟在他身后，"入冬以来圣上的病越发重了，却始终不恢复大皇子职务，大皇子早已心急如焚，一旦发现传位于二皇子的诏书，必定会有所行动。"

"可知会二皇子了？"陆远又问。

季阳颔首："已经说了，二皇子明日起便会到宫中照料圣上，无事不再出宫，大皇子若想对他动手，只剩逼宫一条路。"

这计划万无一失，就等大皇子按捺不住起兵造反了。

"给他添一把火，"陆远已经走到寝房门前，推门进去后倒了杯茶，拿着杯子的手通红，上头还长了冻疮，"将皇宫的布防图给他。"

"是!"季阳应了一声，双眼一直盯着他通红的手。

公事已经说完，陆远便突然沉默下来，季阳也想不到新的话题了："若没别的事，卑职就告退了。"

陆远不语。

季阳抿了抿唇，转身便要离开，只是刚走了几步又折返回来，苦口婆心地劝："天儿越发凉了，湖水冷得刺骨，暗流越发厉害，日后还是卑职下湖找……如今正是关键时候，大人切不可出事。"

这些日子陆远不能光明正大地继续找简轻语，便每日夜里去东湖，湖中暗流涌动，一群人结伴搜寻尚且可能有危险，更别说他一个人去了，季阳真是害怕，哪天他扎进水里，便和简轻语一样消失不见了。

"我没事，"陆远淡淡开口，"你可以走了。"

"大人……"

陆远抬眸看向他，眼底漆黑一片，看不到半点儿光亮。

季阳认识这样的他是在他们初相识时，陆远刚失去所有亲人，便总是这样看人。

季阳心里堵得厉害，再想想那个又懒又怂还爱惹事的简喃喃，如今连尸骨都没找到，于是更加难受："……大人，若简喃喃知道，定舍不得看你如此糟蹋自己。"

"那便让她自己来同我说。"陆远面无表情。

季阳心里越发不是滋味，许久之后叹了声气，还是转身离开了。

他走了之后，陆远越发沉寂，坐在桌前静默许久，最后换了身干衣裳，如往常一样去了宁昌侯府。

即便过去了这么久，宁昌侯府依然不肯接受事实，所以简轻语的寝房一直保持原样，只等着她有朝一日能回来。

陆远轻车熟路地翻窗进了寝房，在只有他一个人的房间里站了片刻，才抬步到床上躺下。

床上的被褥还是先前那套，上头有只属于简轻语的独特药香，只是随着时间的流逝，香味已经越来越淡，陆远要躺上很久才能勉强捕捉到一丝味道。

圣上病重，京都形势突然变幻莫测，他白天要筹谋一切，晚上还要去湖中找人，每日里只有两个时辰能休息。虽然身体已经累到了极致，但是脑子却睡不着，一直到天亮才勉强睡去。

和失去简轻语之后的每一个夜晚相同，他睡得并不踏实，刚睡没多久，脑子里便突然浮现季阳那句"湖水冷得刺骨"，然后猛然惊醒，再也睡不着了。

也不知她会不会冷。

陆远垂着眼眸，在床上静坐许久，待远处鸡叫三声，便握着绣春刀顶着寒露进宫了，刚进到宫里，便有宫人急忙冲了过来："大人不好了，圣上昏迷不醒了！"

陆远眼眸微动，直接冲进了寝殿。

圣上的病突然加重，眼看着要熬不过这个冬天，大皇子心焦之余，拿到了主殿牌匾之后的"诏书"，他终于决定放手一搏。

大皇子率兵杀进宫那日，圣上难得清醒，听说消息后当即昏死过去，等他再次醒来，已经是一日之后了，陆远一身浓郁的血腥气，鲜血染透了飞鱼服上的四爪蟒，衬得他越发冷酷阴郁。

圣上定定地看着他，许久之后哑声问："赢儿呢?"

"回圣上的话，已经抓进了天牢，只等圣上处置。"陆远垂眸道。他说得轻描淡写，一语略过了其间的凶险与混乱。

圣上沉默许久，问："你觉得朕该如何处置?"

"天家之事，微臣不敢妄议。"陆远垂眸。

圣上看向他："朕准你妄议。"

陆远顿了一下，却依然一个字都没有说。

圣上笑了一声，声音短促尖锐，接着便再也笑不出来了。他就像普通人家的老者，一瞬间没了真龙之威。

陆远静静地看着他，心里无喜无悲无波动。

圣上怔怔地盯着不远处的棋盘看，许久之后才缓缓开口："朕不过刚刚倒下，他便沉不住气了，真是叫朕失望!"

陆远不语。

圣上静了静，缓缓开口："朕想好该如何处置他了。"

陆远抬眸看向他。

窗外突然下起了大雨，雨水顺着廊檐往下滴落，砸在青石板上瞬间四分五裂。

陆远到了天牢中，大皇子一身染血囚衣，颓丧地坐在爬满鼠蚁的地上，再无半分尊严可言。他看到陆远先是一愣，接着立刻冲到门边，殷切地问："父皇呢？醒了吗？"

他是圣上最宠爱的儿子，即便是犯了大罪，也不觉得他的父皇真会将他如何。

陆远冷淡地看着他，一句话也不说。

大皇子逐渐心凉："……父皇不肯见本王？"

陆远看了眼身侧之人，众人当即退下，天牢里顿时只剩下两个人。

大皇子心生警惕："你要做甚？"

"集会那日，你也在船上对吗？"陆远平静地问。

大皇子愣了愣，脸上闪过一丝慌乱，强装镇定道："我不知道你在说什么！"

"你带人捉拿她，她才一时慌乱跌进湖中，对吗？"陆远又问。

大皇子咽了下口水，突然发火："你算个什么东西，也配与本王这般说话?!"

陆远不管他恼羞成怒，只是掏出一把钥匙，慢条斯理地去开牢门："她自幼长在漠北，从未学过游水，得有多害怕才会主动往水里跳？"

钥匙串碰撞发出哗哗的声响，大皇子吓得连连后退："陆远你要做什么，你想做什么？本王可是皇子!"

咔嗒，牢房门打开，两个人之间再无阻碍。

大皇子退到墙角再无处可退，顿时对着陆远怒骂起来，然而随着陆远步步逼近，他强撑的怒意也消散殆尽，最后没出息地跪了下去，对着陆远求饶："不关我的事，是她自己要跳的，真的不关我的事……"

"湖水冰凉，你可想过她也会冷?"陆远语气古井无波。

大皇子吓得脸都白了，哆嗦着磕头求饶："陆大人饶命，陆大人饶命！待我出去，定会给陆大人送上十个美人……不对，送二十个美人赔给你，陆大人……"

话没说完，陆远便眼神一暗，抓起他的衣领对着石墙撞去——

砰！

一声闷响过后，大皇子目眦欲裂，伸了伸腿彻底没了气息。

"你赔不起。"陆远淡淡说完，掏出锦帕擦了擦手指，转身从牢房里往外走。

雨还在下，他走到天牢门口，同众人一起避雨，不多会儿便听到值守的狱卒惊叫："大皇子畏罪自杀了！大皇子畏罪自杀了！"

天牢顿时一片慌乱，陆远静了许久，抬头看向雾蒙蒙的天空。

半个时辰前，寝殿内——

圣上咳了一声缓缓开口："大皇子听信谗言，误以为朕受人挟持，这才逼宫勤王，虽有罪，但孝心可表，故特赦无罪，继续监国。"

陆远眼底闪过一丝暗色，垂着眼眸没有说话。

"你可知道朕为何这般做？"圣上看向他。

陆远静了一瞬："微臣不知。"

如此大罪还能原谅，且要褚赢继续监国，无非想向世人表明，他要传位于大皇子。

果然，圣上淡淡抛下一道惊雷："因为朕想让他继承皇位。"

陆远没什么反应，仿佛一切与他无关。

圣上昏迷了一整日，现下似乎精神不错："赢儿骄纵倨傲，时不时还要做些蠢事，比起祯儿不知差上多少，的确算不上储君的最佳人选，可他有一点好。"

说完，他静了一瞬，陆远配合开口："微臣愿闻其详。"

"他没祯儿聪明，也不够狠心，在他手上祯儿有的是法子保住性命，"圣上勾起唇角，眼中并无笑意，"祯儿像我，看似温和好相与，心底却不知藏了多少事，若他做了皇帝，恐怕第一件事就是拿赢儿开刀。朕就这两个儿子，江山给谁都行，横竖有满朝文武盯着，不会有事。可如何在皇位之争后，同时保住两个人的性命，便是一门大学问了。"

说罢，他抬头看向陆远："你去将赢儿放出来吧！"

"是！"

陆远垂眸，神色冷淡。

大雨不停地下，雨滴在地面上汇聚成水流，争先恐后地挤进路两侧的暗槽。天牢里还是一片慌乱，陆远静等着太医来了，确定大皇子已经无力回天，这才回宫复命。

圣上惊闻噩耗，顿时吐了一口鲜血，宫人们又是一阵忙乱。

直到过了子时，陆远才从宫中离开，他没有回陆府，而是径直去了简轻语的寝房。

寝房今日也被打扫过，床边摆了一束花，香气熏染了没有更换的被褥，将简轻语最后一点痕迹也彻底驱逐。

他在床边静站许久，最后面无表情地在脚踏上坐下，倚着床闭目养神。寝房里没有点灯漆黑一片，他安静地坐着，不知过了多久眼角落下一滴泪，他平静地拭去，重新睁开眼睛，再开口声音略微沙哑："喃喃，该回来了。"

空旷的房间里，只有他一个人的声音。

陆远不再说话，手指轻轻摩挲另一只手上的疤痕，最后缓缓站了起来，他转身要走，却不小心将脚踏往床下踢了些，随后床下传出一声轻响，像是脚踏碰到了瓷器一样的东西。

他顿了一下，一伸手摸到了一片凉意，拿出来一看方知是个不大的瓷碗。微弱的月光下，瓷碗里沉着的痕迹已经干涸，显然时间已久，但还是散发着淡淡的药味。

仅仅是一点药味，他便蓦地想起简轻语总是一脸专注熬药的模样，已经许久没有异样的心脏顿时抽疼。他死死地攥着药碗，许久之后呼出一口浊气。

记忆再无法收敛，在他脑海中一遍又一遍地上演，他半跪在床边久久没有起身，许久又俯身下去，想将碗重新放回原位，然而手还未伸进去，便发现曾经被简轻语藏在床下的床单消失了。

他眼底闪过一丝愣怔，回过神后从怀中掏出火折子，瞬间将整个床底照亮——

没有。

陆远的心跳逐渐快了起来，他当即放下手中药碗，冲到柜子前开始翻找，然而将里头所有的东西都翻了出来，却依然没有看到那条脏了的床单。

……她那个懒性子，既然一开始没有洗，那之后也不可能会洗，一开始没有扔，之后也不会想起要扔，可又没有换地方藏，为何会消失不见？

陆远手心出汗，将整个屋子翻找一遍后，视线重新落在了衣柜上。此刻里头的衣裳被他全部扔在了地上，乱糟糟地堆在一起，而柜子本身却一览无遗。

411

简轻语对衣裳首饰不大感兴趣，不到必要时都想不起为自己添置，所以重逢之后，他便负责为她选购衣裙，这里的每一条衣裙，基本都是他千挑万选买来的，可以说他比简轻语更了解她的衣柜。

陆远喉结动了动，许久之后点了一盏灯，借着微弱的烛光走到衣柜前，将乱了的衣裙一件件整理好，重新放回了衣柜中。

少了一套墨绿色荷叶衣裙。

平白无故，突然少了一套衣裙。

陆远死死盯着衣柜，许久都一动不动。

许多事伪装得再天衣无缝，可只要被抓到一根线头，便能抽丝剥茧，找出所有的不对劲。陆远觉得，他似乎抓到了这根线头。

……

"阿嚏！"简轻语睡梦中突然打了个喷嚏，顿时惊醒过来，再看窗外，天还是黑的。

……这两日怎么老是睡不好。简轻语心里嘟囔一句，叹了声气后翻个身接着睡，等再次醒来时，外头天已经彻底亮了，她见状暗道一声不好，赶紧洗漱更衣跑出去，然而外面已经排了很长的队了。

正在给病人看诊的白胡子老头儿，见她匆匆跑出来顿时瞪眼："老夫行医四十年，教过的徒弟没有上百也有几十，就没见过比你还懒的！"

"师父您也知道，我情况特殊嘛。"简轻语笑嘻嘻地找借口，丝毫不以为耻。

她回到漠北之后，因为怕被抓到，所以并未回家，而是隐姓埋名拿着褚祯给的盘缠，去了离家不远的小镇生活。

盘缠还有很多，她本想着开个医馆，结果还没等开，便遇上几个被匪徒所伤的百姓，诊断之后刚拿了药准备治，就被路过的老头儿给呵斥了，她被骂得晕晕乎乎的，回过神后还不服气，当着老头儿的面给自己抓了服安胎药……

后来的事她真是不愿多想，也幸好老头儿在她煎药时偷偷减轻了药量，才让她只是拉了两天肚子，别的没有受影响。

亲自证明了自己的实力有多差，简轻语着实失落了好几天，同时对被她医治过的陆远和褚祯生出许多愧疚，直到老头找上门，她的心情才算好点儿。

"你还算有点儿天赋，就是太盲目自大不虚心，若你真心想行医，便拜我药半仙为师吧。"老头儿勉为其难道。

简轻语向来放得下身段，也早听说过药半仙的威名，当即扑通一跪就拜了师，之后便来了师父的医馆做学徒。

"仗着有身孕偷奸耍滑的，老夫就见过你一个，若早知道你是这副德行，老夫当初说什么也不收你！"师父继续吹胡子瞪眼。

简轻语连连称是，及时为他倒了杯茶："师父喝茶。"

师父接过茶碗一口饮尽，正要继续骂，也不知简轻语从哪儿变出几块果脯，殷勤地递到他面前。

师父嗜甜，当即眼睛粘上头了，嘴上却还是不饶人："没看到老夫在做事吗?!"

"师父忙一早上了，接下来让徒儿做吧，您先歇着。"简轻语将他拉了起来。

师父轻哼一声，勉强站了起来，往嘴里塞果脯时还不忘提醒："只准诊脉，不得开药!"

"知道啦！"简轻语无奈。

师父斜睨她一眼，这才转身离开。

他走后不久，一个着青衫的文弱男子走了过来，简轻语笑眯眯地打招呼："奚清师兄，早啊！"

"不早了，日上三竿了，"奚清无奈开口，"师父呢？又被你气跑了?"

"当然没有，他去吃零嘴儿了。"简轻语当即撇清干系。

然而奚清并不相信她，笑了笑后在她身边坐下，她每诊断一位，他便开一张药方。

简轻语看着他流畅地写药方，顿时觉得手痒痒："奚清师兄，我能开一张吗?"

"想都别想。"一向好说话的奚清当即拒绝。他这个新来的小师妹，医术上确实有些天赋，靠自学便在诊断上强出他许多，可惜药方开得一塌糊涂，即便诊出了病症，也能生生给人治死，所以医馆严禁她开药方。

简轻语闻言撇了撇嘴，但心情没受影响，嘻着笑为面前的病人诊脉。

她已经回漠北将近两个月了，起初还经常想起陆远，但从来了医馆之后，每日里都忙忙碌碌，一直到深夜才有机会歇息，每次都是倒头便睡，渐渐地也

413

没空再想京都的一切了。

虽然每次想起陆远心中还是惆怅，可最难熬的一段时间过了后，她如今只想好好学医，将腹中孩儿平安地养大，至于不该想的，她也不愿再想。

人忙活起来，时间便过得特别快，转眼便从初冬进入了深冬，一直没有下雪的京都，在腊八这天飘起了大雪。

"大人，查到了，简轻语落水之后……二皇子府中确实来过一位姑娘，只住了三日便离开了。"季阳硬着头皮开口，莫名觉得呼吸困难，不敢看面前的人。

陆远听完并不意外，语气甚至非常平静："她在京都认识的人不多，有能力帮她离开，且能为她抹去一切破绽的，也只有褚祯一人了。"

"……卑职已经查过，二皇子并未囚禁她，而是派了侍卫将她护送出城，应该是、是回漠北了。"季阳半点儿不敢欺瞒，将知道的一切都说了。

陆远垂下眼眸，静了片刻后缓缓开口："让你请的大夫呢?"

"就在门外。"季阳说罢，便将人叫了进来。

大夫看到陆远两股战战，哆嗦着开口："给陆大人请安!"

陆远也不费话，直接将药渣干涸的碗放在了桌面上："查查，这里头是什么药。"

起了疑心之后，他便对那日她慌张藏药碗的事耿耿于怀。

大夫忙接过碗，仔细辨认之后小心回答："回大人，是落子药。"

季阳："!!!"

陆远古井无波的眼眸终于出现一丝裂痕，随意放在膝上的手猛地攥紧，手背上青筋几乎要暴出来，然而他的声音却十分平静："确定吗?"

"老、老朽行医多年，绝对不会认错。"大夫忙回答。

陆远不说话了，许久之后呼出一口浊气："简轻语，你很好。"原来所有的意外都是早有预谋，是他低估了她。

季阳打了个寒战，默默在心里为简轻语祈祷。

第四十一章　找到了

时光匆匆，转眼一年便到了头儿，漠北一向不重节日，即便到了大年三十，也鲜少有人放鞭炮贴春联，顶多到了旧年与新年交接的子时，一家人坐在一起吃年夜饭。去年的简轻语是与病重的母亲一同吃的，今年则换成了师父与奚清师兄。

因为过年，医馆今日人很少，索性早早就关了门，开始准备年夜饭。师父和奚清拿出邻居所赠的腊肉，以及先前特意买的菜，在小厨房里开始忙了起来，简轻语原本也想帮忙，无奈肚子里还揣着一个，刚一闻见油烟味便开始犯恶心。

"阿喃，你还是出去吧，这里有我跟师父便好了。"奚清见她不舒服，便催她离开。

阿喃是简轻语的化名，她怕自己在漠北的消息传出去，便一直没用真名，虽然这名字是从她小名简化而来，但只要漠北的人不将这个名字跟简轻语三个字联系起来，她便不必担心泄露身份。

简轻语闻言喝了口凉水，压下恶心感后才道："我没事儿，可以帮忙的。"

奚清嘴唇动了动，劝说的话还未说出口，师父就先炸了："赶紧给我出去！别再吐老子菜里了。"

说着话，便举起了手中的擀面杖，大有她不听话就揍的意思。

简轻语撇了撇嘴，果断选择退出厨房，师父冷哼一声，继续忙活他的。

简轻语一个人闲着无聊，便走到屋檐下坐在门槛上往厨房里看，看着看着便忍不住发起了呆。这一年经历了太多，兜兜转转回了漠北，却依然没能回自己的家，生活的地方和身边的人换了，心境似乎也大有不同，只要闲下来，就忍不住去想京都城里的人和事。

奚清从厨房出来时，就看到她坐在门口发呆，顿了一下后走上前去，在她

415

身旁坐下："不高兴了？"

"嗯？"简轻语迷茫扭头。

奚清笑笑："师父就是刀子嘴豆腐心，刚才凶你只是想让你歇着，别看你才来两个月，其实他最喜欢的就是你了。"

"……我没生师父的气。"简轻语回过神后哭笑不得。

奚清扬眉："当真？"

简轻语见他不信，只好解释："我方才只是想起一些故人，心情有点复杂，真的没有生师父的气。"

奚清见她说得认真，顿了顿后笑了："看来是师兄小人之心了。"

至于别的，却没有再说。虽然阿喃从未说过自己的过往，但他和师父多少也猜出来些，无非是痴情女子遇到了负心汉，珠胎暗结后被家里赶出来这种事，漠北民风开放，私奔者常有，始乱终弃者常有，无家可归者亦常有，实在算不上什么大事。

简轻语知道他的沉默背后是好意，静了静后无奈地叹了声气，倒没有像刚认识时那样一直解释自己没被始乱终弃。师兄妹在门口坐了片刻，便被师父骂着去背药方了，一直背到子时吃年夜饭时才停下。

"……这大概是我最难忘的新年了。"简轻语吐槽。大年三十还要勤学苦读，还有比她更惨的人吗？

师父闻言斜了她一眼："我可以让你更难忘，想试试吗？"

"不用不用，我还是陪师父吃年夜饭吧，"简轻语顿时笑嘻嘻，为他斟一杯酒后开口，"师父，我敬您，谢谢您肯收留我。"

师父轻哼一声，难得没拿话刺她，碰杯之后将酒一饮而尽。简轻语那杯是普通的温水，也跟着一口饮下，随后她同样地敬奚清。

敬过一圈后，三人便都沉默下来，安静地吃着比平日丰盛许多的饭菜，不知过了多久，师父突然道："你日后可有什么打算？"

"谁？我？"简轻语抬头，确定是问自己后忙回答，"我想学成之后开个医馆，一边行医一边养话话。"

"话话？"奚清茫然看向她。

简轻语眨了眨眼睛，双手抚上厚衣裳盖住的小腹："就是他。"她叫喃喃，孩子叫话话，日后他们娘儿俩过日子一定很热闹。

"你这月份还小，竟已经取名字了？"奚清哭笑不得。

简轻语笑眯眯："对呀，早做准备嘛。"

"幼稚。"师父评价她，倒是对话话这个名字没什么意见。

简轻语顿时笑了，端起水杯又敬了师父一杯。

一顿年夜饭师徒三人吃了将近一个时辰，等到散场时师父和奚清都有些醉，摇摇晃晃地互相搀扶着站起来，两个人的脸上是一模一样的呆滞，比亲生父子还像亲生父子，简轻语看得直乐。

"笑什么笑，"师父喝多了都不忘骂人，"赶紧回去睡觉，东西明早让奚清收拾，你不准动！"

"我可以收拾的。"简轻语忙道。

师父瞪了她一眼："你一个有身子的人，没事乱动什么！不准！"

"师父说得对！不准！"奚清也板起脸，可惜文文弱弱的很难威严起来。

简轻语忍着笑答应了，但在他们走了之后，还是将桌上的碗碟收拾妥当，然后才回寝房。

像今天这样的日子本该生出许多惆怅的，只可惜她背了一晚上的药方，又吃了一个时辰的饭，早已经累得浑身酸疼，一倒下便睡死过去，什么惆怅什么难过都散得一干二净。

她一直睡到翌日晌午，醒来后伸了伸懒腰便出门了，结果发现往日勤快的师父、师兄一个也没见着，二人房门紧闭，显然还没起来。

她一时好笑，索性拿了篮子出门，打算趁他们醒之前买些菜回来。

漠北相较京都要贫瘠许多，终年刮着混着沙尘的大风，吹得脸上又干又疼，这里的土地大多被石块覆盖，能种的菜只有那几种，大多百姓都是自给自足，只有像他们这样没有土地的人，才会拿银子去集市买。

集市距离医馆很远，简轻语慢悠悠地往前走，走了两刻钟才到地方。虽然是大年初一，又是晌午时分，但集市上的人还是不少，只不过大多都是聚在一起聊天，鲜少有来买东西的。

简轻语搬到这里后时常过来，与小贩们都算熟了，于是直接往人多的地方走，走近后刚要打招呼，就听到一个大娘好奇地问："那个大皇子真的死了？就这么死了?"

简轻语猛地停下脚步。

"当然是死了,我还能骗你不成?"散播消息的人不满。

大娘不好意思:"我这不是好奇嘛,那可是堂堂皇子,天上的人儿,怎么说死就死了呢?"

"据说是犯了事被抓进大牢,然后畏罪自杀了,"那人啧了一声,"要我说,还是这些贵人面皮薄,犯点事就要死要活的,也不想想他老子可是当今圣上,求求情不就能活命了?"

"人家是皇子,你咋能想到皇子是咋想的。"另一人立刻反驳,众人连连点头认同。

简轻语没忍住走了过去:"你们说的可都是真的?"

"哟,阿喃来了啊,我给你留了条鱼,你待会儿拿回去给你师父补补身体。"散播消息的人招呼她。

简轻语道了声谢,迫不及待地追问:"你可知道大皇子犯了什么罪?"褚赢可不像会畏罪自尽的人,除非他真的犯了滔天大罪。

"那谁知道,我这也是听我姐夫说的,他在京都做狱卒,这几日来漠北了。"那人随口道。

简轻语顿了一下:"姐夫?"

"哟哟哟,又该夸自己的姐夫了,阿喃你别理他,快来大娘这里挑挑菜。"大娘招呼她。

那人不满:"谁夸了,我姐夫本来就是做狱卒的,你若是不信,我现在就将他叫过来。"

"不用不用,"简轻语忙笑着摆手,"我也只是随便问问。"

说罢,她顿了一下,小心翼翼地试探:"你姐夫……还同你说什么了?"

"别的也没说什么,"那人说完停顿一瞬,"哦,还说圣上病重了,京都传言他熬不过这个冬天,锦衣卫抓了十几个造谣的人,直接在菜市口杀了头,据说血流成河,菜市口腥了好几日。"

乍一听到"锦衣卫"三个字,简轻语有种恍若隔世的感觉,她愣怔一瞬,才勉强笑笑:"听着真吓人。"

"可不是，我看这些锦衣卫也猖狂不了多久了，如今圣上只剩下二皇子一个儿子，二皇子又宅心仁厚不喜杀生，待到二皇子继承皇位，定要收拾这群残暴的锦衣卫。"那人义愤填膺。

顿时有人好奇："锦衣卫？那是啥？"

"这你都不知道？那可是连皇亲国戚都怕的杀神……"

那人滔滔不绝，简轻语却没了听下去的心思，简单买了些菜后便往医馆走，一边走一边想大皇子已死，继位的人选便只有二皇子了，他与陆远又是合作关系，二皇子想来也不会对他如何，他的安全还是有保障的。

……能安全活着，便已经很好了。简轻语走到医馆门口时，猛地停住了脚步，许久之后呼出一口浊气，只觉得压在心上的大石头突然消失，轻盈之余又隐隐犯疼。

"阿喃？你在门外做什么？"已经起床在打扫院子的奚清走出来，看到她后奇怪地问。

简轻语回神，勉强笑了笑："我没事。"

"可是身子不舒服了？"奚清走上前，"手伸出来，我给你诊脉。"

"不用……我没事。"简轻语小声拒绝。

奚清知道她不会拿自己的身子开玩笑，听到她说没事便放心了："回屋歇着吧，今日初一，不会有什么病患。"

"嗯，谢谢师兄！"简轻语说完笑笑，便先一步回房间了。

奚清盯着她的背影，直到她消失不见才惋惜地叹了声气，在心里狠狠骂了一句那个负心汉。

简轻语回屋后，坐在床上发了许久的呆，半晌走到铜镜前，仔细打量自己的模样。

如今已经有四个多月的身孕了，但穿着冬衣看不出来，只是瞧着比以前圆润了些，气色也比以前更好，除了偶尔犯恶心，别的都一切正常。她在镜子前照了半天，最后忍不住解开冬衣，直接看自己的小腹。

嗯，这样看似乎有点弧度了。

她满意地点了点头，正要将衣裳穿好，就感觉肚子突然抽了一下，她先是一愣，半晌不可思议地睁大了眼睛，着急忙慌地穿好衣裳冲了出去。

"疯跑什么!"刚出房门,发疯的她被师父训斥了。

简轻语一脸激动地冲了过去:"师父!我有胎动了!话话刚才动了!"

"……都四个多月了,会动不是很正常?要我说还动晚了,肯定是个小笨蛋!"师父表面嫌弃,眼神却缓和了许多。

刚清扫完院子的奚清也跑了过来,高兴地看着她:"真的动了吗?怎么动的?"

"就是突然动了。"简轻语说着,还模拟了一下动作。

奚清顿时更加高兴,还对着她重复了一遍动作。师父看了眼两个傻子一样的徒弟,叹息一声转身走了。

这一日的胎动之后,简轻语的胃口逐渐恢复了,甚至有越来越好的趋势,恶心难受的感觉,却是一点儿都没了,只有偶尔吃撑的时候会觉得肚皮发紧。

师父也不再吩咐她做事,只每日里抽一个时辰的时间教她看药方,其余时间就随她去了,简轻语觉得无聊,便主动包揽家务,然而每次还没做,奚清便冲过来了。不论是师父还是师兄,都在各种小心地照顾她,而照顾的结果便是简轻语一个月胖了七八斤。

师父一连观察了她好几日,终于忍不住说话了:"你是不是太胖了?"

"……我哪儿胖了?!"正在添第二碗饭的简轻语睁大眼睛,"我这是月份大了,看起来比以前要胖些!"

师父冷笑一声:"脸都圆成什么样了,还说自己因为月份大了。你家月份大了肉长脸上?"

简轻语被他说得一震,当即撂下碗筷跑回了房间,当看到镜中下颌线变模糊的自己,顿时惊得说不出话来了。

"怎么样,我就说胖了吧,"跟过来的师父倚在门口,幽幽给出致命一击,"你以后少吃点、多活动,免得生的时候孩子过大,大人、孩子都危险。"

简轻语苦了脸,欲哭无泪地点了点头。

师父该说的都说了,轻嗤一声便去前边看诊了。

简轻语垂头丧气地在镜子前坐了片刻,听到奚清在外头叫了才出去。

奚清本想叫她出来帮个忙,看她苦哈哈的脸愣了一下:"你怎么了?"

"师兄,我是不是很胖?"简轻语问。

奚清顿了顿，盯着她仔细看了半晌后认真道："不胖。"

简轻语松一口气。

"就是圆了点。"

简轻语："……"

"但也不是什么好事，日后生的时候会受罪，还是控制些好。"师徒俩连说的话都一模一样，只不过奚清的表情要郑重许多，"我本来还想让你帮忙看着点药炉，我去老乡家收药材，现在想想还是算了，我们一起去收药材吧，你也多走动走动。"

"……好。"

简轻语叹了声气，拿上竹篓便跟着他出去了。师父正在前院医馆看诊，见他们背着竹篓出来，直直就往外走，当即瞪眼训道："带银子了吗就走?!"

简轻语立刻笑嘻嘻地折身回来，两只手朝上道："师父，钱。"

"一天天的也不知道做什么吃的!"师父嘟囔一声，拿了两吊钱给她。

简轻语睁大眼睛："给多了吧。"他们每次出去收药材，都是一吊钱便够了。

"这次的药材晒得不错，各家多给五文，剩下的你们两个拿去花。"师父斜了他们一眼。

"哟，辛苦费，"简轻语当即乐呵呵地跑去找奚清了，"师兄，咱们有钱了!"

"那等一下去集市上，给师父买些果脯。"奚清也很高兴。

"得嘞，顺便给你买双鞋，你这双都旧了……"

两个人说着话走远了，师父低头为人诊脉，半晌突然笑了一声。

"半仙，你这回收的徒弟可真活泼，整日里就她话多。"看病的人乐呵呵地与师父说话。

师父轻哼一声，唇角始终扬着："都是债!"

"跟阿清关系也好，要我说，直接给他们说成得了。"那人依旧乐呵。简轻语虽然胖了许多，可平日穿的衣裳宽大，肚子又不甚明显，加上没有半点孕妇自觉，是以许多人都不知道她有身孕。

师父斜了他一眼："少乱点鸳鸯谱，人家俩根本没那想法。"

说完，抓了几服药便将人打发了，医馆里顿时只剩下他一个人。

今日医馆事少，那俩师兄妹拿了钱，又不知道要疯玩到什么时候，师父一个人在医馆里坐了会儿，便打算提前关门，自己也找老友喝酒去。

他这般想着，便将外头的椅子都搬回了屋里，正要将门锁上，一只修长的手突然拦住了门："大夫，看病。"

师父抬头，一张清俊的脸便映入眼帘，他顿了一下，忍不住打量这人，只见此人身形高大结实，虽然看着风尘仆仆，却依然难掩贵气，一看便与漠北格格不入。

师父鲜少见这样的人，便忍不住多看了两眼，这才想起正事，踮起脚朝他身后看了看："病人呢？"

"我便是。"男子回答。

师父愣了一下，重新将他打量一遍后敷衍："公子来得不巧，老朽今日有事，恐怕不能为公子看病了，往前走三百米，也有一家医馆，公子不如去那边看病吧。"

"老先生身为大夫，怎能将病患拒之门外？"那人扬眉，透着一股肆意，"要知道此举与见死不救无异。"

"公子说笑了，我看公子气息沉稳身形有力，也不像将死之人，公子还是不要为难老朽了。"见他缠着不放，师父索性就直说了。他行医几十年，有病没病还不是一眼就看得出，这人在他面前装什么大尾巴狼。

男子听他拆穿了自己，便直接放开房门："既然如此，就不强求了。"

"多谢！"师父说完，果断关了门，一直走进了后院，才嘟囔一句，"神经"。

男子看着在自己面前关上的门，摸了摸鼻子转身离开了。过了大路绕过一个拐角后来到马车前，钻进马车，对面前闭目养神的人道："大人，医馆就药半仙一人。"

男子正是季阳，而他面前的人便是陆远。

陆远闻言缓缓睁开眼睛，眼底漆黑一片："她呢？"

"……卑职不知，药半仙的另一个徒弟也没在，估计是都出去了。"季阳小心道。

他们一个多月前便来了漠北，这一个多月里不停地查找简轻语的踪迹，却一直没有半点儿消息，直到前些日子查到药半仙的邻镇好友那儿，得知药半仙两个多月前新收了一个女弟子，名唤阿喃，这才找到这里。

简轻语可真能躲，从查出她死遁的真相，他们便抛下京都的一切来找她，结果硬生生耗了他们这么久，害得他这么久以来一直战战兢兢，生怕惹恼了越来越沉默的大人。

季阳一想到这段时日受的苦，便想挽起袖子揍简轻语一顿，但一跟陆远那双眼睛对上，又忍不住同情她。

……害大人痛苦这么久，她这回肯定要倒大霉了。

季阳刚忍不住要幸灾乐祸，马车旁便有两个妇人经过，兴致勃勃地聊些什么，他瞬间听到了简轻语的化名——

"刚才我遇到药半仙家的奚清跟阿喃了，两个人刚收完药，正在集市上逛呢。"

"我也见着了，阿喃给奚清挑鞋呢，你还真别说，俩人郎才女貌看着就般配，我都想给他们做媒了。"

"人家俩好得像一个人似的，还用你做媒啊，我看你就是想白捡媒人茶喝……"

妇人们说笑着离开，马车里的气压越发低沉，季阳默默咽了下口水，许久之后干笑道："一群长舌妇，就爱说些有的没的，大人别放在心上！"

"去集市。"陆远淡淡开口，脸上看不出半点情绪。

季阳期期艾艾地应了一声，待马车启程之后小心劝道："大人，待会儿……你可千万要冷静啊！"

陆远一言不发，也不知听进他的话没有。

方才还等着简轻语倒霉的季阳，见状顿时眼观鼻鼻观心，祈祷陆远出刀够慢，或者简轻语跑得够快。

第四十二章　孩子是谁的

　　马车不停歇地往前跑，转眼便到了漠北小镇的集市。说是集市，其实只有三三两两的商户，路边摆着小摊卖些便宜劣质的东西，冷清得连京都最偏僻的街都不如。

　　马车在集市上转了两圈，都未找到简轻语的身影，季阳看着闭目养神的陆远，咽了下口水艰难开口："……大人，没见着人，兴许是已经离开了，要不我们去医馆门口守着吧。"

　　陆远不语，仿佛已经睡着。

　　季阳不敢再问，扒着车窗仔仔细细地搜寻，祈祷快些将那个害人精找到。

　　终于，当他们第四次在集市上转悠时，他看到简轻语从一间铺子里出来，震惊之余竟有一点儿不敢认……真的是她吗？为何看着圆润许多，腰似乎也粗了，穿了一身粗布衣裳，一头乌发只梳了个简单的辫子，若非一张脸还白白嫩嫩，看起来真像个乡下丫头了。

　　季阳仔细辨认半天，确定这就是他们找了许久的害人精后，便扭头看向马车里的陆远，正要开口说话，就听到简轻语快活的声音传来："我在外面等你！"

　　长眸睁开，眼底一片晦色，陆远静了许久才撩开车帘，抬眸往外看去。

　　季阳抿了抿发干的唇，也默默顺着他的视线看了过去，只见圆润的简轻语正对着铺子里的人说话，眼睛弯弯的像盛满了星星，虽然胖了许多，可一张脸依然明艳动人，甚至还多了一点儿不同以往的温柔。

　　季阳："……"私自逃走也就罢了，她怎么敢过得这般滋润，就差将"没有陆远，活得更好"八个字写在脸上了。

　　他犹豫一下，思考要不要帮简轻语解释两句，免得大人气疯了波及无辜，可惜还未等他想好措辞，铺子里便走出一个文弱白净的男子，简轻语一看到他便迎了上去。

季阳："……"看来不用帮她说话了，之后帮她收尸就行。

虽然这么想，但他还是开口了："这人应该就是奚清，药半仙的徒弟，简轻语也是药半仙的徒弟，他们之间应该就是纯粹的师兄妹关系……"

话没说完，简轻语便掏出了手帕递给奚清，奚清便拿去擦了擦汗，两个完全不见外，显然不止一次这样做了。

季阳只感觉马车里一冷，顿时再不敢开口，正当他以为陆远要冲出去杀了这对"狗男女"时，简轻语和奚清突然离开了，眼看着他们越走越远，季阳赶紧问："大人，还追吗?"

陆远淡漠地看着二人离开的背影，直到二人彻底消失，他才垂下眼眸。

简轻语跟着奚清走出很远，突然忍不住回头去看，却只能看到一路的风沙。

"看什么呢?"奚清询问。

简轻语耸了耸肩："总感觉刚才有人盯着咱们。"

"哪儿有什么人，"奚清看了眼空旷的大路，"你想多了吧?"

"也许吧……"简轻语抿了抿唇，心里莫名地发慌。

奚清见状笑了一声："又不困了?"

简轻语本就乏了，他这么一提醒，顿时感觉更困，一边打哈欠一边加快了脚步："快走快走，我都快困死了。"

奚清笑着跟了上去。

师兄妹二人加快速度回了医馆，简轻语回了寝房倒头就睡，奚清一个人负责处理刚收来的药材。师父喝完酒回来，就看到他一个人在忙碌，顿时喷了一声："都说了要你盯着她多活动，怎么又让她去睡了?"

"这次收了四十多斤药材，她也累坏了，就让她休息吧。"奚清笑着为简轻语求情。

师父不满地斜了他一眼，便去医馆里坐着了。奚清将药材该收的收、该晾的晾，都处置妥当后便去给师父帮忙了。

今日医馆不算忙，师徒二人坐了一个时辰，也就来过两个病患，眼看着天快黑了，师父伸了伸懒腰，一边往院里走一边叮嘱："关门吧，我去给混丫头蒸个蛋羹，今晚不准她吃肉了。"

425

"是，师父。"

奚清温顺答应，起身便朝大门走去，还未等走到门口，便有一个高大的男子走了进来。他顿了一下，温和地询问："请问是拿药还是看诊？"

"不拿药也不看诊，我来找我主家夫人。"季阳人畜无害地笑了，露出一排整齐的牙。

奚清顿了顿，不解："主家夫人？"

"阿喃，你应当认识吧？"季阳眯起眼眸，不怀好意地问。

奚清愣了一瞬，还未等开口回答，师父便从院里又出来了："我才发现当归用完了，你今日收药材时可有……"

话没说完，他便看到了季阳，顿时皱起眉头："怎么又是你？"

"……师父，你认识他？"奚清忙问。

师父扯了一下唇角："有一面之缘，这位公子，请问你一日之内来了两次，究竟有何贵干？"

"他说他是来找阿喃的，"奚清悄悄挪步到师父身边，压低声音道，"他还说阿喃是他主家夫人。"

师父愣了一下，顿时没好气起来："什么阿喃什么主家夫人，这里没你要找的人，快走快走！"想都不用想，这是抛弃阿喃的负心汉来了。

奚清见师父突然强势，也跟着直起腰板，师徒二人一起轰人。季阳轻笑一声，眼底却无半点笑意："有没有我要找的人，可不是二位说了算的。"

师父愣了一下，突然升起一股不好的预感。

简轻语睡醒时，发现天都黑透了，屋里没点灯昏暗一片，她懒洋洋地抱着被子发呆，想等师父什么时候叫吃饭了，什么时候再出去。

然而等了一刻钟、又等了一刻钟，她的眼睛都适应黑暗了，却始终没等来师父和奚清唤她。

……难不成这俩人根本没等她，吃完饭睡觉去了？刚冒出这个想法，简轻语便自动否决了，师父和师兄一向疼她，又一向重视三餐，不可能吃饭的时候不叫她，估计是医馆太忙，暂时还没来得及吃饭。

这么想着，她赶紧起来，摸着黑就往外走，结果刚走到门口就停下了脚步。

怎么院子里连灯笼都没点？简轻语看着同样黑乎乎的院子愣了愣。

"……师父！奚清师兄！"她喊了两声，院子里回应她的，只有漠北裹挟着沙尘的风声。

简轻语蹙起眉头，抬脚穿过院子，径直走到前头的医馆——

然而医馆也没人，而且与院子里一样黑漆漆的。

她心里的不安逐渐扩大，半晌小心翼翼地唤了一声："师父！"

依然无人应答。

简轻语想往前走几步看看情况，可原本熟悉的医馆却仿佛突然间变得陌生，漆黑的背后藏匿着不为人知的危险。她在门口犹豫许久，到底没勇气走进去，于是僵硬地一步步退回到有点月光的院子里，扭头朝师父的房间跑去。

"师父！师父！"简轻语着急地唤人。

师父和师兄一向在意她的身体，自从她住进来之后，即便夜间临时有事要出门，也会将能点的灯烛都点上，就怕她突然摔倒伤到身子，像今天这样突然消失，怎么想怎么不对劲。

她拍了几下门无人应声，干脆直接推开门进去，没找到师父后扭头就往奚清房间跑，还未跑两步余光注意到什么，于是猛地停了下来。

她不可置信地看向自己的寝房，看着单薄的窗户纸上映着跳动的烛光，紧张得手脚开始发麻——

她似乎记得，自己出来时并未点灯。

那么现在这盏灯，会是谁点的？

简轻语僵硬地盯着窗子，心跳声一下又一下地敲击她的耳膜，大脑不停地叫嚣有危险快逃，脚却如焊在地上一般，迟迟挪动不了。

……师父和师兄可能有危险，她不能走。

简轻语静了许久，终于谨慎地朝寝房门口走去，走的过程中还捡了一根柴棒，攥在手中当作自卫的武器。

短短几步路，她艰难地走了很久，终于走到房门口，静了静后紧张地问："谁？谁在里面？"

里头无人应声。

"……再不说话，我可要报官了！"简轻语尽可能严厉些，可声音却控制不住地发抖。

里头还是无人说话。

简轻语越等越紧张，就在她终于要扭头跑的时候，里面传来一道淡漠的声音："进来！"

简轻语猛地睁大眼睛，有一瞬间以为自己听错了。

不对，她一定是听错了，死遁的事天衣无缝，陆远不可能发现，再说如今是多事之秋，圣上已经病危，皇权随时更迭，他就算查出了真相，也不可能有时间跑来找她，一定不可能……

"进来！"声音更冷了一分。

简轻语："……"两个字也能说得这般瘆人的，恐怕就只有他了。

确定是她曾经思念的陆远之后，简轻语非但不觉得高兴，反而生出了剧烈的恐惧——

她骗得他那么惨，他会杀了她，他一定会杀了她。

简轻语再也控制不住，扭头就想逃离，然而还未等动身，就听到里头淡淡开口："你走一步，我卸他们一条胳膊，两步，卸一条腿。"

简轻语猛地停下，一脸惊恐地看向房门。

许久之后，房门发出吱呀一声轻响，她惨白着一张脸，小心谨慎地走了进去。虽然她嘴唇发干，紧张到肚子都要疼了，可还是在看到他的第一眼时便被深深地吸引了。

陆远一身玄衣，神情淡漠地坐在桌边。灯烛下，他似乎消瘦许多，脸颊轻微凹陷，下颌线越发锋利，一双本就清冷的长眸，此刻越发拒人于千里之外，若以前是冬夜无声的深潭，如今便是无垠冰封的雪山。

她在看陆远的时候，陆远也在看她。

白日里隔得太远，只隐约看到她比起在京都时要好一些，现下近距离地见到了，才发现何止是"好一些"。

她在京都时，腰身瘦得一掌便能把握，时不时就一副精神恹恹的模样，可如今却是珠圆玉润，肌肤白里透红，眼角眉梢都挂着一丝温柔，显然是过得太好了。

"离了京都，你倒是如鱼得水。"陆远道。

简轻语轻轻打了个激灵，试图对他挤出一个微笑，可扯了扯嘴角后却失败

428

了，只能硬着头皮问："……我师父和师兄呢？"

"杀了。"陆远轻描淡写。

简轻语一惊，随后反应过来："不可能，你方才还在拿他们威胁我。"什么卸胳膊卸腿的，她可是听得一清二楚。

"尸体也一样。"陆远平静地抬头，幽深的眼睛与她对视。

简轻语瞬间心凉了半截。是啊，尸体也一样能卸胳膊卸腿，一样能威胁她。

一想到师父和师兄此刻凶多吉少，她死死咬住嘴唇，没让自己哭出来，好半天才哽咽着问："你、你真的杀了他们？"

"他们不该杀？"陆远反问。

"当然不该！"简轻语听到这句话，恐慌与担心瞬间化成了愤怒，哆嗦着指着他道，"你恨我，想报复我，便杀了我就好，为何要牵连无辜的人！"

陆远抬起长眸看向她，片刻之后站起身，不急不缓地朝她走去："无辜？也是，他们并不知晓你的真实身份，也不知道你为何来到此处定居，更不知道你都做过些什么，他们的确无辜，可是……"

说着话，他走到了简轻语面前，却依然往前逼近，简轻语只得一步步后退，当退到门板上再无退路时，陆远一拳砸了过来，简轻语吓得喉间溢出一声呜咽，缩紧了肩膀闭上眼睛。

耳边响起"砰"的一声，想象中的疼痛却迟迟没有到来，她轻颤着睁开眼睛，便看到陆远的拳头就停在她耳边的门板上，指头因为砸得用力皮开肉绽，殷红的鲜血顺着门板往下滑，看起来触目惊心。

简轻语怔怔地抬头，对上陆远漆黑的眼眸。

"可是，他们无辜，我便不无辜了吗？"陆远眼角泛红，冰封的雪山皲裂出纹路，渗出了浓烈的恨意，"在不知道真相之前的四十多个日夜，我就不无辜吗？简轻语，你可知道我为了找你，每天晚上在东湖找两个时辰，即便是结冰的冬天也不曾间断，简轻语，你凭什么……"

简轻语心口疼得厉害，有千万句道歉的话想说，最后却只汇成了三个字："对不起……"

"你不必道歉，是我蠢，才会一而再再而三地被你骗，才会轻易相信你那些可笑的谎言，"陆远蓦地平静下来，一双长眸死死盯着她，"你说得对，我该杀的人是你。"

"对不起……你杀了我吧!"简轻语想解释,可看到他眼底的恨后,最终什么都没说,道了歉便昂起脖颈,闭上眼睛时眼泪突然滑落,落入鬓角消失不见。

陆远死死盯着她脸上的泪痕,许久之后冷静下来,嘲讽:"想死?你觉得可能吗?"

简轻语一怔,茫然地看向他。

"欠了我那么多,用区区一条命就想尽数偿还,是不是想得太好了?"陆远眸色晦暗。

简轻语察觉到前所未有的危险,颤着声问:"你、你想做什么?"

"来漠北之前,我在府内建了间地下暗房,房间四面墙都包了软垫,无法自尽,无人听到,亦逃不出,你觉得如何?"陆远像是在与她商量。

简轻语惊恐地睁大眼睛:"陆、陆远……你想囚禁我?"

"不好吗?世人皆知你已经死了,宁昌侯府虽未办丧事,却也放弃了搜寻,这世上只有我一人能见你,你不喜欢?"陆远静静地看着她,"没关系,一开始你或许会不喜欢,但时间一久,你便会盼着见我,因为这将是你这辈子唯一能做的事。"

简轻语怔怔和他对视,许久之后低喃一句:"疯了,你真是疯了……"竟想将她关进暗无天日的地下,叫她在这个世上彻底消失,自此只能依赖他而活,单是想象一下,她便心生恐惧。

陆远抬手抚上她的脸,俯身在她耳边低声道:"这是你自找的。"他曾捧着一颗真心奉到她面前,是她三番两次踩进泥里践踏,一切都是她自找的,亦是他自找的。

"我从一开始,便不该奢望真心换真心。"他梦游一般轻喃,手指捏紧了她的下颌,直到白皙的肌肤上留下红色的指印,才缓缓往下滑去。

简轻语清楚地感觉到他的手指一路往下,触到衣领时停顿一瞬,接着便伸进了她的胸部。微凉的指尖触碰到柔软的肌肤,简轻语心里一惊,急忙抓住了他的手:"你要做什么?"

"你觉得我会做什么?"陆远勾起唇角,眼底没有半点笑意,"我对你,还能做什么?"

"别、别……我现在不能做。"简轻语小声哀求。

陆远眼底闪过一丝嘲讽："从你背叛我那一日开始，便没了说不的权利。"

简轻语闻言惊慌地推开他，转身便要逃走，却在跑了两步后突然腾空。

当被陆远抱着往床边走时，简轻语惊恐地睁大了眼睛，拼命地挣扎："陆远不要！我不要！"

陆远一言不发，直接将她甩到了床上，简轻语下意识地撑住被褥，这才没压到肚子，还未等她反应过来，陆远便一把扯开了她的衣带。

当衣衫散开，只剩一件小衣遮挡，微微隆起的小腹便彻底遮掩不住了。

陆远猛然停下，简轻语赶紧翻个身钻出他的怀抱，惊慌地将衣裳拢住："你先听我解释……"

"你有了身孕？"陆远死死盯着她，眼底通红一片。

从见到他的那一刻，简轻语便知道此事瞒不住了，既然瞒不住，就索性都说了，再想法子弥补他。简轻语咬住下唇，许久之后呼出一口浊气："嗯，我有身孕了，这孩子是……"

"简轻语！"陆远厉声打断她，嘴里弥漫出一股血腥气，"你怎么敢，你怎么敢……在打了我的孩子之后，这么短的时间里就怀上别人的？"

"……啥？"

"这孩子是谁的，那个奚清的吗？"陆远咬牙质问，声音因为愤怒而颤抖，"我现在就去杀了他……"

简轻语本来还愣着，见他扭头要走，下意识地抱住了他的胳膊："现在去杀……我师兄还没死？那我师父呢？"

"你到现在心里就只想着他？"陆远眼睛越发红了，"我为你做了那么多，你连半点儿真心都不屑给，却愿意为一个刚认识不久的男人生孩子，简轻语，我到底哪里不如他?！"

……这都哪儿跟哪儿啊？简轻语无言一瞬，深吸一口气开口："孩子是你的！"

"你还想骗我？"陆远攥紧了她的胳膊，手背上青筋暴露，"你盛落子药的那只碗已经被我找到，简轻语，你的心好狠，为了不生下我的孩子，那样烈性的药都敢喝，你也不怕此生再也无法生育！"

说罢，他顿了一下，几乎字字泣血："也是，你有什么好怕的，没了我的，你可以生别人的，现在不就怀上了，简轻语，你怎么可以如此伤我！"

"……孩子真是你的，那碗药被简震喝了，我没喝。"简轻语痛得蹙眉。

陆远闻言，心中恨意更深："简震喝你的落子药？简轻语，你真当我是三岁小儿不成？"

说罢，他的手越发用力，简轻语疼得眼泪都出来了，正要求他放手时，陆远看到她眼底的泪意，瞬间松开了攥着她的手。

两个人突然沉默下来。

不知过了多久，简轻语颤声开口："孩子已经五个月了，你算算时间，不是你的还能是谁的？"

陆远不为所动。

"……你若实在不相信，便叫来师父和师兄当面询问，看看我是不是来医馆时便已经有了身孕。"简轻语咬牙开口。

陆远定定地盯着她看，简轻语也尽可能坦然地看回去。

一刻钟后，季阳将五花大绑的师父和奚清搬到了院里，简轻语赶紧冲过去，将塞在他们嘴里的布取了下来。

陆远淡漠地走过来，居高临下地看着地上二人："她腹中的孩子是谁的？"

"师父，您告诉他，我有几个月的身孕了。"简轻语将师父扶起来，一脸期待地看向他。

"呸！你个负心汉王八羔子，反正不是你的！"师父张嘴就骂，"想当便宜爹，也要看孩子的亲爹同不同意！"

好脾气的奚清也气红了脸："我就是孩子亲爹，我不同意！"

简轻语："……"咱能不添乱吗？

第四十三章　解释

当奚清说出那句他是孩子的父亲后，院子里的气压陡然低了下来，陆远抬起眼眸看向他，眼底没有半点情绪，季阳却抽出了刀。

"别，季阳别……他们是为了保护我才撒谎的，我跟师兄是清白的。"简轻语慌忙拦住他。

季阳气恼："你都怀上别人的孩子了，还有脸说自己是清白的?!"

"不是别人的，是陆远的!"简轻语着急。

季阳愣了一下，迟疑地看向陆远，见他面无表情，顿时更加愤怒："你给大人戴绿帽不说，还要将别人的孩子强加给他?!"

……都什么跟什么啊! 简轻语无语，只能去劝师父："师父! 你快说实话啊，我都交代了，你再撒谎他也不会信，还是说开了好!"

说完顿了一下，声音又低了些："师父，他从未对我始乱终弃，是我对不起他，你不用为了护着我撒谎。"

求求老爷子千万别胡说了，否则她就是长八张嘴，恐怕也解释不清了。

她声音虽小，但陆远还是听到了，眼底闪过一丝嘲弄。

"我没撒谎，奚清本来就是孩子的爹!"老头显然没意识到现在情况有多糟，甚至觉得简轻语是被要挟了才会这么说，"你别因为别人威胁一下就胡乱给孩子认爹，万一他强行将你带走了，以后有你哭的!"

混丫头真是不争气，被人吓唬一下就全招了，也不想想这人行事跟土匪一样，她跟着回去了能有好日子过吗? 师父想着，恨恨地瞪她一眼，警告她不要再乱说话。

简轻语简直欲哭无泪，只能寄希望于师兄："师兄，求求你说句实话吧……"

奚清闻言心生犹豫，只是还未开口便被师父横了一眼，当即梗着脖子开口：

433

"没什么可说的，你我已经是夫妻，你也有了我的骨肉，我决不允许……"

话没说完，空中便传来利刃破风而出的声音，下一瞬便抵在了他的喉咙上，奚清咽了下口水，脖子便被刀尖划出一点伤口。

"方才的话，再说一遍！"陆远持刀，淡漠开口。

"冷静，冷静一点，"简轻语伸手想推开刀，却怕陆远朝前刺去，手举到半空又无奈放下，"陆远，你千万要冷静……"

脖子上传来刺痛，奚清气愤地抬头，然而对上陆远眼睛的瞬间愣了一下，话到嘴边又生生咽了下去。

"清儿，你愣着干什么，还不再说一遍！"师父愤怒。

奚清咽了下口水，喉咙上瞬间多出第二道小伤，他浑身僵硬，半晌弱弱开口："……不行啊师父，他真会杀了我的。"

师父愣了一下，顺着他的视线看向陆远，跟着也莫名地生出一分怯意。阿喃找的这个负心汉……好像不一般啊。

师徒俩总算老实了，简轻语忙站起身，犹豫着伸手扶上陆远的袖子："陆远，你先放下刀。"

"你以什么身份要求我？"陆远侧目看向她，眼底漆黑一片，"他的妻子？"

"……没有的事，我与他真是清白的，"简轻语头大，"你仔细想想，不管胎象如何，是不是都至少四个月之后才能显怀，我这肚子一看就不止四个月了，我是三个多月前离开的京都，路上少说也要二十多天，也就是说跟奚清认识满打满算也不过两个多月，就算……就算真跟他有什么，肚子也不该这么大啊！"

一直在旁边没吱声的季阳，闻言忍不住又看了看她的肚子，先前本以为是胖了，现在一看确实与胖不同……所以她这孩子真是大人的？季阳眼睛顿时亮了，然而看到陆远没什么反应后，又瞬间老实下来。

简轻语苦口婆心地解释一堆，陆远总算放下了刀，简轻语顿时松了一口气，刚要劝他先进屋再说，就听到他淡淡开口："孩子不是他的？"

"对对，不是他的！"简轻语赶紧点头。

"那是谁的？"

"你的啊……"简轻语有气无力地回答。

陆远嘲讽："简轻语，落子汤的碗还在陆府。"

"我真没喝，是简震……"算了，这话听起来确实挺离谱的，他不信也不奇怪。

她突然不解释了，陆远的心不断下沉，许久之后冷淡地问："不是他的，你很失望吧。"

"……什么意思？"

陆远看向奚清，将他从头到脚打量一遍，不带半点情绪地评价："倒是你会喜欢的模样。"

"什么我会喜欢……我不喜欢他，我只……""喜欢你"三个字，在如今的情况下，她怎么也说不出口，只能咬着唇闭嘴，一脸哀求地看着她。

陆远不为所动，仿佛没有听出她未尽的意思，盯着奚清看了许久后，又看向了眉头紧皱的师父，许久之后唇角浮起一点弧度。

简轻语心里生出一股不好的预感，慢慢挪步到二人身前，小心谨慎地开口："他们什么错都没有，只是收留我两个多月而已，你放过他们……"

"才两个多月，你对他们的感情倒是深，"陆远看向她，"我都不知道，你是这般有情有义。"

"陆远。"简轻语声音干涩。

"杀了他们，你会痛苦吗？"陆远语气平常，似乎在与她讨论今日天气如何。

简轻语愣怔一瞬，再开口声音都哑了："陆远，你别这样……"

"我倒想看看，你痛苦起来是什么样子。"陆远玩味地看向地上被捆得牢实的二人，随意地握着刀柄向前，刀尖在石板地上拖行，发出刺耳的声音。

简轻语被逼得步步后退，脚跟碰到师父的腿时，被绊得跌坐在地上，小腹顿时跟着疼了起来。她顾不上喊疼，张开双臂将师父、师兄护在身后："陆远，我求你放过他们，我跟你回京都，你不是想将我关起来吗？我愿意被关，我们现在就走好不好。"

师父本来已经生出惧意，一听她说什么关起来，当即便恼了："混丫头，你胡说什么！我就是死，也决不允许他把你关起来！"

奚清也看出了情况不对，压低了声音劝说："阿喃，你别管我们了，赶紧跑吧。"

听到他们死到临头还在护着自己，简轻语眼泪顿时掉了下来，忍着腹痛对着陆远跪下："陆远，我求你！"

陆远猛地停下，毫无波动的眼神突然变得狠戾："你向我下跪？你为了他们向我下跪，是不是在你简轻语心里，谁都比我重要?!"

简轻语被他的眼神刺得心痛，白着一张脸抓住他的袍子："我只是想求你放过他们，这一切我都可以跟你解释，如果解释完你还是要恨我，那不论你要做什么，我都心甘情愿受罚，陆远，这是我们两个人之间的事，你别伤害他们。"

陆远倏然冷静下来，眼底却是毫不遮掩的恨意："若我偏要杀呢？"

"陆远，求你……"简轻语话还没说完，便眼前一黑倒了下去。

人昏倒时，能清楚地感觉到自己在坠落，在往地上摔去，也能听到周围乱糟糟的声音，直到身子摔到实处，才彻底失去意识。

她在跌落时，听到师父和师兄的惊呼声，逐渐消失的五感不足以支撑她生出更复杂的情绪，只是满脑子想着：这下糟了，要摔疼了，也不知道话话会不会受影响。

没等她担心完，便落入一个坚实的怀抱，想象中的疼痛没有到来，她也彻底陷入了昏迷。

院中风声萧瑟，明明已是春日，漠北的风却依然是硬的，刮在门窗上发出有力的撞击声，全然没有半点儿温柔。

简轻语醒来时，是在自己的床上躺着，屋里点了一盏灯，昏黄的光勉强将四周照亮。她撑着床板坐起来，背对着她坐在椅子上的人微微一动，却没有回头看她。

"……我师父和师兄呢？你杀了他们吗？"简轻语低声问。

陆远没有回答。

简轻语猛地咬紧了唇，撑着床便要起来，然而刚一动，小腹便有种下坠一样的疼痛，她当即闷哼一声倒在床上，眼前一阵发黑。

简轻语后背瞬间出了一层汗，却没时间缓一缓，又要下床去寻人，然而这次没等脚尖碰到地面，陆远便猛地起身朝她走来，一脸阴郁地将她按倒在床上。

简轻语还要挣扎，陆远单手按着她，冷淡开口："再动一下，我马上杀了他们。"

马上……杀了，也就意味着还没杀。简轻语瞬间老实了，眼巴巴地看着坐

436

在床边的他，半晌小心开口："他们还好吗？"

"再问一句，我也杀了他们。"陆远面无表情。

简轻语瞬间没音了。

寝房里再次恢复安静，桌上的劣质蜡烛还燃着，时不时冒出黑色的烟，味道略显难闻。

简轻语却已经习惯了，躺了片刻后小心开口："……在刚知道有孕的时候，我的确没想要这个孩子，你身在朝堂，得罪了太多人，若是叫人知晓我有了你的孩子，定然会告给圣上，到时候你的下场，一定会比李桓惨上千万倍。"

陆远没有看她，指尖有一下没一下地敲着膝盖，不知是在发呆，还是在思索她话的真假。

简轻语眼角泛红："我曾想过告诉你真相，让你与我共同承担，可你定然会为了留下这个孩子提前迎娶我，这样一来，你我都要承担很大风险，一旦出了事便是满盘皆输，我不愿你去赌，也不想你陪我承受失去孩子的痛苦，所以便想瞒着你偷偷打了这个孩子……"

"那日去集会前，我的确熬了药，可跟简震吵闹时，被他一气之下喝了，你若不信，大可以等回京之后与他对质，我死遁的事他不知晓，自然也没可能跟我串供，恐怕直到现在，他都觉得自己喝的是一碗补药。"

陆远抬眸看向她。

简轻语被他一看，眼角顿时红了："我、我是真想与你好好过日子的，可是那晚在湖上遇见了大皇子，被他的人看到我们在一起，他要抓我……若是被他抓到，我有孕的事就暴露了，即便暂时没有抓到，只要我活一日，便一日是他们攻击你的把柄，他们随时会以我为饵，将你置于死地……"

"我什么都做不了，没办法帮你，没办法抵抗大皇子，在京都那样的地方，我就像一只蚂蚁，随时都可能被人碾死，我只有死遁，才能保住自己的性命，保住孩子的性命，保住你的性命，我真的没有办法，只能跳进湖里……"

她虽未提过，可之后许多个夜晚都会做同一个噩梦。梦见湖水灌进耳朵、嘴巴，连呼吸都变得困难，她只能拼命学着陆远当初游泳的样子，一下一下地挣扎，不会换气、不敢睁眼，只拼命往前游。

坠入深水的恐惧、窒息的痛苦、濒死的绝望，在短短一段水路里尽数体验，直到之后很多个日夜，她都看见水就开始心慌。

陆远死死盯着她苍白的脸，许久之后才冷淡开口："你明知我在三楼，为何不呼救？"

简轻语闻言惨然一笑："呼救了，然后呢？你下来救我，那整条船上的人都会知道你与我的关系，能去得起船上酒楼的人，即便不是达官显贵，也该是京都富户吧？被他们看到我们在一处，又如何能解释得清？"

她是侯府嫡女，他是锦衣卫指挥使，是绝不能在一起的身份，一旦曝光，便是死路一条。关于这一点，陆远想来比她更清楚。

简轻语说完，屋里再次安静了下来，桌上的蜡烛终于燃到了最后一截，烛火不安地跳动，一副随时都要熄灭的样子。

不知过了多久，陆远才开口："所以，你是为了我才要打掉孩子，才选择跳湖，才死遁离开，简轻语，我是不是应该感激你？"

简轻语顿了一下，一抬头便看到了他眼中的嘲讽，心口顿时犯疼："对不起……"

"你既然做的一切都是为了我，为何还要道歉，"陆远阴沉地盯着她，"莫非你也清楚，从头到尾都是你自以为是，从未考虑过我的想法，简轻语，你不相信我，从来都不相信。"

"我只是想保护你。"简轻语哑声开口。

"保护我？"陆远呼吸有些不稳，攥紧了她的胳膊质问，"你是想保护我，还是觉得同我在一起会有无尽的麻烦，所以才要死遁？"

简轻语着急："我没有……"

"让我想想，你是不是觉得，只要你'死'了，所有人便能皆大欢喜，你可以回你的漠北过想过的生活，可以生下这个孩子，还可以保住我的前程，简轻语，你是不是觉得自己很伟大，做了一个选择，成全了所有人？"陆远眼睛逐渐红了，"你在做这一切的时候，可有想过我愿不愿意用这样的方式保住前程，可有想过我的心情会如何？"

简轻语的手腕被攥得生疼，她却只能不停地道歉："对不起，我不知道你会……"

"你不知道我会这么痛苦，是因为你根本不相信我对你的情分，"陆远声音冷清，表情重新变得淡漠，"我知晓你的一切，懂你为何不肯轻易将真心付人，可你不该如此轻视我的真心。"

他说完，转身朝外走去。

"陆远！"

简轻语下意识要追，陆远却停了下来，侧目看向她道："药半仙说你胎象不稳，若想保住孩子，最好这几日都不要下床。"

简轻语愣了一下没敢再动，最后眼睁睁看着他离开。

门被陆远拉开，外头偷听的三人瞬间摔进屋里，又以最快的速度爬起来，还未等开口说话，陆远便头也不回地走了。季阳犹豫一下想跟过去，但还是先跑到简轻语面前："简轻语，你方才说的话可都是真的？"

"……嗯。"简轻语低着头。

"这样说来，你能在不会游泳的情况下，为了保住大人跳湖，倒也不算没良心，"季阳冷哼一声，"就是蠢了些，没想过大人可是为了你能豁出性命的人……"

他还有更多斥责的话要说，可看到她隐隐隆起的小腹，最后只匆匆说出一句："养好身子，大人的孩子若出个三长两短，我绝不放过你！"

说完，就赶紧去追陆远了。

季阳一离开，师父和奚清便凑了过来，看着她低头不说话，眼泪却吧嗒吧嗒地掉在手背上，顿时心疼得不行。

"你们说的话我们方才都听到了，你也别太伤心，"师父叹了声气，难得低声下气地哄人，"要我说，你一个十几岁的小姑娘，先前那么多年没去过京都，难以应付那些妖魔鬼怪也正常，能想出死遁的法子已经很聪明了，那个叫陆远的实在不该苛责你。"

奚清连连点头："不错，他估计也是在气头上，你别跟他计较，他若以后还是不肯原谅你，那你就跟他断了，咱们虽然只有一间医馆，但也足以养活话话了，不过我觉得他心里还是有你的，一切还未有定论。"

师徒俩先前还十分讨厌陆远，可方才阿喃晕倒后，看到他脸上真实的恐慌和担心，又听了他们方才的一番对话，以及季阳在院里告知的过往，顿时对这个男人讨厌不起来了。

439

毕竟他是真狠，也是真惨。

简轻语听着师父和师兄的安慰，眼泪掉得更加多了，师父无奈，只好看了奚清一眼，奚清当即跑去端来一碗药。

"安胎的，喝了吧！"师父劝道。

简轻语吸了吸鼻子，红着眼角将药喝完，师父立刻递上一块果脯，她心情不好地摇摇头。

师父见状只能吓唬："你若再心情不好，话话可就危险了。"

"……我没有心情不好，我只是不大高兴。"简轻语哽咽道。

师父沉默一瞬："有什么区别吗？"

简轻语扯了一下唇角，眼底的泪意更多了。

奚清默默扯了一下师父的衣角，师父顿时不吱声了。

"能跟我说说，你为何心情不好吗？"奚清温和地问。

简轻语掐着手心，半晌才低声道："我一心不想活成母亲那样的人，最后却活成了父亲那样。"活成了她最不屑的样子，实实在在地辜负了陆远。

她的话对于奚清来说，算得上没头没尾了，但奚清却勉强听懂了，静了静后开口："还是不同的，你父亲绝不会像你一样，敢为了喜欢的人豁出性命。"

不会水的人跳湖，与自尽何异？

简轻语摇了摇头，咬着唇没有说话。

奚清还想再劝，师父立刻咳了一声，他顿了顿，看到简轻语似乎困了，便同师父一起默默离开了。

简轻语这次喝的药里加了安神的药，待师父他们一走便陷入了昏睡，虽然睡得不算太踏实，却也没有突然惊醒。

医馆彻底静了下来，距离医馆百十米远的客栈里，陆远安静地坐在井边，一言不发地盯着幽深的井水。

季阳跟过来时，吓得心跳都要停了，急忙冲过来："大、大人，咱就算想不开，也不至于投井自尽吧……"

陆远顿了一下，抬眸看向他："你的脑子里，整日究竟都在想些什么？"

"卑职也是担心你嘛。"季阳干笑。

陆远重新垂下眼眸，不再说话了。

季阳叹了声气，干脆在他旁边坐下："大人，我虽然是你的下属，可更多时候是拿你当亲大哥的，有句话不知当讲不当讲。"

"那就不要讲。"

季阳被噎了一下："……不让讲卑职也要讲。"

陆远冷淡地扫了他一眼。

"其实简轻语这人吧，确实挺讨厌的，可对大人多少还是有几分真心的，现在又怀着大人的孩子，大人还是不要与她一般见识了，"季阳笨拙地劝，"要实在咽不下这口气，也得等她生完孩子再说，你没听药半仙说嘛，她如今有了身孕，不能受刺激，万一出了问题，可是母子都危险的事。"

陆远静静地看着地面，冷峻的眉眼没有半点儿起伏。

季阳劝完了，也不知该再说些什么，叹了声气拍拍陆远的胳膊，正转身离开时，就听到他淡淡开口："你说她跳湖时，该有多害怕。"

第四十四章　你便是这样照顾自己的

漠北的风似乎没有停歇的时候，呼呼地刮在窗户上，叫人难以入眠。

简轻语虽然喝了药，但翌日一早还是被风声吵醒了，睁开眼睛愣怔许久，昨天的记忆才争先恐后地往脑子里钻，她瞬间坐了起来，还未等抬脚下地，小腹便一阵坠痛，吓得她重新躺好，不敢再动了。

待疼痛渐渐消失，她才轻呼一口气，手指按在了脉搏上。

脉象不稳，确实有落子的迹象，恐怕这几日是不能轻易下床了。她叹了声气，抑制住找陆远的心思，歇了片刻后艰难起身，慢吞吞地挪步到桌前，为自己倒了杯凉茶一饮而尽，然后又慢吞吞地走回来。

虽然床和桌子离得不远，可如今对连挪动都十分困难的她来说，也是一段不近的距离了，她还不敢轻易弯腰用力，仅仅是喝了杯水，重新回到床上时便已经开始出虚汗，缓了许久才缓过来。

半个时辰后，传来敲门声，接着便是奚清的声音："阿喃，醒了吗？"

"师兄，醒了！"简轻语回答。

奚清："安胎药已经熬好了，你现在方便吗，我去端来给你送进去。"

简轻语顿了一下，看了眼周围后高声答应。

奚清这才离开，不一会儿端了药进来，一边走一边道："本该师父给你端的，但前头有几个吃坏肚子的，师父正在诊治没空过来，只能我来了，你别介意！"

"有什么可介意的。"简轻语笑笑，撑着床褥小心地坐起来。

奚清将药递给她，叹了声气道："虽说咱们不讲这么多规矩，可我一个男子，太频繁出入你的寝房也不大好，而且你如厕、擦身之类的活儿，我也不太方便帮忙，不如下午我去找王婶说一声，请她来照顾你几日，这样你也能舒服些，你觉得如何？"

"全凭师兄做主。"简轻语说完,乖乖将安胎药一饮而尽,还未等放下碗,面前便出现一颗果脯。

"吃吧,师父特意嘱咐的,说要盯着你吃下去。"奚清看着她苦得发红的眼角,一本正经地拿师父压她。

简轻语苦笑一声,到底还是顺从地接了过来。果脯甜滋滋的味道在口中蔓延,一直郁结的心似乎也跟着舒展了些。

"陆……陆远呢?他今日来了吗?"简轻语小声问。

奚清干笑一声,不知该如何回答。

简轻语看到他的样子便懂了,沉默一瞬后问:"师兄,你可知道他住在何处?"

"不知道,"奚清说完,怕她失望,又赶紧补充,"不过想打听也不难,整个小镇也就那一两家客栈,平日都没什么客人,你若想知道,我去问一下便是。"

简轻语抿了抿唇,半晌微微颔首:"师兄,能请你帮个忙吗?"

奚清愣了愣,连忙附耳上前。

半个时辰后,他背着药箱找到了陆远所在的客栈,直接到了陆远门前。

想起陆远昨日拿刀刺破自己喉咙的样子,奚清深吸一口气,冷静之后鼓起勇气,在门板上敲了三声。

第三声刚敲完,门便突然开了,他猝不及防地与一双清冷眸子对上。

奚清一个激灵,咳了一声打招呼:"陆、陆公子你好。"

陆远眼底一片暗色,手背上青筋暴露:"可是简轻语出事了?"

"简轻语?"奚清愣了一下,恍然之后又一脸莫名,"你说的是阿喃吧……她能出什么事?"

陆远蹙了一下眉,见他模样不似作假,紧绷的身体才逐渐放松,表情也重新恢复淡漠:"找我何事?"

"哦,阿喃让我来的,"奚清说着,背着药箱直接进屋了,如每次出门看诊一般,轻车熟路地找到椅子坐下,然后和煦地说,"陆公子,可否将手给在下看看?"

陆远面无表情地盯着他。

奚清顿了一下,眨了眨眼后默默站了起来:"……是阿喃让我来的,她说你

443

的手受了伤，需要包扎。"

"不必。"陆远冷淡拒绝。

奚清幽幽看向他的手，只见右手的四个指头都皮开肉绽，其中两处伤口还扎了木屑，伤口虽然狰狞，却泛白且没有血迹，显然是已经洗过。

奚清一想到那个画面，手都跟着疼了，只能耐着性子劝说："陆公子，你的伤虽然看似不重，可若是不好好医治，时间久了愈合的皮肉包住脏东西，会形成肉刺，若是运气再差些，说不定整条胳膊都要废了，实在不能大意，不如……"

"我说了不必。"陆远冷下脸，受伤的右手又扣在了刀柄上。

奚清果断地背着药箱跑了。

简轻语一直在屋里等着他，看到他垂头丧气地进来后便知道结果了："他不肯医治？"

"不仅不肯，还要动手，幸亏我跑得快，"奚清叹了声气，搬把椅子到床边坐下，"阿喃，你跟师兄说句实话，他到底是什么来头？"

"……怎么了？"简轻语心里没底。

奚清皱眉："没什么，只是觉得他太狠了些，那么大的木刺扎在手上，连眼睛都不眨一下，哪像是寻常人能有的耐力。"

"这么说，他的伤很重？"简轻语敏锐地捕捉到重点。

奚清一看她面露担忧，顿时有些后悔自己的嘴快："嗯……其实也还好，不算什么大事。"

简轻语抿了抿唇："是我考虑欠妥了，他还在误会我们的关系，我却要你去给他医治，难怪他会拒绝。"

"那让师父去？"奚清试探。

简轻语想了一下，摇头："算了，换其他医馆的大夫吧，最好别让他知道是我们请去的，免得他继续拒绝。"

"……听起来很有难度啊。"奚清头疼。

简轻语咬住下唇，半晌看向他："其实也没什么难度。"

奚清："？"

一个时辰后，季阳笑眯眯地出现在陆远房中，跟在他身后的是一位三十多岁的大夫。

"老大,我请了个大夫,来给你看手伤。"

陆远扫了他一眼:"出去!"

"好嘞!"季阳果断往外走,快走到门口时突然道,"对了,简轻语已经醒了,但是身子还很虚,得暂时躺在床上安胎,若是随意起来的话,可能会保不住孩子,月份都这么大了,一旦孩子出问题,说不定就是一尸两命。"

说完,他像自言自语一般,"她担心你的伤势,若你一直不肯医治,恐怕她是要亲自来一趟的。"

说完,季阳啧了一声,便叫上大夫往外走,刚一走出房门,屋里便传来陆远冷峻的声音:"大夫留下!"

"是!"

季阳松一口气,赶紧请大夫进去了,待陆远手上的伤都处理妥当,才跑去客栈门口告知奚清。

"多谢季公子!"奚清道谢。

季阳摆摆手:"不必谢,对了,简轻语真像你说得那般严重?"

"情况是有些不妙,不过只要悉心照料,应该没什么大碍。"奚清认真回答。

季阳皱了皱眉,想到什么后从怀里掏出一个沉甸甸的荷包:"拿去,给她买些补品,尽快让她好起来。"

奚清猜到荷包里有什么,赶紧摆手拒绝:"不必不必,医馆还算宽裕,不用季公子破费。"

"拿着,不是给你的,"季阳说着,强行塞到奚清手里,"千万照顾好她,若缺什么就跟我说,她若是出了事,你跟你师父都别想活,知道吗?!"

奚清嘴角抽了抽,显然已经习惯了他的说话方式,点头答应后便将荷包放进了怀中。

季阳这才满意,斜了他一眼后问:"你现在要去哪儿?回家吗?"

"不回,先去一趟邻居王婶家,阿喃近来身子不便,我跟师父两个男人不好贴身照顾,所以想请王婶来帮忙。"奚清诚实回答。

季阳点头:"没错,你一个大男人,随意进出姑娘家的寝房算怎么回事儿,请个女人帮忙是对的,走吧。"

"好的，告辞了季公子。"

奚清道完别便往前走，走了两步后发现季阳还在身边，他顿了顿继续往前走，结果季阳还是跟着。

"……季公子?"奚清无奈。

季阳横他一眼："看什么看，简轻语如今可是怀着我家大……老大的孩子，我自然要跟去看看请的丫鬟如何，万一请来一个别有用心的，你担待得起?"

"王婶是邻居，不是丫鬟。"奚清纠正。

季阳不当回事："都一样。"

奚清见状干脆不解释了，随便他在身后跟着。两个人一同走到了王婶家，敲了敲门后见到了王婶的丈夫，于是表明了来意。

"这可不巧，你婶子昨个儿才带孩子回娘家，恐怕一时半会儿回不来，要不你再请别人?"王婶的丈夫遗憾道。

奚清一听王婶出门了，只好点头答应。

两个人从王婶家出来后，又去找了几户人家，结果都没找到合适的人。

两人溜达半天后，季阳不耐烦了："你就不能找个真的丫鬟来? 非要找什么邻居。"

"丫鬟都是小姑娘，未必能照顾好阿喃，"奚清皱眉，"还是得找些力气大的婶子才行，你不知道，阿喃一整日都没怎么吃东西，给她放在屋里的恭桶也没用过，估计就是不好意思麻烦我们。"

"……她怎么这么惨，我听了都觉得可怜。"季阳无语。

季阳回到客栈后，第一时间将此事告诉了陆远："这漠北小镇实在不行，听说整个镇上就一个稳婆，还没有学过医，还是得尽快带她回京照顾。"

陆远静静在桌前坐了许久，一句话也没说，季阳见状，也不好再多说什么，只是出门叫来小二，让他留意一下会照顾人的婆子。

另一边，奚清又找了几户人家，眼看着没有合适的人，最后只能放弃回去了。

回到家里后，他本来想去找简轻语，却被师父叫住了："做什么去?"

"哦，那位季公子给了我一笔钱，我想去找阿喃说一声，看她是否愿意留下。"奚清回答。

师父轻哼一声："阿喃是因为他家主子才受这么大罪，给钱是应该的，直接收了，不必告诉阿喃，明日去买些上好的人参和当归，我给阿喃煮药膳。"

"是。"

师父伸了伸懒腰："鸡汤熬好了，你去给阿喃送去！"

"是，我这就去。"奚清说着便进了厨房，端着炖煮两个时辰的鸡汤往简轻语寝房去了，站在门口先敲了敲门，等她说可以进去后才往里走。

"王婶回娘家了，估计十天半个月回不来，我也去问其他人家了，都抽不出人过来，你就先凑合用我吧。"奚清看到她鼻尖上沁出的细汗，不由得叹了声气，"下次起身时不必这般着急，我可以多等等。"

简轻语失笑："师兄医术高超，怎么能算凑合。"

"你不嫌弃就好，快用些鸡汤吧，是师父特意熬的。"奚清说着，将碗端了过来。

简轻语眼底闪过一丝抗拒，却还是感激地笑笑。

奚清了然："你怕吃了得如厕？"

"……没有。"简轻语有些羞窘。

奚清无奈："阿喃，你也是大夫，该知道大夫不该计较这些，若是一直端着女儿家的矜持，你便不容易恢复，最后反而要麻烦我跟师父。"

简轻语咬住下唇，半晌低声道："我只是接受不了……"一想到她吃完东西便要如厕，恭桶还需要师父和师兄收拾，她便有干脆饿死的冲动。

"阿喃。"奚清严肃起来。

简轻语见状只好接过鸡汤，她一整日没怎么吃东西，早就饿得厉害，本想着喝几口止饿，结果不知是不是太久没吃东西，闻到鸡汤浓郁的香味后，她顿时蹙起眉头，胃里一阵翻涌。

"不舒服吗？"奚清忙问。

简轻语勉强摇头，正要说话，又闻到了鸡汤的味道，她赶紧将碗递给奚清，自己扒着床吐在了地上，秽物从地上溅起，也溅到床单上一点。

"怎么回事儿？"奚清脸色一变，待她吐完扣住了她的脉搏，"脉象跟先前一样啊，怎么好端端的会吐？"

"汤太香了，有点腻，我没胃口。"简轻语吐完，头上直冒虚汗。

奚清自责地皱眉："都是我不好，不该贸然为你进补，我这就去给你换一碗，"说完，他站了起来，接着注意到床边的秽物，顿了顿后又道，"不行，我还是先打扫了吧。"

"你可别……"简轻语忙制止，"还是我自己清理吧，你把鸡汤端出去就好，我没胃口吃这些。"

"你不能下床。"奚清不认同地看着她。

简轻语只能哀求："师兄，给我留点面子吧。"若连吐的秽物都要他清理，自己真是无脸见人了。

奚清看到她要哭，只得点头答应了。

简轻语目送他离开，默默松了一口气，待缓了缓神后试图下床，却因为小腹的坠痛不敢动了。她看着弄脏的地面，心底的郁卒终于忍不住了，眼泪吧嗒吧嗒地落在手背上，趴在床上的模样狼狈又可怜。

陆远进来时，看到的便是这样一幅场景，他心底顿时升起一股无名火，说出的话也十分冷酷："你便是这样照顾自己的?"

简轻语茫然抬头，看清是他后愣了愣："你怎么……来了?"

陆远大步上前，看到地上的污秽后皱起眉头。简轻语有些慌："你、你先出去……"

"为何只吐了些清水?"陆远淡漠地看向她，"你白天吃了什么?"

简轻语一愣，对上他的视线后不知为何有些心虚。

陆远看着她闪躲的模样，深吸一口气后克制住烦躁，直接将她从床上抱了起来。简轻语惊呼一声，急忙揽住他的脖子，有些慌乱地问："你做什么?"

陆远铁青着脸，警告地看了她一眼后往桌前走去，直接将她放在了桌子上，虽然动作很生硬，可她落在桌子上时，却感觉轻轻的。

简轻语不敢说话了，无言地看着他用裹了白布的手，拿着扫帚和水将地上的秽物清理了，又把脏了的床单揭了，重新换上一张新的，这才转身朝她走来。

他表情实在不算好看，简轻语不敢惹他，还没等他走过来便主动伸出了手。陆远见她一副要抱的姿势，顿了一下后面无表情地抱起，重新将她放回床上。

"肚子疼吗?"他站在床边问。

简轻语摇摇头："不疼。"

"为何会吐?"陆远又问。

简轻语咬唇：“鸡汤太香了，熏到了。”

陆远蹙了蹙眉，转身便离开了，简轻语张了张嘴，到底没叫住他，只是安静地躺好了。地上的秽物已经清理干净，床单也是干净的，陆远走时开了一扇窗，风从窗子吹进来，吹走了一室沉闷的气味，整个屋里都清新许多，她难过得要死的心，似乎慢慢好了起来。

独自躺了片刻，门板再次吱呀一声，她若有所觉地抬头，就看到陆远端着一只碗进来，她赶紧要坐起来。

“别动！”陆远黑脸。

简轻语顿时不敢动了，直到他到自己身侧坐下，一只手端碗，一只手扶着她的腰，直接将她托了起来。

“吃吧！”他将碗递给她。

简轻语看了眼，是一碗鸡丝面，面应该是过了水又泼了点热油，看起来颇为清爽。她小心翼翼地端过来，嗅了嗅没感觉到什么异味后松一口气，尝了一小口后便开始放心吃了，只是一碗面只吃了一小半便递给陆远。

“我吃饱了。”她说。

陆远沉默地看着碗，片刻后淡淡开口：“全部吃完。”

“……已经饱了。”简轻语小声抗议。

陆远也不跟她废话，只是脸色冷了下来。

简轻语见状赶紧把碗收回来，当着他的面大口大口地吃，直到把一碗面吃得精光，才打个嗝将碗还给他：“……饱了。”

陆远这才满意，拿了碗出去。

简轻语呼出一口浊气，重新躺好后捂着发撑的肚子，思索等一下该如何避开所有人的视线，偷偷去院中如厕。虽然屋里放了恭桶，可她实在接受不了别人为她收拾，所以只能费些力，慢吞吞地挪到院里去。

一想到过程会有多难，简轻语不由得叹了声气，刚要翻个身歇着，陆远就进来了。

“……你还不走吗？”简轻语小声问。

陆远淡漠地看向她：“你不想看见我？”

“我没有，我没有。”简轻语赶紧否认。

陆远这才不理她，随意在屋里找了本医书，坐在桌前翻看。

简轻语偷偷地看着他，将他从头到脚都打量一遍，当看到他手背上的伤疤时，不由得小声地问："你早就知道我医术不好了吧？"

陆远顿了一下，没理她。

"……既然知道，为何还敢让我缝合？"简轻语咬唇，"被缝成这个样子，当时肯定很疼吧，你该拒绝我的。"

听出她浓郁的愧疚感，陆远抬起眼眸扫了她一眼："不疼。"

"缝了七八针，我技术又不好，怎么可能不疼，"简轻语红了眼眶，"你就不要骗我了。"

"真的不疼，"陆远垂下眼眸，"你给我用了三包麻沸散，一连五六日伤口都是麻的，怎么可能会疼。"

"……哦。"

简轻语突然不说话了，陆远也没再开口，只是一页一页地翻看医书。简轻语认真地看着他，想提醒他书拿倒了，但是怕他恼羞成怒，只好看着他毫无知觉地继续翻。

房间里安静一片，不知过了多久，简轻语突然开始局促，几次欲言又止后，终于忍不住了："……陆远，要不你先回去吧。"

陆远不理人。

"时候不早了，我也该休息了，你在这里会影响我睡觉。"

陆远还是不理人。

"你如果想来可以明天……"

"想如厕了？"陆远打断她。

简轻语张了张嘴，半晌默默地点了点头。

陆远放下医书，走到她面前居高临下地问："去院里，还是恭桶？"

简轻语听到他的问题顿了一下，生出一股不好的预感。

陆远勾起唇角，眼底没有笑意："没错，不管去哪儿，都是我抱你过去。"

"……我又不想如厕了。"简轻语默默缩进被窝。

陆远冷笑一声，直接将人抱了起来："不选的话，直接露天解决也行……"

"院里！院里！"简轻语赶紧回答，说完便忍不住将脸埋进他的怀里。

第四十五章　口是心非

陆远一路将简轻语抱到茅厕门口，简轻语便死活不让往前了，他只能铁青着脸将人放下："若有不适，立刻告知我。"

"嗯……"

简轻语不敢看他，捂着肚子便要跑，陆远立刻呵斥："别跑！"

简轻语猛地停下，低着头小步挪动，慢吞吞地往茅厕里去了，片刻之后从里头跟陆远说话："……你能走远一点儿吗？我有点儿别扭。"

陆远蹙了蹙眉，到底走远了几步："可以了吧？"

"……嗯。"

待简轻语应完声，他便无声地回了原地，侧耳听着她的动静，直到里头传来衣服窸窸窣窣的声音，他才再次走远。

简轻语出来时，便看到他远远地站着，顿时松了一口气："我好了。"

陆远抬眸扫了她一眼，沉默地上前将她打横抱起，大步朝屋里走去。

解决完人生大事的简轻语，重新躺在床上后只觉一身轻松，再看外头天已经黑了，陆远迟迟没有要走的意思，她好心提醒："你该回去歇着了。"

陆远面无表情："简轻语，你在赶我走？"

"……没有没有，我只是怕你累着。"简轻语急忙解释。

陆远闻言，当着她的面开始解腰带，简轻语吓得一愣："你做什么？"

"不是怕我累？"陆远看到她脸上的茫然，眼底闪过一丝嘲讽，"我现在休息。"

说着话，他便将外衣放到了旁边的椅子上，脱了靴子在她身侧躺下，因为她没有刻意为他腾地儿，他只能躺在最边上，胳膊还压住了她的袖子。

陆远清冷的气息猛地靠近，简轻语蒙了半天后不敢相信地问："你要留宿？"

"不行？"陆远反问。

简轻语张了张嘴，半晌小声道："我以为你还在生我的气……"

"是在生你的气，"陆远闭上眼睛，"怎么，你不会觉得我留下，便是原谅你了？简轻语，别想得太好，你这般骗我，我不可能原谅你。"

简轻语抿了抿唇："既然没有原谅，为何还要留下，还、还来照顾我？"

"因为你腹中孩儿是我的种，我照顾你，便等于照顾他，"陆远声音冷淡，语气中夹带着不明显的怨气，"待你生下孩子，我就将孩子带走。"

简轻语心一沉，惊慌失措地看向他："你、你要带走他？"

"是，不行吗？"陆远睁开眼睛，眼底透着点点恶意。

简轻语哑了许久，眼角渐渐泛红："可以不带走吗？你、你以后总会有别的孩子的，我就只有他了，你可以把他留给我吗？我会好好将他养大的。"

听到她说自己会有别的孩子，陆远心底便蹿出一股邪火，但又听到她说她只有这个孩子，他又莫名平静了。几个月未见，这个女人挑弄情绪的本事真是越发大了。

陆远思绪发散，落在简轻语眼中便成了拒绝，简轻语顿时难过得要命，他是堂堂锦衣卫，等褚祯登基之后又有从龙之功，将来有大好的前程，若坚决要带走她的孩子，她似乎连反抗的能力都没有。

大约是觉得结局已定，她只能退而求其次："若你坚持要带走话话，可否等他长大一些，至少等他三岁……不对，五岁之后再带走，至于五岁之前，就交给我来养如何？"

"话话？"陆远蹙起眉头，"难听。"

简轻语顿时开始掉眼泪："等他五岁之后，想改什么名字都随你。"

陆远见她竟然哭了，顿时板着脸坐起来："哭什么？"

简轻语也跟着坐起来，擦了擦眼泪道："我就是想到你要逼我们母子分离，有点儿难过……"

"我何时逼你们母子分离了？"陆远皱眉。

简轻语见他不承认，当即睁大眼睛控诉："你刚才说的，说要把他带走！"

"那你不会跟着走？"陆远不耐烦。

简轻语愣了一下："带走他……也带走我？"

"我为什么要带你走？"陆远翻脸。

简轻语被他说得糊涂了：“不带我走，为何你还说让我跟着走……”听起来要她跟，又不要她跟，那到底要她怎么做？

陆远也察觉到自己的反复无常，无言一瞬后板着脸挑刺：“你为何睡觉连外衣都不脱，防备谁呢？”

简轻语顿了顿，低头看到自己整齐的衣衫，果然被他转移了话题：“白日里奚清师兄时常过来，不好衣冠不整。”

听她提起奚清，陆远蹙了蹙眉，想说什么又忍住了，只是淡淡开口：“现在你师兄不在。”

“啊……哦哦。”简轻语回过神，忙低头解衣衫，然而刚将衣裳散开点，她的鼻尖动了动，顿时红了一张脸，又匆匆忙忙地将衣服系上了，“我、我觉得还是穿着衣裳睡吧，免得夜间着凉。”

“有被子，脱了。”陆远皱眉。穿了一层又一层，怎么可能睡得舒服。

简轻语坚定地摇了摇头：“我不脱，我就这样睡。”

“你果然是为了防备我。”陆远脸色不好看了。

简轻语咽了下口水：“没有防备你，但是我不想脱。”

陆远也不与她废话，直接将人按到床上，伸手去拽她的腰带。简轻语大惊，急忙一手死死抓住腰带，一手捂着领口，大声抗议：“我不要！你放开我！”

“老实点！”陆远气恼。

简轻语闭着眼睛挣扎：“我不我不！我就是不脱，你再不放开我，我可喊人了！”

“那你就喊，”陆远冷笑，“我看谁敢来打搅。”

话音未落，门板突然被撞开，师父拿着扫帚、师兄拎着铁锹，两个人出现在门口，一看到陆远压在简轻语身上，师父顿时火冒三丈：“你这个禽兽，连孕妇都不放过，我跟你拼了！”

“师父，打死他！”一向没脾气的奚清也脸红脖子粗。

简轻语：“……”

陆远：“……”

眼看着二人冲了过来，简轻语赶紧摆手解释，然而已经来不及了，陆远抿着薄唇，三两下将他们叠在了地上，直接用一把椅子给镇压了。

"禽兽！牲口！虎毒还不食子，你怎可强迫她！"师父大骂。

季阳闻声赶来，一看到这场面大约明白了什么，顿时痞笑着走过来："怎么连虎毒不食子这话都冒出来了？"

"他若真得手，这孩子肯定保不住，我用虎毒不食子骂他，难道有错？"师父怒气冲冲。

奚清脸色也极不好看："原以为你们是来帮忙的，没想到会做出这等禽兽之事，早知如此，我就该在茶壶里下上无色无味的毒，弄死你们扔到戈壁滩喂狼！"

"……你这小大夫，心挺狠啊！"季阳咋舌，笑着看向陆远，"老大，你再不解释，他们可真要弄死你了。"

大人都快把简轻语供着了，怎么可能会做出强迫的事，肯定是这没脑子的师徒俩误会了。

"凭什么要同他们解释，扔出去，再敢来打扰，直接杀了！"陆远黑着脸道。

简轻语赶紧阻止："别别别，都是误会！"

"误会什么！你还要帮他说话？！"师父怒其不争。

简轻语叹气："真的是误会，陆远没强……没有强迫我。"

"你们都那样、那样……唉！"师父实在说不出口，"都那样了，还说他没强迫你？！"

"……真的没有，是你们误会了，你们快出去吧！"简轻语羞红了脸。

季阳打圆场："没错，既然都是误会，那就散了吧。"

师父还被压在椅子下，闻言也做不了大动作，只能艰难地瞪向他："我们不走！你们别想支开我们！"

"对，我也不走！"奚清立刻表明态度。

简轻语哀求："师父，你就走吧！"

"我不走！"

陆远耐心耗尽："季阳，杀了他们。"

"老大，冷静点。"季阳赶紧劝。

师父和奚清对视一眼，一个激情辱骂，一个严肃控诉，加上季阳跟陆远的说话声，四个大男人活生生闹出了一场大戏。简轻语本就不舒服，此刻又被吵得头疼，终于忍不住发火了："说了都是误会都是误会，怎么就不肯听呢！"

四个男人顿时噤声。

"陆远没想强迫我，他只是要帮我宽衣，想让我睡得舒服些，我反抗是因为白日里出了一身汗，捂得身上有些发酸，不好意思叫他知道，所以才争执起来，都听明白了吗?!"简轻语凶巴巴。

师父和奚清："……听、听懂了。"

简轻语深吸一口气："所以现在要做什么?"

"要出去。"奚清抢答。

话音未落，陆远抬开了踩着椅子的脚，奚清和师父互相搀扶着起来，头也不回地跑了，季阳摸摸鼻子，干笑一声也脚底抹油跟了上去，出门的时候还不忘体贴地将门给关上。

房间里顿时清静下来。

简轻语的呼吸从急促逐渐趋于平缓，火气也渐渐散了，然后尴尬便伴随着沉默接踵而来，她咽了下口水，默默躺好闭上了眼睛。

"起来。"陆远的声音从头顶响起。

简轻语抿了抿发干的唇："我好累，睡了。"

"不想半夜被我丢下床，就坐起来。"陆远声音低沉。

简轻语只好睁开眼睛，磨磨蹭蹭地坐了起来："我现在很虚弱，你就不能对我好点?"

"我以前对你好，结果呢?"陆远反问。

结果她忘恩负义，装死跑了。简轻语心里默默回答完，觉得自己心虚，便咬着唇不说话了。

陆远板着脸去解她的腰带，简轻语下意识后退，却在对上他冷峻的目光后，识相地坐稳不动了，任由陆远继续。

腰带散开，衣衫一层一层地剥开，露出里头汗湿的小衣，以及白如瓷器的肌肤。陆远抬手抚上她的脖颈，简轻语缩了一下脖子，还未来得及躲，就听到他淡淡道："小衣不能穿了。"

"……你帮我拿一条，我换上。"简轻语局促地揪着衣裳道。太久没有坦诚相见，她本来就局促别扭，加上身上酸乎乎的味道，让她更加难以坦然面对陆远。

陆远的视线落在她胸前，小衣上的牡丹被汗浸湿，颜色越发鲜艳，刺得人眼睛都疼了。他喉结动了动，淡漠地别开脸，还未等开口说话，耳边便传来了敲门声。

"热水放门口了，胎象不稳不能坐浴，简单擦拭一下即可。"药半仙的声音在外面响起，说完便跑了。

简轻语脸颊泛红，害羞的同时心里又热乎乎的，不由得小声跟陆远说："师父真的是个好人……"

所有从父亲那里不曾得到的体贴和爱护，她都从师父这里得到了。

陆远难得没有反驳她的话，安抚地捏了捏她的后颈，便去将热水端了进来，接着对衣裳还挂在身上的简轻语道："全脱了。"

"全？"简轻语惊讶。

陆远蹙眉："不然呢？"

简轻语嘴唇动了动，没敢说话。

陆远不悦："以前哪次不是我帮你洗，怎么这次忸怩起来了？"

"这不是不一样嘛。"简轻语小声道。

陆远顿了一下，气压顿时低了下来，再开口眼底一片嘲弄："也是，以前被形势所迫，只能与我虚与委蛇，如今回了漠北，便不想假装了，但是简轻语，我提醒你一句，这里不是京都，没那么好的条件，今日除了我能帮你擦身，再没第二个人能这么做。"

"……我说的不一样，是因为我心中有愧，不想劳烦你，而且确实太久没有这样了，我有些害羞，并没有别的意思。"简轻语费力地解释。

陆远眉头微微蹙了起来，和她对视许久后也意识到自己反应过激了，他沉默许久，才抬头看她："过来！"

简轻语："……"

她到底还是妥协了，将身上的衣裳都褪下，最后只留一条亵裤，慢吞吞地挪到了陆远身边。她脸颊泛红，两只手局促地挡在身前，举手抬眸间美得不可方物，陆远口中干涩，深深看了她几眼后，视线落在了她微微隆起的小腹上。

陆远眼神一瞬间清明，两只大手拧干了帕子，仔细为她擦拭身子。简轻语起初还十分不安，最后在他不带私心的照顾下，也渐渐放松了些。

陆远仔细为她擦身，当擦到肚子上时，他的动作有一丝迟疑。

"没事的，可以碰。"简轻语小声提醒。

陆远指尖轻颤，犹豫许久才用帕子擦了擦她的肚子，尽可能不在意地开口："已经五个多月了，为何还这般小？"

"本来就不该大，要到六个多月之后才大起来，"简轻语提起腹中孩子，话也多了起来，"不过师父说我太胖了，为了将来好生些，即便是月份大了也不能多吃，估计到生也不会大太多了。"

陆远不悦："既有了身孕，又如何能少吃。"

"我也觉得，"简轻语撇了撇嘴，"平日饿肚子就够难受了，如今我还怀着一个，饿起来更是难受，可吃多了又会胖，就只能忍着了。"

"吃多了会胖，说明吃的东西有问题，换成不会胖的鸡鸭鱼牛羊肉便好，总之不能饿着。"陆远当即道。

简轻语想说这些东西在漠北是稀罕物，不可能天天吃，但一想到这人的身份，顿时闭嘴了。

两个人说话的工夫，陆远便为她擦好了身子，取了一条新的小衣为她穿上。简轻语见他要帮着系带子，急忙拒绝："不用，我自己来便好。"

"别动！"陆远轻斥。

简轻语顿时不敢动了，任由他为自己系好带子，才同他一起躺下。

因为挨得极近，简轻语起初还有些不适，但敌不过阵阵袭来的困意，不多会儿便在他身边睡熟了，甚至还自己调整一下位置，脑袋不断地往陆远怀里钻。

陆远本来不想理会，可她猫儿一样不停地蹭，最后也只能伸出一条胳膊，将她圈在怀里。简轻语找好姿势，顿时心满意足地睡了。

陆远听着耳边均匀的呼吸声，却怎么也睡不着，一个人静了许久后，他抬手抚在了简轻语隆起的肚子上。方才为她擦身时，为了所谓的面子，他只是简单地摸了一下，直到此刻才能仔细感受。

掌中的肚子圆润且硬，与平日软软的手感很是不同，陆远的手在上头停留片刻后，不由得轻轻摩挲。摸了许久之后，怀里的简轻语轻哼一声，他下意识要松开，却感觉手心一跳。

陆远愣住了，许久之后才意识到，刚才是简轻语腹中的孩儿在动。他的心狠狠一跳，一时连呼吸都忘了，从知道简轻语有孕开始，一直压抑的情绪似乎有些绷不住了，他终于清晰地认知到，他有孩子了。

一个由他和简轻语所生的、世上最好的孩子。

陆远眼角微润，许久之后闭上眼睛，一手搂着简轻语，一手抚着她的肚子，低声同还未出生的孩子说话："我定会做个好丈夫、好父亲，护你们母子一生无忧。"

他说完停顿一瞬，又补充，"但是在做好丈夫、好父亲之前，至少要先教训你娘一通，叫她知道逃走的代价，日后彻底收心了才行。"

睡梦中的简轻语哑摸一下嘴，将脸贴着他的脖颈继续睡，而他掌下圆润的肚子，又悄摸摸动了一下，给他的父亲最独特的回应。

而在他回应之后，陆远便直接失眠了。

翌日一早，简轻语神清气爽地醒来时，就看到陆远坐在桌前，正在凉一碗黑乎乎的药，看到她醒来后便直接端了过来："正好，喝了。"

简轻语嘴里顿时泛苦，但也不敢违抗陆远，只能接过来一饮而尽，喝完还未等她歇口气儿，嘴里就被塞了块糕点。简轻语嚼了两下，惊讶地睁大眼睛："你来找我时，把厨子也带上了？"

"没有，我自己做的。"陆远淡淡道。某人吃药一向是老大难，自然要费些心思。

简轻语愣了一下，生出些许感动："特意为我做的？"

"不是，"陆远否定，"是为了话话。"

虽然这个名字很难听，但暂时也想不到别的代替，只能先这么叫了。

简轻语撇了撇嘴，但依然乐观："吃到我嘴里了，就是给我做的。"

"不是。"陆远依然否定。

简轻语见他一副冷淡的样子，顿时不敢再嘚瑟，讪笑一声后点头："知道了。"

陆远这才满意。

接下来的几日，陆远都是这般冷淡，简轻语知道他心里还是恨她，只是为了话话才照顾她。

"我已经能活动了，明日起你还是回客栈住吧。"简轻语提议。一想到陆远明明特别恨她，却还要硬着头皮照顾她，她心里便十分过意不去，这次休养好了，她第一件事便是让陆远回去。

陆远闻言顿时黑脸："你早就想赶我走了吧？"

"没有没有，我只是不想再劳烦你了，"简轻语急忙解释，"你放心，我会照顾好自己……话话的，绝不会再伤着他。"

陆远抿起薄唇，略显严厉地看向她，简轻语被他看得脖子缩了缩，但也没有改口。两个人僵持片刻后，陆远直接扭头走了，因为走得太快，也错过了简轻语眼底的依依不舍。

他回到客栈后，将季阳叫到院中打了一场，季阳被他揍得苦不堪言，扔了刀坐在地上耍赖："不打了，这回说什么都不打了！"

"起来！"陆远冷冷道。

季阳憋屈地看向他："老大，你想继续留在医馆直说就是，何必打肿脸充胖子……"

他话没说完，陆远缓慢拔刀，季阳噎了一下，顿时笑脸如花："虽然简轻语说了会照顾好自己，可她说的就一定是真的吗？你身为孩子的亲生父亲，总要亲自盯着才放心吧？"

陆远沉默片刻，收了刀便往外走，季阳总算松了一口气。

另一边，医馆里。

简轻语闷闷不乐地坐在门口晒太阳，奚清从她身边经过几次，终于忍不住开口了："不如师兄去将陆公子请回来吧！"

"……他不想看见我，还是别请了。"简轻语无精打采。

奚清无语："你是怎么看出他不想见你的？"他怎么没觉得？

"我就是知道。"每次看到她都十分冷淡，她当然知道了。

奚清见状，也不知要如何开解了，正思考时，就看到简轻语眼睛一亮，他顺着她的视线看过去，就看到陆远板着脸回来了，奚清顿时识相地转身离开。

院子里顿时只剩下简轻语和陆远两个人，简轻语按捺下高兴的心情问："你怎么回来了？"

"照看话话。"陆远说完，将她打横抱起，直接往屋里走去。

简轻语揽上他的脖子，虽然心里越发歉疚，但还是默默对肚子里的小崽子说：话话干得好！

能起床活动之后，简轻语的身体迅速好了起来，开始慢慢地像以前一样，尝试做一些力所能及的活计，只是过程没那么顺利——

"放下！"陆远面色不善地看着她怀中草药。

简轻语忙解释："师父说我现在已经好了，可以干活儿了。"

"对，她脉象强劲，多走走对身子也好。"旁边的奚清帮着说话。

陆远见她舍不得放下草药，便直接将药夺走，这才不悦地扫了眼奚清："走走是走走，搬草药是搬草药，她分不清轻重，你也分不清？"

奚清："……"有什么区别？

简轻语见陆远不高兴，忙老实站好："我不搬了，我这就去歇着，"说罢，有些不好意思地看向奚清，"师兄，麻烦你了。"

院里还有几大筐刚晒好的草药，需要在天黑之前搬到库房存起来，这本来是两个人的活计，她不能做了，便只能都留给奚清一人。

奚清闻言好脾气地笑笑，刚抬起手想揉揉她的头发，就被陆远用眼神强行制止了，于是轻咳一声："没剩多少了，我做得来，你……出去走走吧。"

简轻语点了点头，正要再次道谢，陆远凉凉的声音在耳边响起："不必，她的活计自然由我来做。"

说罢，便抱着草药往库房去了。

简轻语和奚清无言片刻，最后由简轻语打破沉默："不好意思啊师兄，他就这狗脾气。"

"我知道，第一天认识的时候就知道了。"奚清感慨。

简轻语讪讪一笑，就看到陆远已经从库房出来了，直接又抱起一捆草药离开。奚清见他这般认真，也不好再同简轻语闲聊，急忙搬起另一捆草药往库房送。

两个男人无声地搬运，奚清体力不及陆远，但见陆远搬得极快，便不好意思太慢，而陆远见他速度加快，也跟着快了起来，叫外人瞧见了，还以为他们在竞争什么。

漠北的春天极短，虽然才四月光景，但已经热了起来，二人搬完草药，身上都出了汗，陆远只是鬓角微湿，看起来还好，倒是奚清，累得大汗淋漓，呼吸都不顺畅了。

"陆、陆公子体力真好。"奚清喘着气夸赞。

简轻语十分抱歉："师兄，你还好吗？"

"还……好，就是有点儿累，我得去歇歇了。"奚清擦了一把汗，略显狼狈地回屋了。

陆远冷淡地看着他的背影消失，片刻后轻嗤："真弱。"

"……培之，师兄人很好，你别欺负他。"简轻语无奈。

听到她叫自己培之，陆远心头微动，但又因为她向着奚清心生不悦："我怎么欺负他了？"

……明知道师兄不好意思让客人多干活儿，还故意加快速度，这难道不算欺负吗？简轻语嘴唇动了动，到底没有再说他，只是叹了声气，从袖子中掏出手帕，踮起脚尖要为他擦汗。

陆远却下意识往后退了一步。

简轻语愣了愣，突然有些窘迫："对、对不起，我只是想……手帕给你。"

陆远顿了一下，眼底闪过一丝懊悔，但退也退了，也只能抿着唇接过她手里的帕子，无声地擦汗。

气氛突然有些奇怪，简轻语干笑一声："你休息一下吧，我去医馆走走。"说完便往外走，走到门口时险些撞上季阳，对上对方看热闹的眼神，便知道方才那一幕全被看到了，她抿了抿唇，低着头离开了。

季阳啧了一声，走到还在盯着手帕发呆的陆远面前："老大，你真不打算跟简轻语好了啊？"

"说什么屁话！"陆远不耐烦。

季阳笑了："我就知道你舍不得，不过既然还想跟她过日子，你心里那点火

461

气该散就散了吧，别总这么晾着她，她本来就没个常性，万一做太过了，她真不要你了怎么办？"

"她敢！"陆远冷下脸。

季阳无辜地摸摸鼻子："您别冲我发火呀，我也是为您好，若真恨透了她、看一眼都嫌烦也就罢了，若心里还放不下，就别生气了，咱是男人，让着她个小孕妇其实也没啥，她做过的混账事多了，也没见您像这次一样生气啊。"

"你当我不想？"陆远别开脸，长睫看向地上，"可我控制不住。"

他知道在感情的付出上，他与简轻语一向是不对等的，一直以来也都习惯了这种不对等，直到她转身离开，在没有自己的地方活得自在快活，他才突然生出了不平衡，连带着自尊心，好像也突然长了出来。

其实在她憔悴养胎的时候，心里便原谅了她八百次，可每次对上她的视线，还是忍不住板起脸。

季阳闻言一脸莫名："不就是原谅她吗，有什么控制不住的？"

陆远扫了他一眼，冷嘲："你先找个媳妇儿再来问吧。"说完，便直接往医馆去了。

季阳无言地目送他离开，许久之后深吸一口气，总算意识到自己被轻视了。

医馆里，简轻语心不在焉地坐在药半仙旁边，药半仙喊了她两声，她才猛地回神："嗯？师父您叫我了？"

"我让你给我搬个椅子过来……算了，我自己来吧，看你也没心思帮我。"药半仙冷哼一声，便自己去搬了。

简轻语站了起来表示歉意，一抬眸便看到陆远从院中过来，她脸上闪过一丝不自然，低着头便要逃走。

"站住！"

身后传来陆远淡淡的声音，简轻语只好站定回头："怎么了？"

陆远眼眸漆黑、薄唇微动，半晌硬邦邦开口："要吃点心吗？"

简轻语："？"

"我给你做。"陆远又补充一句。

简轻语一脸莫名："我不饿……"

"你饿了！"师父搬着椅子强行打断，接着笑眯眯地看向陆远，"多做点，最

462

好是弄些红豆沙的。"

他对陆远千般不满，可有一点是喜欢的，就是陆远做点心做得极好，他尝过一次后便惦记上了。

陆远听到他的要求蹙了蹙眉，但好歹也知道尊师重道，微微颔首后看向简轻语："陪我去买红豆。"

"哦……"简轻语被安排得明明白白，乖顺地跟着他出门了。

漠北地广人稀，即便是闲散的午后，路上也没多少人，简轻语不远不近地跟在陆远身边，小心地与他保持距离。陆远察觉到她的疏远，不由得抿紧了唇，模样看起来有些严厉，简轻语更不敢靠近了。

两个人之间的距离越来越远，就在简轻语快挪到路边上时，陆远突然停了下来，蹙着眉头看向她："你生气了？"

"嗯？"简轻语眨了眨眼，明白他的意思后摇头，"没有。"

"那为何离我这么远？"陆远不悦。

简轻语干笑一声："我怕你不喜欢。"

陆远闻言，心底又蹿出一股火气，他尽可能让自己心平气和："你为何觉得我不喜欢，是因为方才的事？"

简轻语顿了一下："其实也不是……好吧，有一点这方面的原因，但我没有生气，只是突然想到……"她说到一半咬了咬唇，"突然想到你如今照顾我，只是为了话话，我不该得寸进尺。"

这阵子陆远与她同进同出，时时刻刻都照顾她，让她险些忘了他还在生气，今日他退后那一步才算提醒了她，她不该在他心怀不满的时候，还讨嫌地凑上去。

忍着愤怒来照顾自己，已经很委屈了，她应该识相点的。

简轻语想着，深吸一口气，鼓足勇气开口："你放心，我以后会注意的，绝对不会再做让你反感的事。"

"你觉得，我拒绝你是因为反感？"陆远冷淡反问。

简轻语眼底闪过一丝疑惑："不是吗？"

陆远冷"呵"一声，大步朝前走去，简轻语想叫住他，但见他一副生人勿近的模样，只好乖乖闭嘴跟了上去。

两个人一路沉默地去买了红豆，又一路沉默地回家做点心，陆远和面的时候，简轻语殷勤地倒水烧火，却始终没敢招惹他。

两个人就这么沉默到天黑，点心做好了，饭也出锅了，一大家子都聚在一起用膳，由于陆远的沉默，饭桌上气氛颇为压抑。

师父吃掉最后一块点心，压低了声音问简轻语："他怎么又变脸了？"

"说来话长。"简轻语叹气。

师父好奇："长话短说。"

"我惹他生气了。"简轻语小小声。

师父："……然后呢？"

"什么然后？"简轻语一脸莫名，师父让她长话短说，她已经短说了啊。

师父顿时无语，还未开口说话，陆远便放下筷子转身离开了。

陆远一走，季阳忍不住嗤了一声："二位，说悄悄话的时候能不能避着点人？声音大得我都听见了。"

"我已经很小声了。"简轻语十分冤枉。

师父放下筷子："跟我说说，今日发生何事了。"

他话音未落，季阳和奚清就默默支棱起耳朵，简轻语咬了咬唇，没好意思开口。师父了然，当即慈眉善目地看向季阳和奚清："都吃饱了吗？"

"吃饱了，师父。"

"饱了饱了。"季阳一副等不及想听八卦的样子。

师父冷笑一声起身："吃饱了记得把碗洗了。阿喃，你跟我来！"

"是，师父。"简轻语急忙跟了过去。

季阳和奚清："……"

简轻语跟着师父一路去了大门外，坐在门外的石磨旁将今日的事说了，师父听完顿时忍不住大笑起来。

简轻语不解："师父，您笑什么？"

"我笑你是块木头！"师父嘲笑完，一脸恨铁不成钢的表情，"我就奇怪了，你笨成这样，我当初为何会收你为徒。"

"……您就别笑我了，快跟我说说是怎么回事儿。"简轻语着急。

师父斜了她一眼："我问你，若你喜欢的人得罪了你，你同他闹别扭，他因

464

此不理你了，你会如何?"

"当然是生气，他凭什么……"简轻语话说到一半猛然睁大眼睛，"您的意思是，他还喜欢我?"

"废话，不喜欢你人家好好一个锦衣卫指挥使，留在这破地方做苦工?"陆远和季阳的身份，简轻语早在前几日便告诉他了。

简轻语咬唇："可是他说是为了话话……"说完，自己也觉得这句话没什么说服力，她叹息一声，总算坦诚了，"好吧，我大约知道他对我还是喜欢的，只是如今有话话在，我不知该如何判断，他对我究竟是喜欢大过厌恶，还是厌恶大过喜欢。"

她潜意识里觉得，自己害他受了这么多苦，他肯定是恨自己的，加上他这些日子的态度，无一不在表明对她的恨，她也想靠得近些，可是怕太近了，会让他心生厌恶。

"歪理邪说，他若厌恶你，早一刀将你砍了，你真当锦衣卫是什么大好人吗?"师父轻嗤一声，"要我说，他这分明是在等你哄他，你倒好，非但不哄，还要离他远点儿，你说他生不生气?"

简轻语恍然，许多想不通的事豁然开朗，她感激地对师父说了声谢谢，便转身朝寝房跑去，师父当即呵斥："慢点儿!"

简轻语却听也不听，以最快的速度往屋里跑。

当她冲进寝房时，陆远正在叠被单，看到她后顿了一下，眉头皱了起来："冒失。"

简轻语咽了下口水，磨磨蹭蹭地走到他面前，看着他低眉整理被单的模样紧张得手心出汗，她方才短短一路，想出很多话要对他说，可真到了跟前，却又说不出口了。

"对不起……"憋了半天，总算憋出三个字。

陆远顿了一下，头也不抬地问："又道什么歉?"

"……因为我想收回白日说的话，"简轻语心脏怦怦跳，"我不想离你远些了，也不想注意分寸了，我就想挨着你，给你擦汗，同你聊天，还要枕、枕着你的胳膊入睡。"

她这几日次次睡得比陆远早，所以也不知道自己睡着之后，就缠着人家不放，此刻说出这句话，还颇为紧张羞涩。

陆远闻言抬眸看向她："为何？"

"没有为何，我就是想这么做。"简轻语低声回答。

陆远轻嗤一声，脸上也看不出什么情绪，将叠好的被单放进柜子后，一回头就看到她还站着。他不悦地蹙眉："还不睡？"

"哦……哦，就睡了。"简轻语忙答应。

陆远没有再说话了，只着里衣躺在了床上，简轻语看着他闭上眼睛，不知他是什么想法，又没有勇气问，只好安静地去熄了蜡烛，借着月光宽衣到床上躺下。

她今晚莫名睡不着，睁着眼睛直勾勾地盯着床帏，许久之后躺得腰酸了，便想换个姿势，结果刚一动，手指便碰上了陆远的手背。陆远的呼吸停顿一瞬，在这个静谧的夜里显得格外明显。

简轻语突然有些口干舌燥，抿了抿唇后尝试着握住他的手。

他没有推开她！

简轻语的心跳突然快了起来，手指悄悄挤开他的指头，与他十指相扣，陆远虽然没有回握住她，可也没有拒绝。

简轻语趴在他身上，扳着他的肩膀亲了亲他的唇："培之，我很想你，每当夜深人静的时候，我都很想你。"

陆远不说话了。

"你生气吧，怎么生气都可以，推开我也好，嘲讽我也好，什么我都会受着，这是我欠你的，"简轻语眼角微润，"我现在就想对你好，不论你如何对我，我的想法都不会改变。"

"不怕我反感你了？"陆远嘲道。

简轻语嘿嘿一笑："不怕，你的反感都是假的。"

"你又知道了。"陆远眯起眼睛。

简轻语一脸真诚："自然知道。"

陆远："……"

他无言许久，才不高兴地开口："厚颜无耻！"

简轻语唇角上扬，忍不住又亲了亲他，接着很快在他怀里睡着了。

翌日一早，陆远还是冷淡的陆远，简轻语却比先前快活许多，不管白天黑夜都缠着陆远不放，许多次陆远眉头都皱起来了也不见她退缩，依然坚强地做陆远的小影子，师父险些以为她被下了降头。

在她的坚持下，陆远皱眉的次数越来越少，偶尔唇角也会上扬，反倒是一直撮合他们的季阳，这阵子越发焦心与不安了。

"大人，圣上这次怕是真不行了，您真的要赶紧回去了。"季阳着急。

陆远闻言只是沉默，季阳只好再劝："京都已经来了十几道密信，圣上清醒的次数不多，每次都要召见您，您再不回去，恐怕整个锦衣卫都要受牵连了。"

陆远也知道事关重大，如今已经不能再拖了，只是回去的话怎么也说不出口。

季阳见状急了："您不就是舍不得简轻语嘛，咱们带上她就是。"

"如今京都形势多变，不能带她回去。"陆远当即否决了。

季阳皱眉："那就咱们先走，过些日子再来看她。"

"她如今已有六个月的身孕。"

季阳："……您不会想等到她生完再回吧？"

陆远不语。

季阳倒抽一口冷气："大人，您疯了吗？等她生完，二皇子估计都登基了！"

"我自是知道，"陆远不悦，"罢了，待会儿我同她说一声，我们明日就走。"

"是！"季阳这才松一口气。

二人谈完正事，季阳便开始收拾行李，陆远只身一人往医馆走，快走到时，远远便看到医馆门前围了许多人。

"我一个男人，如何能做接生的活计，还是找稳婆妥当！"药半仙头疼。

围着门的人家苦苦哀求："这不是今日生孩子的人家太多，找不到可以用的稳婆嘛，大夫你行行好，就走一遭吧！对了，你不是有个女徒弟吗？实在不行她也可以！"

"她此前从未接过生，而且自己的月份也大了，万一再吓出个好歹怎么办？"药半仙当即拒绝，见众人实在可怜，不由叹息一声，"行，我去一趟吧，找两个经验丰富些的婆子，我隔着屏风指点。"

"多谢大夫，多谢大夫！"

陆远蹙了蹙眉，直接穿过人群回了后院，一进院子就看到一个大婶正拉着简轻语说话。

简轻语第一时间便看到了他，忙上前一步："不是与季阳有要事相商吗，怎么这么快就回了？"

"我有事同你说。"陆远沉声道。

简轻语点了点头："你稍等我一下。"说罢，便看向了大婶，"您刚才说什么，我没听清。"

陆远见状先转身离开，结果还未走出两步，就听到大婶殷切开口："是天大的好事，我那侄子前些日子远远瞧了你一眼，便再也忘不了了，我寻思你将来一个人带孩子也不容易，我侄子又老实能干，你们日后搭伙过日子，定然能越过越好！"

陆远猛地停下脚步。

简轻语也没想到邻居大婶来找自己是为了给自己说媒，一时间尴尬起来，正要解释时，方才转身离开的某人又回来了。

"我明日回京都，你跟我走吗？"他问。

大婶方才只顾着说媒，也没仔细看陆远，这会儿走到跟前了才看清，一时间惊艳不已："这位是……"

简轻语无辜地看向陆远，陆远面无表情地盯着她，她瞬间懂了，含笑挽上他的胳膊，落落大方地对大婶介绍："这是我相公，抱歉啊婶子，恐怕要辜负您的心意了。"

陆远见她还算老实，勉强勾起一点唇角。

第四十七章　偷偷跟去

"不是刚说了京都形势多变，不宜带她回京吗？怎么又突然改主意了？"季阳听说简轻语要跟他们一起离开后，顿时头疼地找到陆远。

先前说了不带简轻语，他跟陆远分开后，便去安排了回京的骏马和行李，并未准备舒适的马车，现下天已经黑了，又突然说要带上简轻语，一切都要重新准备，可他们已经定好明日天不亮便走，这如何来得及？

陆远面无表情："一时冲动。"

"……啥？"

陆远看他突然呆滞，渐渐蹙起眉头："我不过出来片刻，便有人给她说媒，明知她有孕在身还如此行事，这漠北的风气实在荒唐！"

季阳傻眼："所、所以你是怕等你走了，她跑去相亲？"

"她敢？"陆远不悦。

季阳瞪眼："既然觉得她不敢，为何还要改变主意？"

"都说了是一时冲动。"陆远声音微沉。

季阳看着他死鸭子嘴硬的样子，尽可能让自己冷静："既然是一时冲动，那不如卑职现在就去找她，同她解释清楚如何？"

"不行。"陆远想也不想地否定了。

季阳皱眉："所以你还是要带她回去？"

"不行，我已经后悔了。此次回京要日夜兼程，她月份大了，定然受不了这份罪。"陆远不急不缓道。

季阳连连点头："不错，我觉得也是。"

"所以明日我独自回京，你留下置办马车，带她离开漠北，到扬州一带安置。"陆远补充。

季阳还在点头，刚要继续附和，回过神后愣了一下："什么意思？"

"我仔细想了一下，二皇子登基后，朝堂定会动荡一阵，难保他不会为了立威对锦衣卫下手，他既知晓我与轻语的关系，又知晓轻语在漠北，漠北便算不上安全，再说……"

想起今日见到的场景，陆远直皱眉，"再说这里连个像样的稳婆都没有，留她在此处生产，我不放心，扬州那边有几个声名远播的接生大夫，气候也宜人，暂时将她送去那里吧。"

整个镇子就一个稳婆，若是她同其他妇人生产的日子赶在一起了，岂不是要像今日那户人家一样，来求毫无接生经验的药半仙？

季阳无言地张了张嘴，半晌小心开口："您第二个顾虑，卑职是明白的，但是第一个……二皇子宅心仁厚，您又有从龙之功，他应该不会过河拆桥吧？"

"未到那一日，谁也不知道会如何。"陆远淡淡开口。

季阳眉头渐渐皱了起来，许久之后点头答应了。

两个人商定后，陆远便回了医馆，一进门便看到简轻语师徒三人依依不舍地话别，他顿了一下，主动回寝房避让了。

一刻钟后，简轻语也走了进来，看到他在床边坐着，立刻迎了上去："你东西都收拾好了吗？"

"嗯。"陆远点头。

简轻语笑得眼睛弯弯："我也收拾好了，明日一早便能出发。"真是奇怪，她明明对京都一点好感都没有，可如今一想到要回去，还是会由衷地高兴。

陆远看着她黑亮的眼眸，静了片刻后握住她的手："我有话要对你说。"

简轻语脸上的笑渐渐淡去："……你不想带我走了？"

"我自是要带你走的，"陆远的拇指在她手背上轻轻摩挲，"只是不回京都，去扬州。"

"扬州？"简轻语疑惑。

陆远颔首："那边有最好的接生大夫。"

"能有京都的太医好？"简轻语怀疑。

陆远失笑："术业有专攻。"

简轻语抿了抿唇，不肯说话了。

陆远只得继续劝："圣上病危，怕是时日无多，我到时定会很忙，怕是顾不上你，你乖乖去扬州等着，待我闲下来，就去接你如何？"

简轻语咬住嘴唇，半晌小小声道："什么时候去接？"

"等你生完，"陆远说完顿了一下，"或许不必等生完，我提前去也说不定。"

简轻语静静地与他对视，许久之后才小声问："那你走了之后，我一个人去扬州吗？"

"自然不是，我会让季阳送你过去，放心，他会处理好一切。"陆远安抚。

简轻语想了许久，到底是答应了。

陆远见她听话，唇角微微扬起，简轻语心里难受，也不愿意看他了，耷拉着眼角去床上躺好。

陆远熄了灯烛，也到她身边躺下，不等躺好便将她抱进了怀里。简轻语咬着唇，在他怀里调整一个舒服的姿势。

寝房里静悄悄的，只剩下风沙敲击窗子的声音，两个人谁也没有说话，但也知道彼此都还醒着。

不知过了多久，简轻语终于敌不过睡意，在他怀中沉沉睡去。陆远听着她均匀的呼吸声，毫无睡意地睁着眼睛。

他便这样一夜未睡，等到远处传来第三遍鸡叫，便将简轻语搭在自己小腹上的手挪开了。他本打算悄无声息地离开，然而一向睡得很沉的简轻语，这次也不知怎么了，他刚一动便睁开了眼睛。

"……要走了吗？"她的声音还很迷糊。

陆远顿了顿，在她唇上印下一吻："睡吧。"

简轻语重新闭上眼睛，不多会儿再次沉睡。陆远眼底闪过一丝浅淡的笑意，盯着她看了许久之后，到底还是转身离开了。

他走了之后，简轻语翻了个身，将他那一侧的被子垫在了肚子下，却再也没有了睡意。

在床上一直躺到天光大亮，她才起来往外走，奚清正在院子里晒药材，看到她后十分惊讶："你还没走？"

"嗯，陆远先行一步，我跟季阳一起。"简轻语回答。

奚清点了点头："难怪我方才出门的时候，好像看见季阳了。"

简轻语扬眉："你在哪儿遇见他的?"

"马行那边。"

简轻语点了点头："那应该是去租马车了。"

说罢，便挽起袖子跟奚清一起干活儿了。

两个人一直忙碌到晌午，季阳总算来接她了，她与师父、师兄告别后，便背着包袱上了季阳的马车。

季阳将她的行李安置妥当，驾着马车往镇外走时忍不住吐槽："你这包袱里都装了什么，为何丁零当啷乱响?"

"是师父配的安胎药，怕我路上熬药不方便，便做成了药丸子装在瓷瓶里，瓶子多了，自然就容易碰到，"简轻语说完，不经意间补充，"哦，还有陆远之前给我做的糕点，他说让我路上吃，待到了京都，再给我做新鲜的。"

季阳一愣："到哪儿?"

"京都啊，我们不是要去京都?"简轻语反问。

季阳噎了噎："他没跟你说不去京都了?"大人不会将解释的烂摊子交给他了吧?!

"说了，本来想让我去扬州的，但是后来我晓之以理动之以情，他便又改了主意，让你带我回京都。"简轻语认真回答。

季阳猛地勒紧缰绳，待马车停下后掀开车帘，眯起眼睛看向车里的简轻语："当真?"

"我骗你做什么。"简轻语一脸无辜。

季阳冷笑一声："大人要你去扬州，是深思熟虑之后的结果，怎么可能随随便便就改变主意了?"

"这有什么不可能的，我只消告诉他，腹中孩儿不能没有父亲，我也不能没有他，他不就舍不得了。"简轻语扬眉。

季阳轻嗤："哪儿有那么简单。"

简轻语闻言啧了一声，语重心长地摇了摇头："你不懂。"

季阳："……"

"总之你只管带我回京都便是，等见了陆远，你便知道我说的是真是假了。"简轻语闲散地说。

季阳对她的话始终保持怀疑，可见她一本正经、完全不像撒谎的样子，心里又开始犯嘀咕。

简轻语见状，直接拿出撒手锏："陆远本来也不想让我回去的，可我跟他说了，若他不带我走，还将我送去扬州，那我便在扬州找个小白脸养着。"

季阳："……"

"你猜他最后答应让我去京都没？"简轻语笑眯眯。

季阳深吸一口气："行，我就信你这一次。"谁让大人"醋缸"的形象深入他心。

简轻语满意地点点头，直到他放下车帘重新赶路，才顿时松一口气，然而心情却还是沉重。以陆远的性子，平白无故，怎么可能要将她送去一个全然陌生的地方，只怕他是担心将来会发生无法应付的事，才会提前将她安置到别处。

既然已经猜到他可能有危险，她又怎么可能一个人躲起来。简轻语抿了抿唇，祈祷事情不会太糟，陆远怎么说也帮了褚祯大忙，褚祯即便将来登基，也不能瞬间翻脸无情……吧？

想起那张总是笑着的脸，简轻语也不大确定。

她在担心中跟着季阳赶路，因为路途遥远，她的身子从过了六个月后又一日比一日大起来，耗费在路上的时间比先前多了一半，足足走了一个多月才来到京都。

这一个多月为了尽可能快些，几乎每天都是风餐露宿，等到了京都时，简轻语整个人都瘦了一圈，只有肚子越发大了。

临进城前，季阳盯着她反复打量，简轻语被他看得后背都开始发毛了："……你到底在看什么？"

"看你啊，"季阳不满，"瘦了这么多，大人看见肯定会骂我。"

……就算她是胖的，这顿骂估计也是跑不了了。

简轻语心虚地咳了一声："你饿不饿，我们先找个地方吃点东西吧，吃饱了再去见他。"吃饱些，扛揍。

季阳想了一下，答应了："也行，吃点好的补补，看起来也能精神点。"

简轻语连连点头，跟着他往城里走，结果刚进城门，就听到前头传来一阵喧嚣，季阳听出锦衣卫同僚的声音，当即将马车停到一旁，对着马车里的简轻语叮嘱："你先等着，我去看看。"

"好。"简轻语答应完，将车帘掀开一个小小的空隙，便看到前方围了一群人，季阳一边呵斥一边挤开人群走了进去。

季阳过去之后，喧闹声非但没有减小，反而有越来越大的趋势，简轻语心下隐隐不安，到底还是戴上面纱下了马车。

前头围着的人越来越多，简轻语几次试图挤进去都失败了，最后一个大婶将她拉到一旁："你这妇人，怎么这般不知轻重，大着肚子还跑来看什么热闹。"

简轻语忙问："大娘，前头究竟是怎么回事啊？"

"好像是守城军同当值的锦衣卫发生了争执，仗着人多将锦衣卫给打了，现下又来了几个锦衣卫，两拨人便争执起来。"大婶试图解释清楚。

简轻语愣住了："我没听错吧，锦衣卫被打了？"这年头，还有人敢打锦衣卫？

一旁的书生听到她这般问，顿时笑了起来："这位夫人是多久没回京了，竟然不知如今的锦衣卫，已不是当初的光景了？当今圣上一登基便整治了他们，如今的锦衣卫不过是普通皇家侍卫，哪儿还敢像当初先皇在位时那般威风。"

简轻语蹙起眉头，正欲再问些什么，便听到一阵热闹，她下意识抬头看去，就看到巡城的官兵朝这边赶来，原本在看热闹的百姓顿时一哄而散，只剩下锦衣卫跟守城军还留在原地。简轻语踮起脚看了看，除了季阳，每个人的脸上都或多或少地挂了彩。

"光天化日之下闹成这样，成何体统?！"巡检使不悦地呵斥。

季阳闻言顿时心生不耐，然而还未开口说话，便被身侧的锦衣卫拉了一下。而守城军的头儿趁机开口："回大人，是锦衣卫招惹在先，他们没有出城令牌，却还要坚持出城，小的不肯，他们便动起手了！"

"你胡说！分明是你出言侮辱，我才动手的！"脸上挂彩最严重的锦衣卫怒道。

头儿当即瞪眼："说我出言侮辱，你有何证据？"

"我们可以做证！"剩下的几个锦衣卫立刻道。

几个守城军顿时嘲讽地笑了，头儿眯起眼睛讥讽："你们还真是一窝耗子不嫌臊，自己人给自己做证，亏你们想得出来。"

"你！"

"跟他废什么话，"季阳阴沉着脸开口，"将他们送去诏狱，关上三五日再论对错！"

几个锦衣卫闻言，顿时表情微妙，就连巡检使也忍不住笑了："诏狱？季大人是有多久没回京都了，还不知道圣上登基之后，第一件事便是废除了诏狱吗？日后若有犯人要审，最好是一并送到大理寺去。"

说完，他话头一转："来人，将这些锦衣卫都抓起来！"

守城军顿时得意起来。

"我看谁敢动！"季阳还未从诏狱被废的震惊中缓过神，闻言表情顿时难看起来，"你算什么东西，也敢抓我们?!"

一直观望的简轻语顿时暗道一声糟，拼命暗示他冷静，然而季阳看都没往这边看，只是脸色阴沉地盯着巡检使。

巡检使被他当众下面子，表情也沉了下来："与其问我算什么东西，不如问问你自己如今还算什么东西。来人，锦衣卫扰乱守城军公务、不敬巡检，给本官将他们抓起来，送到大理寺杖责三十！"

杖三十，即便不将人打死，也能打得终身残疾，刑罚不可谓不重。

"你敢！"季阳厉声呵斥。

巡检使冷笑一声："本官有何不敢？季阳，你真当如今还是锦衣卫的天下吗？"

眼看着巡逻的官兵要去抓人，简轻语顿时慌了，可又不知该做什么，正当焦急时，耳边突然传来悠远的马蹄声，她愣了一下抬眸看过去，就看到陆远身着暗红色飞鱼服，骑着骏马朝这边来了。

她顿时松一口气，悄悄躲到马车后头偷看。

巡检使看到陆远来了，眼底闪过一丝慌乱，但等他到跟前时还是镇定下来："陆大人。"

"不知我这几个手下犯了什么错，竟让李大人如此动怒？"陆远淡淡询问。

巡检使咳了一声："他们挑衅守城军、扰乱公务，卑职只能将他们抓了去。"

陆远半个眼神都不给他，径直看向季阳："是吗？"

"回大人，没有的事，是守城军不放我等出城，又出言侮辱在先。"季阳立刻道。

守城军的头儿当即不干了："你们没有令牌，如何能放你们出城?！至于出言侮辱，还是那句话，你们可有证据？"

季阳多少年没受过这种气了，当即又要跟他们吵，但当着陆远的面还是生生忍住了。

守城军见这群锦衣卫都不说话了，顿时得意起来，巡检使看着陆远笑了一声："陆大人，你也听到了，卑职也是按律办事。"

一直在偷听的简轻语顿时气愤，偏偏又做不了什么，只能听他强词夺理。

好在陆远很快便开口了："好一个按律办事，既然是按律，为何不知先皇钦定的律法中，有一条便是锦衣卫着飞鱼服时，自由出入各大城门，官不得纠，民不得扰，他即便没有令牌，守城军也没资格拦。"

巡检使愣了一下，很快又反应过来："这是以前……"

"以前？"陆远打断他的话，"你的意思是，一朝天子一朝臣，当年先皇定下的规矩，到了如今便不管用了？李成，你是想将当今圣上置于不忠不孝之境地？"

说罢，他看向几个守城军："还是说你们将先皇的话当作耳旁风？"

这么大一顶帽子扣过来，巡检和守城军瞬间腿软了，直接对着他跪了下去。

"大、大人，卑职绝没有那等大逆不道的想法，卑职只是一时忘了，是疏忽……"巡检使脸色苍白地解释。

守城军的头儿也急忙道："是是是，是疏忽了……"

季阳呼出一口浊气，眯起眼睛道："既然承认疏忽了，别忘了去大理寺领罚，我想想，也不必多，就三十棍如何？"

巡检使吓得直哆嗦："大人饶命！"

然而陆远神色淡淡，只看了他身后的人一眼，众人便赶紧押着巡检和守城军离开了。季阳怕他们逃避刑罚，便直接跟了过去。

简轻语躲在马车后头，眼睁睁看着季阳离开，正要忍不住提醒他自己还在时，剩下的几个锦衣卫突然被陆远踹倒在地上，她吓了一跳，顿时不敢吱声了。

几个锦衣卫重重摔在地上，却又在第一时间直起身跪好，绷紧的脸上是难以掩饰的紧张。

"我如何交代你们的？"陆远冷声问。

"……要谨言慎行，不可张扬放肆。"锦衣卫瑟瑟回答。

陆远眯起长眸："你们是如何做的？"

"卑职知错！"

"卑职知错！"

陆远冷峻地扫了他们一眼："闭门思过半月，若再有下次，直接卸职回家。"

锦衣卫们闻言脸色发白，应声之后便赶紧走了。

简轻语偷偷看着这一幕，再看陆远的表情怎么看都觉得可怕……他现在心情不好，她是不是应该识相点先躲起来，等他心情好了再见他？

正当她纠结时，独自站立的男人突然冷淡开口："还不过来？"

……应该不是叫她的吧，她一直藏得很好啊。简轻语纠结片刻，默默从马车里摸出自己的包袱，背在身上便打算离开。

"再走一步，我就打断你的腿！"声音更冷了一分。

简轻语猛地停下，小心翼翼地回过头，恰好驾车的马儿站得不耐烦了，往前走了两步，将她彻底暴露在他面前。

她尴尬地笑笑："你怎么知道我在？"

"一来就看到了。"这般鬼鬼祟祟的身影，除了她还有谁？

看着她明显清瘦了不少的脸颊，陆远不悦："你骗季阳带你回来的？"

"……为何是我骗他？"简轻语梗着脖子问。

陆远冷笑一声："不然呢？他敢主动违抗我的命令？"

简轻语："……"听起来是有点儿不可能。

经过刚才一场闹剧，现下周围的人不多，简轻语抿了抿发干的唇，小心翼翼地问："你要像踹他们一样，也给我来一脚吗？"

"我倒是想。"陆远表情冷淡，视线却落在了她越发圆润的肚子上。

简轻语见状立刻挺起肚子："培之，话话想你了。"

只一句话，陆远所有的不悦都烟消云散，他颇为头疼地叹了声气，主动朝她伸出手："走吧！"

简轻语嘿嘿一笑，刚要去牵他的手，想到什么后又紧张起来："等一下，不会被人发现吧？"

"既然怕被人发现，就不该跟着季阳回京，"陆远凉凉开口，"早在你们进城的时候，圣上怕是就已经知道了。"

简轻语："……"

第四十八章　分开

见简轻语突然不说话了，陆远唇角浮起一点弧度："现在知道怕了？"

"……不就是被圣上知道我回京了嘛，有什么可怕的，"简轻语破罐子破摔，"反正他早就知晓我与你的事了。"

她最怕的便是自己成为陆远的弱点，但来之前她仔细想过了，如今在位的，不是对她和陆远的事一无所知的先皇，褚祯若真要拿她做文章，即便她躲到天涯海角也没用，倒不如大大方方地回来，还能时时陪着陆远。

对于她的说法，陆远轻嗤一声，板着脸训人："还不回马车里？"

简轻语笑笑，赶紧回马车里坐下，待马车跑起来后，才掀起一角车帘看向驾马的陆远："没想到有朝一日，我能让陆大人给我做车夫。"

"坐稳，别贫嘴！"陆远不悦。

简轻语一听就知道他还在生气，赶紧缩回马车里坐稳了，陆远虽然没往后看，可也能想到她是何种模样，唇角的弧度便越发深了，只是笑过之后又觉得不该助长她的嚣张气焰，于是又强行板起脸。

二人很快回了陆府，陆远一边吩咐下人烧热水备餐食，一边将简轻语拎进了寝房，打算好好审问一番。

待房门关上的一瞬间，简轻语总算开始紧张了："你、你关门做什么？"

"你说我要做什么，"陆远将人按到椅子上，自己也拖了条椅子在她对面坐下，"不是让你去扬州吗，为何不乖乖听话？"

"我都要生了，你不在身边怎么行。"简轻语可怜地看着他，试图召唤他的同情心。

然而陆远不为所动："没抓到你的时候，你怎么没这么想？"

"……今时不同往日嘛。"简轻语底气不怎么足。

陆远不说话了，漆黑的眼眸只是盯着她看。

简轻语眨了眨眼，只好握着他的手放在自己的肚子上："话话是不是长大很多？"

"……嗯。"

掌下的肚子紧绷绷的，确实比之前大了不少，仔细摩挲还能感觉到孩子在动，陆远以为是自己的错觉，下一瞬简轻语便惊呼："他动了！"

"真的？"陆远抬眸看向她。

简轻语点头，看到他眼底的茫然后失笑："我就说了吧，话话想爹爹了。"

爹爹……陌生又熟悉的称谓让他心头一热，微妙的情绪突然滋生，陆远整个人都仿佛泡在温泉水里一般熨帖，方才还在气她擅自回京，这会儿倒是怎么都气不起来了。

见他不说话了，简轻语握紧了他的手："培之，我知道你送我去扬州是为我跟话话考虑，可是你越这样，我便越担心，所以让我留在京都好吗？"

"有什么可担心的，我能应付得来，如今的光景，也只是暂时的而已。"陆远蹙眉。

简轻语轻哼一声："既然你能应付，为何不肯让我留下？"

"我是……"

"我不听我不听！"简轻语捂着耳朵打断他，"你要是敢送我走，我就找根绳子吊死在你家门口，叫满京都的人都知道你陆远抛弃妻子违背良心！"

陆远沉着脸将她的手拉下来："胡说八道！"

"所以我能留下了吗？"简轻语眼巴巴地看着他。

陆远沉默不语。

简轻语咬着下唇，可怜兮兮地看着他。

"……别来这招，没用。"陆远不悦。

简轻语不听他的，依然装可怜。

一刻钟后，陆远板着脸，到底还是妥协了："那你乖一点，别乱跑！"

"嗯！"简轻语立刻点头。

陆远眼底闪过一丝笑意，无奈地摸摸她的脑袋，简轻语乖顺地笑笑，想到什么后又道："季阳也是被我骗了，你能别罚他吗？"

"轻易被一个小姑娘骗了，不该罚?"陆远反问。

简轻语干笑一声，试着为季阳辩解："其实也不能怪他，毕竟骗他的又不是普通小姑娘，连锦衣卫指挥使都上过她的当呢。"

"你还挺得意?"陆远扬眉。

简轻语赶紧顺毛："不敢不敢，小的只是说说而已。"

陆远这才放过她，只是季阳就没那么好的运气了，原本在大理寺盯着行刑，结果一半的时候突然想起马车里的简轻语，就赶紧跑回城门口找人，然而人不见了，马车也不见了。

他差点吓死，立刻去了陆府，见到简轻语后没等松一口气就被陆远拖去练刀了，一练便是一下午，最后还是简轻语以该用晚膳了为由，强行终止了这场单方面的殴打。

餐桌上，趁着陆远回屋更衣，季阳哆嗦地指着简轻语："……你这个、你这个害人不浅的妖精! 祸害! 我认识你真是倒了八辈子霉了!"

"抱歉抱歉，都是我不好，"简轻语亲自为他盛粥，"你辛苦了，多吃点。"

"吃什么吃! 我被揍了两个时辰，都是被你害的!"季阳怒气冲冲。

话音未落，陆远从内堂进来了，扫了他一眼后冷淡开口："谁害的?"

"……我，我自己，我识人不清，我没有脑子，大人您教训得对，卑职日后定当小心谨慎。"季阳接过简轻语递来的粥，含泪吃了一口。

陆远这才放过他，简轻语赶紧拍了拍旁边的椅子，示意他坐自己身边，陆远唇角浮起一点弧度，在她身侧坐定了。

季阳见他心情还算不错，赶紧问："大人，您揍也揍了，这事儿是不是就算了?"

"下不为例!"陆远开口。

季阳顿时又灿烂起来，将碗里的粥一饮而尽，又抬头看向简轻语。简轻语"哦"了一声，还未伸手去接，就听到陆远凉凉开口："手没用的话，可以剁了。"

季阳瞬间站起来，盛粥夹菜一气呵成。简轻语哭笑不得，干脆给陆远盛了一碗，陆远这回倒是没意见了。

季阳撇了撇嘴，正要继续吃饭时，就听到陆远淡淡道："你方才去了大理寺一趟，应该也知道了锦衣卫如今的处境，日后记住谨言慎行，切莫轻易与人起冲突。"

"……是。"季阳答应了，心里还是不服气，"大人，卑职不懂，您明明有从龙之功，为何圣上登基之后，不但没有嘉奖您，反而还要苛责锦衣卫?"

想想今日去大理寺，那些人眼中或多或少的轻蔑，他真是从入职时起便没有受过这样的委屈。

"先皇在时，锦衣卫得罪了太多人，圣上登基后便收到了许多弹劾的奏折，为了安抚朝臣百姓，对锦衣卫下手也不奇怪。"陆远神色冷淡，似乎早就猜到了。

季阳皱眉："那咱们日后就得夹着尾巴做人了?"

"倒也不必，只是短时间内难以再像先皇在时那般，"陆远看向他，"你且安分些，不要再像以前那般争强好胜。"

"知道了……"季阳丧着脸答应。

待一顿饭结束，季阳便离开了，简轻语挽着陆远的胳膊，两人在花园里散步，谁也没有开口说话。

不知过了多久，陆远打破沉默："还在想我饭桌上说的话?"

"嗯。"简轻语点头。

陆远安抚地握住她的手："不必担心，我说过，能应付。"

"万一应付不了呢?"简轻语蹙眉，"万一圣上接到更多弹劾奏折，一怒之下动了杀心怎么办? 毕竟锦衣卫以前……是挺缺德的，估计他做皇子时也不怎么喜欢你们。"

"原来在你心里，我就只是缺德?"陆远好笑，见她还想再说什么，便将她拢进怀中，"放心，做皇子和做皇帝是两码事，没人不喜欢锋利的刀，只是不喜欢被刀尖对着。"

当成为持刀的人，又如何会讨厌手中利器。

简轻语大约明白他的意思，抿了抿唇后抱紧了他。

这一晚之后，陆远越来越忙，每次到家已是深夜，简轻语每次想熬夜等着，最后都抵不过困意提前睡去，等再次醒来时已是天亮，陆远也就离开了。

整整三日，她都没见着陆远，只能去找季阳打听近来的状况。

从季阳口中，她得知锦衣卫又被圣上骂了，如今的地位连禁军都不如，仿佛人人都可以踩上一脚，鲜衣怒马的少年郎哪里受过这种气，即便被陆远叮嘱再三，还是同人起了几次争执，结果便是有人被陆远亲自逐出锦衣卫，剩下的也都挨了罚，如今都如丧家之犬一般。

然而即便如此，还是被人弹劾了，陆远这几日便一直在为此事留在宫中。

"这次其实也不是什么大事，只是起争执是和一个文臣，那群酸儒向来抱团，一听自己人被打了，也不管三七二十一，便直接跑去告状了，真是卑鄙，"季阳愤愤，"圣上也是，只关了咱们的人，却只字不提那个文臣。"

简轻语叹气："如今朝局不稳，圣上要笼络人心，自然柿子只能挑软的捏，不过应该也只是做个样子，过两日就放出来了。"

"不可能吧?"季阳迟疑。

简轻语笑笑："若那群文臣没有抱团弹劾，应该是不可能的，可既然这般做了，圣上即便有心罚锦衣卫，也不会再罚，否则叫那群文臣尝了甜头，日后岂不是要次次都用此招清除异党了?"

"你说的也有道理。"季阳皱着眉头点了点头。

简轻语看他一眼，又安抚了他两句，季阳眉间的褶皱总算没那么深了，转身离开时，突然想起自己今日来的原因："啊，大人让我同你说一声，他今晚或许能早些回来，你若是想同他一起吃晚膳，便等上一个时辰，若是一个时辰后还未回，你便自己用膳。"

"真的呀?"简轻语眼睛晶亮，看到他点头后顿时笑眯眯，"那我现在就去厨房，叫厨子多做两道他喜欢的菜。"

说着话，便往后厨走去。

另一边，皇宫中。

褚祯看完一份奏折，含笑看向身侧的陆远："站了一下午，可是累了?"

"回圣上的话，微臣不累。"陆远垂眸抱拳。

褚祯笑笑，正要再说什么，一个太监走了进来，直接在桌前跪下："给圣上请安。"

"叫你查的事可都查妥了?"褚祯随手又拿起一份奏折。

太监忙应声："已经查过了，孙大人与锦衣卫的争执，的确是因为孙大人先出言不逊。"

陆远顿了一下，这才正眼看向太监，太监被他看得一缩，干笑一声将头低

482

得更深。

褚祯闻言唇角上扬，扭头对陆远道："既然不是什么大事，待会儿你去大理寺，将那几个锦衣卫带走吧，关了这么久，想来也得到教训了。"

"多谢圣上！"陆远垂下眼眸。

褚祯脸上笑意不减，将太监叫过来对陆远介绍："对了，这是朕身边打小伺候的宫人来喜，办事还算妥当，你近来事忙，那些做不完的差事，朕打算叫他去做，你觉得如何？"

"微臣不敢有异议，只是朝中有律例，太监不得干政，叫他去做，会不会略有不妥？"陆远不紧不慢地开口。

"无妨，朕打算在宫中设东厂，厂务由来喜负责，日后与锦衣卫共同分担差事，至于律例……不过是跑个腿的活计，也算不上政务，"褚祯看他一眼，"自然，你若觉得不妥，不设也无妨。"

"微臣不敢，一切皆由圣上做主。"陆远语气平静，握刀的手却暴起了青筋。

褚祯失笑："你没意见便好。"

说完，他起身走到门口，抬头看向逐渐暗下来的天空。陆远抬脚跟了过去，刚在他身后站稳，便听到他缓缓开口："大皇子的余党都清算得如何了？"

"回圣上的话，已经快结束了。"陆远回答。

褚祯点了点头："你办事，朕一向放心。"

"多谢圣上！"

两个人突然沉默下来，谁也没有再说话。

天色渐渐晚了，随着越来越多的宫灯亮起，陆远的眉头也渐渐蹙了起来。本以为今日能早些回去，才让季阳跟她说的，结果没想到还是拖到了现在。

也幸好只让她等一个时辰，不至于太久。陆远微微放下心时，褚祯突然开口："她回京之后，便一直在你的宅子里住着？"

陆远眼底闪过一道暗色，面上却没有显露半分："回圣上的话，是。"

"到底还是个未出阁的姑娘，成日住你那儿算怎么回事儿，"褚祯回头，不认同地看向他，"待会儿朕叫宁昌侯去接她回家，你也回去知会她一声吧。"

陆远顿了顿，一时间没有开口。

"让她先回去，等过了这阵子，朕亲自为你们赐婚。"褚祯又道。

陆远这才看向他，与他对视片刻后低下头："是。"

褚祯抿了抿唇，突然转身离开了。

陆远见状，正要跟上去，便听到他淡淡开口："回去吧！"

"是。"陆远停下脚步。

褚祯离开后，陆远便也要出宫，只是还未走出殿门，方才唯唯诺诺的来喜便凑了过来，笑眯眯地同陆远说话："陆大人，日后咱们就是同僚了，你可要多多关照咱家呀。"

"同僚，"陆远眼底闪过一丝轻蔑，"你也配？"

来喜愣了一下，顿时脸色难看："咱家配不配可不是你陆大人说了算的，一切还是要听圣上的。"

陆远轻嗤一声，转身便往外走，来喜气得呼吸都颤了，直到他走远了才敢大声骂了一句："什么东西！"

临近夏日，方才还蒙蒙亮的天儿，眨眼便彻底黑了下来。

因为今日之事，陆远一路上都气压极低，直到回了家，看到简轻语在昏黄的烛光下等他，他的表情才算好一些，只是一想到她马上便要离开，心情又没那么好了。

"不是跟你说了，一个时辰等不到我，便不必再等了吗？"陆远进屋时，看到她瞬间亮起的眼眸，唇角便克制不住地上扬。

简轻语忙迎上来："我点心吃多了，不大饿，便继续等了。"

陆远抬手，将她扶到桌边坐下："今日话话可有打扰你？"

"没有，他很乖。"简轻语笑眯眯道。

陆远点了点头："那就好。"

"你饿坏了吧，我特意叫厨房多做了几道菜，你快尝尝。"简轻语说着，便开始给他夹菜。

陆远看着她乖巧的模样，静了静后缓缓开口："今日圣上同我提起你了。"

简轻语夹菜的手猛地一停，略带紧张地看向他："他说我什么了？"

"没什么大事，只是说你没名没分地留在陆家对声誉不好，所以要你父亲接你回去。"陆远安抚地握住她的手，拇指指腹在她手背上轻轻摩挲。

简轻语还是紧张了："他要将我活着的事告诉父亲？"

"别怕，圣上已经答应了，过了这段时日，他便为我们赐婚。"陆远安慰。

简轻语皱眉："赐什么婚，我们孩子都要生了，何须他来赐婚，他不知道我有身孕了吗?"

"他没有提过，想来是不知道的，你且回家住一段，我会尽快娶你进门。"陆远轻笑。

简轻语咬唇："尽快是多快，话话都快出生了……"

"即便是回宁昌侯府，我也会时常去看你，"陆远又道，见她还是不情愿，只能继续哄，"听话，话话出生之前，我肯定接你回来。"

简轻语见他这样保证了，也只好点头答应，两个人一同用了膳，便一同坐在前院等宁昌侯。

宫里的人告知宁昌侯后，宁昌侯便马不停蹄地赶来了，见陆家大门没关便直接骑马冲了进来，看到简轻语站在院子里后顿时红了眼眶。

"轻语!"他激动得破了音，翻身下马，直直朝她冲去，然而还未跑几步，便看到了她的肚子，瞬间又停了下来。

"这是……这是……"他声音颤抖。

简轻语干笑一声，正要解释，陆远便走上前去行了一礼："侯爷。"

宁昌侯愣了一下，回过神后怒从心头起，直接一拳砸在了陆远脸上，陆远的唇角瞬间破了，鲜血顺着唇角滑落。

简轻语吓了一跳，见宁昌侯还要动手，急忙将陆远拉到身后："父亲! 您这是做什么?!"

"你让开，你让开!"宁昌侯气得直哆嗦，"我要打死这个混账羔子!"

"父亲!"简轻语忙伸手去拦。

陆远扶住她："你先去一旁，我同侯爷解释……"

"有什么可解释的! 老子要弄死你!"一向文雅的宁昌侯破口大骂，挽着袖子便又要动手。

简轻语见状，急忙"哎哟"惨叫着捂肚子蹲下了，陆远和宁昌侯表情都变了，一左一右扶住了她。

"怎么回事儿?"

"我去叫大夫。"

陆远说完便要离开，简轻语急忙扯了一下他的袖子，在宁昌侯看不到的角度朝他眨了眨眼，陆远顿了一下，眉头皱得极紧。

简轻语见他停下了，便理直气壮地去抱怨亲爹："我肚子疼，肯定是被您吓着了。"

"我、我、我什么也没做啊！"宁昌侯瞪大眼睛，赶紧将她扶到椅子上坐下，"现在呢？还疼吗？"

"好多了，您别大声嚷就行。"简轻语认真道。

"我怎么就大声……"宁昌侯不悦，说到一半想起什么，声音瞬间小了一半，"怎么就大声了？我恨不得杀了他，这声音已经够小了！"

"行了，我们的事，等我回去了再跟您解释，"简轻语说完便站了起来，抚着肚子要往外走，陆远要上前扶她，却被宁昌侯给推开了，简轻语无奈地看了陆远一眼，"父亲骑马来的，你备一辆马车。"

"好。"陆远当即叫人送了辆马车过来，宁昌侯冷眼旁观，等马车来了亲自将简轻语送了上去。

简轻语坐在马车里，撩开车帘看向陆远，陆远立刻道："我同你一起回去。"未婚有孕是大忌，他不想她一个人承受。

"放心，我一个人也可以，"简轻语含笑点了点唇角，"你记得敷药，这几日别吃辛辣。"

"知道。"见她主意已定，他也只好妥协。

简轻语依依不舍："那我回去了啊。"

"好。"陆远颔首。

宁昌侯气不顺，连车夫也不等了，直接自己驾着马车离开了，简轻语扒着车窗，无声地提醒陆远今晚别去找她。

陆远抿了抿唇，目送她离开了。

第四十九章　不安

夜色已深，宁昌侯府灯火通明，简震扶着秦怡站在大门口，英儿躲在门后东张西望，当听到马车驶来的声音后，众人同时朝着路上看去。

马车由远及近，眼看着驶到了跟前，秦怡看到是宁昌侯亲自驾车后，笑着迎了上去，然而还未说话，马车就从她面前呼啸而过直接进门了。她愣了一下，赶紧叫上简震回府，英儿也一路小跑追了过去。

马车一路跑到了简轻语的别院才停下，宁昌侯下来后，怒气冲冲地看向院中正在洒扫的人："都给本侯滚出去！"

众人闻言急忙跑了出去，匆匆赶来的秦怡等人待下人们都离开后才进院，秦怡见宁昌侯面色铁青，再看安静无声的马车，一颗心悬了起来："侯爷，可是轻语有什么不妥？"

"不妥？那可真是太不妥了！"女儿失而复得的喜悦过后，宁昌侯只觉愤怒，咬着牙看向马车，"简轻语，还不给我下来？叫夫人跟你弟弟都看看，你究竟有什么不妥！"

话音刚落，一只素手便掀开了车帘，英儿急忙上前搀扶，下一瞬便看到了她的肚子，顿时震惊地睁大了眼睛。

简轻语朝她眨眨眼："好久不见。"

"大小姐……"英儿迷茫地抬头，对上她含笑的眼睛后愣了愣，这才回神，急忙将她从车上搀下来。

等她在地上站稳后，秦怡和简震也看清了她的身形，顿时怔在了原地，简震更是沉不住气，震惊之余忍不住问："大姐，你这是……"

"嗯，你有小外甥了。"简轻语笑道。

简震惊恐地睁大了眼睛。

宁昌侯闻言更加恼怒："什么小外甥，你未婚有孕，就不觉得羞耻吗?!"

说完他想到简轻语方才腹痛的模样，又强行忍住怒气："罢了！说起来此事也不一定是你的错，你跟我说实话，可是那陆远强迫你了?!"

"陆远……"秦怡惊呼一声，赶紧捂住了嘴。

简轻语抿了抿唇："他没有强迫我，我与他都是真心……"

"我呸！"宁昌侯克制怒气失败，气得跳了起来，"你与他面都没见过几次，哪儿来什么真心？我看是他花言巧语将你哄骗了！你说实话，是不是那日你落水之后，他将你抓去囚禁，一直到今日事情败露才放你回来?"

"没有的事，我落水之后便悄悄回了漠北，他同你们一样以为我死了，若非后来查到蛛丝马迹，也不会找去漠北将我带回来。"简轻语蹙眉。

宁昌侯瞪眼："一派胡言，你觉得我会信?"

"侯爷，轻语兴许说的是真的，"秦怡忙低声劝了一句，接着犹豫地看了简轻语的肚子一眼，小心翼翼道，"我看她如今的模样，不像是落水之后才有的。"

"对，落水之时，我已经有将近两个月的身孕了。"简轻语大方承认。

简震倒抽一口冷气："所以你跟陆远……"

"嗯，我们很早就认识了。"简轻语点头。

简震闻言立刻看向宁昌侯，然而宁昌侯已经傻在原地了，睁大眼睛呆滞地看了简轻语许久，终于颤巍巍地吸了一口气："简、简轻语，你可真是深藏不露……"

简轻语上前一步："父亲……"

"别叫我，我没你这样的女儿！"

宁昌侯震怒，用手指着简轻语的方向狠戳几下空气，像是气极了要动手的样子，吓得英儿急忙扶紧了简轻语。

简轻语安抚地拍拍英儿的手，抿了抿唇后开口："反正事情已经是这样了，圣上也已经答应，过一段时间会为我们赐婚，父亲，您还是尽早接受吧。"

"赐婚？又是赐婚！"宁昌侯气笑了，"先皇已经坑过我一次，害得我的女儿有家不能回，新帝又要用同样的法子坑……"

"父亲，慎言！"简震急忙提醒。

宁昌侯瞬间清醒，哑了半晌后呼出一口浊气："总之我不答应，哪怕落个抗

488

旨不遵的罪名，我也不会答应！至于你腹中的孩子……"

简轻语警惕地护住肚子："已经七个月有余，若你对孩子做手脚，便是一尸两命。"

"我还没那么下作！"宁昌侯愤怒，"但为了简家的声誉和你的将来，这孩子留不得，待出生之后，我会送到祖宅交给嬷嬷养，你跟陆远不管以前怎样，今日起必须断开！"

"不可能，"简轻语眉头皱了起来，"我跟陆远绝不分开，你若执意反对，我现在就离开。"

"你是我简业的女儿，这里便是你的家，想走？没那么容易！"宁昌侯气恼。

简轻语不悦："我的家？父亲怕是忘了，我的家在漠北，不在京都。"

"你！"宁昌侯恨得眼睛都快瞪出来了，"好啊，我就知道你心里怨恨我，你如今总算肯承认了是吧。"

"父亲，我现在很累，不想同您吵。"简轻语蹙眉。

宁昌侯闻言越发愤怒，只是还未开口说话，秦怡就急忙拉住了他："行了行了，轻语刚回来，有什么事明日再说吧！"

"对对对，大姐一看就累坏了，父亲还是先回去吧。"简震说着，便扶着简轻语往屋里走，将人送进屋后又折回来劝宁昌侯，总算是将这父女俩分开了。

院子里的吵闹声逐渐远去，简轻语在桌边坐下，英儿将门仔细关好，赶紧倒了杯凉茶送来："大小姐，快润润嗓子。"

简轻语笑笑，接过杯子轻抿一口，这才逐渐放松下来。

英儿一脸稀奇地看着她的肚子，想伸手摸摸又不敢，只能在她周围不住打转，简轻语看得好笑，便握着她的手放在了自己的肚子上。

英儿惊呼一声："他是不是动了？"

"没有，你多心了。"简轻语失笑。

英儿惊奇不已，好半天才依依不舍地松开："大小姐，您方才说的是真的吗？真是九爷接您回来的？"

"嗯。"

"他是不是强迫你了？"英儿担心。

简轻语笑了："没有，是我主动跟他回来的。"

英儿顿了一下，仔细观察她的表情，最后也跟着笑了："奴婢懂了，大小姐如今跟九爷已经心意相通，要安生过日子了。"

"对，要安生过日子了，"简轻语伸了伸懒腰，"我呀，现在就指望锦衣卫的风波赶紧过去，然后跟陆远完婚。"

"真好，奴婢先恭喜大小姐。"英儿笑着追了过去。

主仆二人说了大半夜的话，直到简轻语撑不住睡了过去，英儿才小心地将她扶躺下。还未等为她盖上被子，一只手便将薄被拿走了。

英儿吓了一跳，看清是谁后忙福了福身："九爷。"

"才睡着?"陆远低声问。

英儿点了点头："是刚睡着。"

陆远应了一声，为简轻语将被子盖好，这才抬头看向英儿："今日回来之后，侯爷可有为难你家小姐?"

英儿顿了一下，迟疑地开口："侯爷是发了很大的火，不过也没怎么为难大小姐，只是……"

她犹豫着不知该不该说。

陆远扫了她一眼，了然："侯爷不答应我们的事?"

"侯、侯爷也许只是在气头上，他那么疼小姐，总会答应的。"英儿赶紧道。

陆远扯了一下唇角，倒没有太多的反应，只是专注地看向简轻语："你下去吧!"

"是……"英儿应了一声，便急忙离开了。

待她走了之后，陆远握住简轻语的手，半晌在她耳边低声道："辛苦你了。"

睡梦中的简轻语轻哼一声，下意识往旁边拱了拱，没找到熟悉的怀抱，当即不满地蹙起了眉头。陆远失笑，只能在她身侧躺下，安分地做她的枕头。

简轻语一直睡到日上三竿才醒来，睁开眼睛后笨重地翻个身，抱住旁边的枕头后嗅到熟悉的皂角气，不由得扬起唇角。

"大小姐，您醒啦，"英儿一进来就看到她在笑，于是也跟着笑了起来，"怎么这么高兴?"

"昨晚陆远来过?"简轻语问。

英儿惊讶："您怎么知道?"

"有他的味道。"简轻语说着话，便扶着床起来。

英儿赶紧上前将她扶起来，等她坐稳后才提起昨晚的事，简轻语含笑听着，洗漱之后便要去园子里散步，结果刚一出院子，便遇上了寻来的简震。

简震看到她愣了一下，忙过来扶住她："父亲请了大夫过来，要为你诊平安脉。"

"我好好的，不用诊。"简轻语不太想去。

简震叹气："父亲昨晚火气一散，便开始担心你会伤心致病，今日一大早便去请了大夫来，你还是去一趟吧！"

简轻语闻言，也只好答应了。

简震顿时松一口气，笑着扶她往主院走，一边走一边好奇她腹中孩儿的事，简轻语含笑一一解释，直到快进主院时，她脸上的笑才淡了些。

"父亲也是担心你，你别跟他吵了。"简震小声提醒。

简轻语抿了抿唇，走进院子后看到宁昌侯，主动打了声招呼："父亲。"

宁昌侯眼下一片黑青，一看就是没能好好休息，看到她来了抿了抿唇，疲惫地点了点头："大夫在屋里，你进去吧！"

"是。"简轻语应了一声，便在简震的搀扶下进屋了。

宁昌侯看着她略显蹒跚的背影，想说什么又说不出来，最终化作一声叹息。

请过平安脉后，简轻语和宁昌侯的关系便缓和了许多，两人谁也没有再提先前争吵的事，时不时还会一同用膳。这样过了一段时间后，宁昌侯逐渐不再排斥她腹中孩儿，时不时还要关心两句，每当听她说孩子在动时，也会忍不住笑。

唯一的美中不足，便是宁昌侯不许她出家门半步，连英儿也一同禁足了。不能出门，便意味着无法探听消息，虽然每天晚上陆远都会过来，可她担心他报喜不报忧，因此总是挂心。

"这阵子先依着他，等到你的事情都解决了，我们再提成亲的事，"简轻语枕着陆远的肩膀，仰头看向他的脸，看到他越发锋利的下颌线后，顿时有些心疼，"其实成亲的事也没那么着急，我现在月份大了，也没办法行一天的礼，倒不如等到生完之后再成亲，你……最近还顺利吗？"

陆远安抚地摩挲她的肩膀："放心，一切都好！"

"当真？"简轻语蹙眉，"既然一切都好，你近日为何来得越来越晚？"

"事务繁忙，你若不喜欢，明日起我来得早些。"陆远低声道。

简轻语听出他声音里的疲惫，急忙摆了摆手："还是不要了，你且忙你的去，我一切都好，你不必担心。"

陆远轻笑一声，在她唇上印下一吻。

简轻语轻叹一声，抬手摸了摸肚子："已经快八个月了，我听大夫说，若是小子，说不定下个月就出生了，若是小姑娘，那便是下下个月的月初，姑娘比小子要晚一些。"

"是嘛。"陆远声音温柔。

简轻语挣扎着坐起来，一脸好奇地问："你喜欢姑娘还是小子？"

"你生的，我都喜欢，"陆远也跟着坐了起来，"但不管是什么，咱们只要这一个。"

"……为什么？不想好事成双吗？"简轻语歪头。

陆远唇角翘了翘，捏住她圆润却略显憔悴的脸："不想，你太辛苦了。"

"我也觉得，不论男女，有这一个便很好了。"简轻语笑了起来。

陆远抬手摸摸她的肚子，突然问："除了漠北，你可还有其他喜欢的地方？"

简轻语顿了一下："为何这样问？"

"没什么，只是随便问问。"陆远轻笑，眼底是她看不懂的情绪。

简轻语与他对视着，逐渐有些不安："你、你是不是有什么事瞒着我啊？"

"我能瞒你什么？"陆远失笑。

简轻语咬了咬唇："我也不知道，可总觉得你有事瞒着我。"

"别胡思乱想，没有的事，"陆远摸摸她的头，"我只是想，等过一阵子，带你出去走走。"

简轻语咬唇："过阵子话话便出生了，哪还有工夫出去乱跑。"

"也是，是我想得太轻松了。"陆远唇角扬起。

简轻语仔细打量他，始终没发现什么不对，可心里的不安却在逐渐扩大。

夜色已深，简轻语总算睡着了，陆远为她盖了被子，转身往外走。他一离开，简轻语便睁开了眼睛，蹙着眉头看向门外，许久之后叹了声气。

宁昌侯府的灯笼都熄了，偌大的府邸中一个人影都没有。

陆远平静地走路，快走到后门时，突然停顿一瞬，片刻之后对着前方的人影抱拳："侯爷。"

"本侯身份低微，担不起陆大人的礼，"宁昌侯忍着怒气嘲讽，"我说那丫头都被禁足了，怎么还一副不慌不忙的样子，原来是陆大人日日前来照应，陆大人也真是有空，如今整个锦衣卫都要被东厂代替了，还有工夫来本侯府上。"

陆远抿了抿唇，这才缓缓开口："侯爷不必担心，锦衣卫不会被取代，待这段时日过去，陆某会给侯爷一个交代。"

"交代？你拿什么交代，即便锦衣卫不被取代，将来也必定不如从前，你将满朝文武都得罪了个遍，真当圣上能护你一世？若你真有良心，就该放过轻语和她腹中的孩儿，而非现在这样纠缠不放！陆大人请吧，烦请日后不要再来！"宁昌侯说着，给他让出一条路。

陆远垂下眼眸："轻语正值关键时期，恕陆某无法答应侯爷的要求。"

"你！"

"但请侯爷放心，若陆某真有沦为阶下囚那一日，定然不会牵连她。"陆远说罢，径直往外走去，走到半路时突然停下脚步，"她虽未出门，可如今也已经开始挂心我，若无意外，明日会叫英儿出门打听消息，侯爷不妨松松手，让英儿出去一趟，也好叫她放心。"

宁昌侯愣了一下，不由得皱起眉头。

陆远没有再多说，径直出门去了，一出门便对上了季阳的视线。

"大人。"季阳勉强笑笑，显然听到了他们的对话。

陆远看他一眼，抬脚上了马车，季阳立刻驾着马车离开，一路沉默地回了陆府，眼巴巴地看着陆远从马车里出来。

"想说什么直说就是。"陆远淡淡开口。

季阳叹了声气："大人，咱们当真能熬得过去？"

别人不知道，他心里却是清楚的，这阵子圣上将锦衣卫所有差事都交给了东厂，也不许锦衣卫再招人，明显是要架空锦衣卫，而弹劾锦衣卫的奏折越来越多，恐怕要不了多久，圣上就要取缔锦衣卫了。

对于曾经得罪满朝文武的锦衣卫来说，一旦失去了权力，便成了人人都能轻易诛之的蝼蚁，恐怕连保命都会变得困难。

想到这些，季阳难免忧心忡忡："大人，难道我们真的要坐以待毙？"

陆远垂下眼眸，安静地看着青石板之间的地缝，许久之后清冷开口："自然不会。"

季阳抬头看向他。

"只要圣上发现东厂无法代替锦衣卫，他自然知道该如何取舍。"陆远不急不缓地开口。

季阳愣了愣："大人，您的意思是……"

陆远清冷地看了他一眼，季阳顿时升起更重的忧虑："万一被圣上发现，锦衣卫的处境会不会更糟？"

"如今只能赌一把，"陆远眉眼冷峻，"且看圣上会如何取舍了。"

季阳抿了抿唇，觉得褚祯身为一国之君，大概率还是会留用锦衣卫，他们赌这一把其实不算亏。这般想着，便郑重点了点头："该怎么做，卑职但凭大人吩咐。"

"不着急，明日先帮我去办点事。"陆远缓缓开口。

季阳顿了一下，表情逐渐严肃起来。

一夜稍纵即逝。

简轻语一大早便醒了，蹙着眉头叫来英儿，与她说了些什么。英儿连连点头，主仆二人商议好后便往后门去了。

"大小姐，确定这招能行得通吗？万一被发现了怎么办？"英儿还是有些担心。

简轻语微微摇头："放心，你等一下先藏起来，听我命令行事，肯定不会有问题。"

"好，奴婢都听您的。"英儿忙答应。

二人说着话往前走，快到后门时英儿躲了起来，简轻语一个人走到门口，突然抱着肚子喊痛。守门的两个下人急忙冲了过来，想扶又不敢扶，只是连连问她如何了。

简轻语继续喊痛，趁二人没注意对英儿使了个眼色，英儿赶紧贴着门溜出去了。简轻语这才松一口气，清了清嗓子后站起来了。

英儿一路跑到集市上才敢停下，四下看了一圈后，将目光落在整日守着集市的摊贩身上，正要抬脚过去打听，就听到角落里有人聊天——

"听说了吗？圣上又开始重用锦衣卫了。"

"当然听说了，这锦衣卫的命可真够硬的，那么多朝臣弹劾，愣是没伤到他们分毫，看来他们也是真有能耐。"

英儿猛地停下脚步，支棱着耳朵仔细听，听完正要上前仔细询问时，宁昌侯的马车突然经过。她认出后吓了一跳，怕被发现端倪，便急急忙忙回去了。她离开后，躲在角落的季阳松了一口气，转身往户部去了。

简轻语还在后门徘徊，以为英儿得过一会儿才能回来，正思考要不要回屋等着时，就听到了英儿在外面的声音，只能赶紧跑去门口装肚子疼，用同样的法子帮英儿溜了进来。

英儿知道简轻语着急，一进门便将刚才探听到的消息说了，简轻语微微松了一口气，眉眼间都染上了笑意："这么说来，陆远没有骗我，当真熬过去了。"

"嗯，大小姐只消等着便好，恐怕过不了几日，九爷便要上门提亲了。"英儿笑眯眯道。

简轻语唇角上扬，坚定地点了点头。

当天晚上，陆远便来了，简轻语一看到他便扑了过去。

陆远吓了一跳，急忙将她护住："怎么这般高兴？"

"看到你，自然就高兴了。"简轻语笑弯了眉眼。

陆远眼神微缓，将她扶到床边坐下，简轻语倚着他聊天，聊了一会儿后陆远突然道："我过几日可能要去远县办点事儿，到时候若没来看你，你不要着急。"

简轻语抬头："要去多久？"

"还不确定，也许不会去，去的话或许会久一些。"陆远平静解释。

简轻语不高兴："那要是去的话，岂不是不能看到话话出生了？"

陆远沉默一瞬，最终握住了她的手："我尽量不去。"

简轻语叹气："算了，你还是去吧，圣上好不容易重新重用你，你还是做事认真些好。"

"喃喃真乖。"

简轻语笑了一声，又同他说了些别的，最后在他的视线下逐渐困了。迷迷糊糊入睡时，她突然想到陆远并未跟她提过重新重用的事，可她说起时怎么不见陆远惊讶？

刚冒出这个疑问，她便彻底睡了过去。

第五十章　还要隐瞒

接下来几日，陆远如往常一般每到夜晚就来陪她，只是来得越来越晚，每次来时眼底的疲意也越来越重，简轻语看在眼中十分心疼，几次都叫他不必日日都来，他却依然坚持。

这样持续了五六日后，他终于答应不来了。

"后天我就要去远县了，这两日要好好休息，便不过来了。"他低声道。

简轻语松了口气："早就不该再来了。"

"这么不想见我？"陆远扬起唇角。

简轻语斜睨他一眼："我是怕影响你休息。"

"不会，只是这阵子有些忙而已。"陆远坐在床边低声道。

简轻语看着他略显苍白的脸色，半晌突然问："确定没什么事吗？"

"能有什么事？"陆远反问。

简轻语抿了抿唇："没什么，我只是担心你而已。"

这些日子以来，不论是英儿从外头得到的讯息，还是简震从父亲那里探听来的，抑或是陆远亲自与她说的，似乎都在表明一切都好，按理说她该放心了才对，可事实上她反而越发紧张，尤其是陆远近日的状态，即便掩饰得很好，她也能窥见他的疲惫。

若真一切都好，他又怎会是现在这样？

简轻语深吸一口气，一脸认真道："若有什么事，一定要告诉我，你要是敢瞒着我，我可就生气了。"

"你生气了会如何？"陆远唇角勾起一点笑意。

简轻语轻哼一声："那我就不要你了。"

陆远唇角的笑瞬间淡了，下意识抬手想将她抱进怀里，但想到什么后又猛地停下。

"抱我啊!"简轻语眼巴巴地看着他,显然也注意到了他的动作。

陆远无奈一笑,只能伸手去抱她,但在抱的时候多了一分小心,只是虚虚将人拥住:"我在这世上,最喜欢的便是你了。"

简轻语心软得一塌糊涂,像拍孩子一般轻拍他的后背,结果刚拍一下,就察觉到他的后背猛地绷紧。

简轻语意识到不对,立刻坐了起来:"怎么了?"

"没事儿。"陆远平静回答,只是本就苍白的脸色越发不好了。

简轻语蹙眉:"将外衣脱了!"

"真的没事……"

"快点!"简轻语打断他的话。

陆远顿了一下,这才缓慢地解开腰带。

当衣衫一件件褪下,露出坚实的肌肉,肌肉上的伤痕也就显露出来。简轻语看着一道道微微裂开的伤痕,虽然没有伤及筋骨,可皮肉撕裂外翻,看起来也十分严重。

她眼圈渐渐发红,半晌哽咽开口:"怎么弄的?"

"出去办事时被暗算了,不算什么大事,"陆远低声宽慰,"今早刚伤的,所以看起来有些夸张,明日就好了。"

"真的是被暗算了吗?"简轻语看向他,"可我怎么觉得,像是被打出来的?"

陆远顿了一下,失笑:"真是什么事都瞒不过你。"

"究竟是怎么回事儿?"简轻语急忙问。

陆远唇角微扬:"真的只是一点小事,锦衣卫做事出了纰漏,我这个指挥使自然要受罚。"

简轻语听得心里难受,深吸一口气才没哭出来:"不是说一切都好了吗?"

"是好了,可不管好不好,做错事都要受罚的不是?"陆远低声安慰。

简轻语勉强扯了扯唇角,结果笑得比哭还难看:"我来京都时师父给我准备了金疮药,你先用一些。"

说着话,便起身去翻自己的包袱,结果翻了半天什么都没找到,两只手握着不知名的药瓶微微颤抖。陆远轻叹一声,从她背后将手伸过去,在一众药瓶中找到一个："来吧，给我上药！"

简轻语抿了抿唇，红着眼角抬头："我是不是很没用？只能看着你受苦，却半点也帮不到你。"

"不要胡思乱想，你只要跟话话都平安，便是帮我最大的忙了，"陆远安抚，"快点过来，我的伤口疼。"

简轻语闻言，咬着下唇走了过去，为他仔细地上了一层药。

当晚休息时，简轻语怕碰到他的伤口，便跟他离得远远的，只是睡熟后还是被陆远拉进了怀里。她在睡梦中轻哼一声，枕到陆远的胳膊后才算彻底睡踏实，而陆远睁着眼睛一夜未睡，翌日天不亮便起来了。

简轻语睡得迷迷糊糊，听到他的动静后挣扎着半睁眼睛："你要走吗……"

"嗯，今晚我就不过来了，等到远县的事都办妥了，我再回来找你。"陆远在她额上印下一吻。

简轻语低低地应了一声，便敌不过困意再次睡去，陆远失笑，盯着她看了许久才离开。

简轻语醒来时，天光已经大亮，身边也不见了陆远的踪迹，她孤零零地坐在床上发了许久的呆，直到英儿进来才回神："英儿。"

"大小姐，你醒啦。"英儿上前。

简轻语抿了抿唇："你再出去替我打探一次消息。"

英儿愣了一下，不明所以地点了点头。

她们还是用上次的办法，英儿顺利出去后，没过多久便回来了，一见到简轻语便直接开口："奴婢已经打听过了，锦衣卫前两日办差时的确出了纰漏，九爷也是因此才被罚的。"

简轻语蹙眉："你这次是从哪儿打听的？"

"奴婢听大小姐的，多去了几个地方，戏园子门口、酒楼，还有集市，奴婢都去了，锦衣卫一向是京都百姓最喜欢的谈资，想打听到这些也不难。"英儿笑道，"听说九爷被罚之后，圣上还叫人送了补品过去，想来还是看重九爷的，大小姐这下总该放心了。"

她说罢，看到简轻语忧心忡忡的模样，愣了愣后不解地问："大小姐，这不是好事吗？您怎么不高兴。"

498

"我只是觉得，你打听消息太容易了。"简轻语长舒一口气。

英儿不太明白，还想继续追问，简轻语却疲惫地摇摇头，轻易将此事揭了过去。

接下来一整日，她都老老实实地待在寝房，只有晚膳后去园子里转了一圈，不出意外在那里看到了喂兔子的简震。

"我记得先前就两只，如今怎么这么多了？"简轻语含笑上前。

"大姐，"简震听到她的声音立刻站了起来，见她一直盯着兔子，不由得叹了声气，"我养之前也没想到兔子这般能生，如今已经送出去几窝了，还是这么多，父亲都生气了。"

"花园都要啃秃了，难怪父亲生气。"简轻语扬唇。

简震耸耸肩："这些兔子难闻得很，我扶大姐去别处走走吧！"

"也好。"简轻语说完，便朝他伸出了手。

简震立刻扶着她往外走，姐弟俩走了一段后，简轻语突然握紧了他的胳膊，压低声音开口："震儿，能帮我个忙吗？"

简震愣了一下，忙低下头认真听，听完之后有些为难，半晌还是点头答应了。

简轻语松了一口气，同他走了一段后便转身回房了。

如陆远所说，这一晚他没有再来。

这还是她回京之后，第一个没见到陆远的夜，一时的不适应，以及沉甸甸的肚子，都让她难以入眠。简轻语躺在床上翻来覆去，脑子里不断闪过自己与陆远这段日子的点滴，越想心情便越沉重。

就这么辗转到天亮，她便立刻起床了。

半个时辰后，简震坐着侯府的马车，大摇大摆地出了侯府。然后马不停蹄地往前跑，一直跑到离侯府极远的地方，才逐渐慢了下来。

马车里，简震看着乔装之后的简轻语，低声问："大姐，我们现在去哪儿？"

"先去一趟锦衣卫的府衙。"简轻语缓声道。

简震点了点头，吩咐车夫往前走，二人不一会儿便到了府衙。

简轻语掀开车帘往外看，只看到昔日威严的府衙牌匾，此刻蒙上了一层灰尘，值守的锦衣卫也神色恹恹，一副无所事事的模样。不一会儿，季阳从里头出来，简轻语赶紧将车帘放下来点，本以为又要像之前一样被发现了，结果季阳只是在门口张望一圈，似乎在等什么人，没等到便木着脸回去了。

她心中微沉，放下车帘后示意马车离开。

马车继续往前走，简震这才开口："大姐，昨晚我们见面之后，我又出门一趟，特意找我那些朋友打听，发现跟父亲说的不太一样。"

简轻语抬眸："什么不太一样？"

"父亲不是说圣上依然重用锦衣卫嘛，可我那几个朋友却说，圣上如今真正重视的是东厂，锦衣卫的很多差事都交给东厂了，"简震说完直皱眉头，"我最近一直被母亲逼着读书，所以没怎么出去，这么大的事不知道也正常，可父亲日日上朝，怎么也不知道？"

简轻语扯了一下唇角："大约是猜到我会找你打听吧。"

简震不解地看向她，半晌回过味来，脸色都变了："所、所以他是因为怕你伤心……大姐，你没事吧？孩子没事吧？"

"我能有什么事，是他们将我想得太脆弱了，"简轻语皱起眉头，"行了，走吧！"

"去哪儿？"简震紧张。

简轻语冷笑一声："还能去哪儿，找季阳。"

陆远说今日去办差，别管是真是假，这个时候去陆府想来是找不到他的，就只能去找还在府衙的季阳了。

简震连忙点头答应。

一刻钟后，马车重新回到了府衙，只是这一次没有像先前一样躲在角落，而是停在了正门口。

季阳听说简震来找自己时先是一蒙，接着赶紧跑出去，一看到马车前的简震，当即抓住了他的领子："突然跑来干吗？是不是简轻语出什么事了?!"

"没、没有，"简震对锦衣卫还是有阴影，吓得赶紧指了指马车，"是我大姐找你。"

季阳一愣："谁？"

"我大姐。"简震认真回答。

季阳迟钝半晌，默默扭头就走，刚走出几步，马车里传出简轻语幽幽的声

500

音："你若再往前一步，我就从马车上跳下去。"

"……马车又不高，跳也不会怎么样。"季阳嘟囔一句，却老老实实地停下了。

"上车。"简轻语淡淡开口，简震当即将车帘掀开。

季阳嘴角抽了抽，只能硬着头皮上去了。

等他坐稳之后，马车便再次跑了起来，一路上简轻语一句话都不说，季阳几次与她寒暄都失败了，最后只能找简震说话，简震还有些怕他，见状直接假装睡着，季阳无奈，只能心虚地坐着。

好在没坐太久，马车便停下了，他赶紧下马车转了一圈，这才回到车前："这里是河边，没什么人，有什么事下来说吧，别总在马车里闷着。"

说罢，讨好地伸出手去扶。

简轻语扫了他一眼，扶着他的胳膊下了马车，简震跟在她后面正要下来，就听到她缓声开口："突然想吃糖炒栗子，这个季节也不知有没有。"

简震愣了一下，急忙点头："有的有的，城北有家铺子每日都炒，我现在去给你买？"

"多谢震儿！"简轻语对他温柔一笑。

简震当即高兴起来，无视季阳求救的眼神，直接叫车夫带自己离开了。

简震一走，河边就只剩下季阳和简轻语两个人了，简轻语依然不说话，最后还是季阳受不了了，木着脸主动开口："你既然都找到府衙来了，想必很多事都知道了吧。"

简轻语扫了他一眼："所以锦衣卫当真要被东厂代替了？"

"东厂？"季阳喊了一声，"一群阉人，宫里斗一斗还算可以，出了宫门办事，与锦衣卫可差远了，想代替我们还没那么容易。"

"怎么说？"简轻语又问。

季阳顿了一下，似乎在犹豫要不要说。

简轻语眯起眼眸："都这个时候了，你还要瞒我？"

季阳面露挣扎，半晌咬了咬牙直说了："这几日我们给东厂使了些绊子，要么提前将他们的差事办完，要么是将他们的差事暗中搅黄，相信圣上已然知道，他东厂的能力有多差了。"

简轻语愣了一下，眉头猛地皱起："这是谁想出的主意？"

"大人，"季阳说完停顿一瞬，"我知道你在担心什么，无非是怕此行败露……"

"圣上又不是傻子，东厂连连失利，你们锦衣卫又处处抢功，司马昭之心路人皆知，圣上怎么可能不知道！"简轻语不悦，"陆远是锦衣卫之首，圣上若是因此怪罪，恐怕也只会降罪于他！"

季阳第一次见她这么严肃，不由得瑟缩一瞬，才梗着脖子继续道："我知道，大人也料到了，所以此事他全程没有参与，是锦衣卫全体去做，圣上即便想罚他也找不到理由，最后刑罚还是落在所有锦衣卫身上。"

说罢，他停了一瞬："但是大人说了，法不责众，尤其是在圣上发现这个'众'是一把无法舍弃的刀时，便不会同我们较真，最后只能高高举起低低放下，然后接着重用锦衣卫。"

他之前也担心过圣上会对大人不利，但听完大人的分析之后，很快就被说服了。

"大人说大人说，他说什么你们就信什么？圣上想罚谁，还需要理由？"简轻语气得直哆嗦，"没错，你们证明了自己是最锋利的刀，可你们在证明的同时，也在违抗圣上的旨意。你们说陆远没有参与，也要看圣上信不信，若他信了，只会觉得陆远无用，连你们都管不住，若是不信，便会认定陆远欺君抗旨，你说陆远最终会是什么下场？"

无论信与不信，陆远都注定是被牺牲的那个。他分明是想用自己的命换锦衣卫所有人未来几十年的荣宠与平安。

季阳愣了愣，半晌不服气地反驳："就算是圣上，想处置谁也得拿出证据，这次摆明了没有证据，怎么可能会动大人，总之你不要胡思乱想，大人思虑周全，你想的这些他肯定也想过了，我们只需等待即可。"

"等待什么？"简轻语蹙眉。

季阳顿了一下，意识到自己说漏嘴了，瞬间闭上了嘴。

简轻语眉间褶皱渐渐深了，片刻之后沉下声问："季阳，陆远呢？"

"……去远县了。"季阳别开脸。

简轻语呼吸都开始发颤："季阳，他在哪儿？"

季阳心虚地别开脸，一副打死都不愿意说的样子。

简轻语深吸一口气："看来没在远县，所谓的出门办事也是骗我，他还能在哪儿，宫里？还是大理寺的牢房？"

季阳："……"

"都这个时候了，你还不跟我说实话吗？"简轻语放缓了语气，半晌突然问，"陆远这些日子，可有叫你办过关于我的事？"

她这么问，也只是在赌，赌陆远若真要只身赴险，定然会不放心她和话话，也会找人安排她和话话日后的生活，而这个人只能是季阳，他最信任的兄弟。

"……你能有什么事儿？"季阳嘟囔，说完想起了什么，顿时愣住，"户籍……"

"什么户籍？"简轻语敏锐地问。

季阳立刻摇头："没什么。"

简轻语冷笑一声："若我没猜错，他叫你办的事儿定然关乎我的将来，季阳，你用脑子想一下，若他好好的，能顺利娶我进门，大可以亲自照料我的一切，为何要你去做这些？"

季阳怔怔地看着她，许久之后突然后退一步，红着眼角摇头："不可能！他说了他会全身而退！"

"我再问你最后一遍，他在哪儿？"简轻语皱眉。

季阳回过神，忙回答："进宫了，昨日就去了，今日酉时下值。"

"进宫之前，可有说什么？"简轻语追问。

季阳点头："说了，说这次他去，圣上应该会提锦衣卫为难东厂的事，他可能要留下几日，叫我等谨言慎行，不可冲动……"

他声音越来越小，因为他这才发现，陆远这些话仿佛在交代遗言。

简轻语听得心头直颤，恰好简震买了栗子回来，她当即将人拉下来，自己坐上马车厉声吩咐车夫："去皇宫！"

"我来驾马车！"季阳说完，忙将车夫拉下来，自己驾着车往皇宫的方向去了。

马车一路疾驰，二人很快便到了宫门外。季阳看着前方守卫森严，立刻将马车停了下来："还往前走吗？"

"不必，就在这里等。"简轻语淡淡开口，"若有人来问，便说是陆远未过门的妻子，来接丈夫回家。"

她说完顿了顿，在身上找了一圈，找到什么后才松一口气，紧紧攥在手里。

季阳本想问她拿的是什么，却看到守卫朝这边走来，于是主动上前寒暄，将简轻语吩咐的说了一遍。

皇宫里，主殿中。

褚祯安静地看着奏折，陆远站在旁边，握刀的手微微发颤。

他昨日卯时进宫，到现在已经将近二十个时辰，一直握刀值守，连地方都没挪动多少，往日与他两个时辰一换班的人始终没来。他知道褚祯在表达对锦衣卫的不满，也只是在表达不满，待到他撑不住时，便是跟他算总账的时候。

奏折翻开一页，在安静的殿内发出轻微响动，陆远垂着眼眸，仿佛受刑一般，两个人谁都没有说话，大殿之上气氛却诡异地压抑。

当最后一本奏折看完，褚祯放下手中朱笔，正欲开口说话，一个小太监急匆匆地走了进来，低声同褚祯说了些什么。陆远耳聪目明，轻易便听到了自己的名字，还有"未过门的妻子"几个字，他心头一动。

褚祯闻言皱起眉头，许久之后冷淡开口："知道了。"

然而却没有要放陆远离开的意思。

窗外的日头渐渐落了，殿内点上了蜡烛，尽管门窗大开，但也透着难言的闷热。陆远身上的飞鱼服被汗浸湿，脸色越发苍白，握刀的手也抖得越来越厉害。

自从小太监说完话，褚祯便开始不耐烦，随着时间越晚，不耐烦便越来越重，正当他快要发火时，又一个小太监跑了进来，在他耳边说了什么后，呈上了什么东西，褚祯看到后先是一愣，接着笑了起来。

陆远眉眼微动，平静地看向他。

褚祯似笑非笑："有人来接你了，回去吧。"

"是。"陆远应声，便要往外退，刚一动便传来一阵剧痛，他深吸一口气，咬着牙挪动步子，一点一点地往外走去。

褚祯冷淡地看着他的背影，许久之后将手中的碎银子丢在了桌案上。

"她当真是这么说的？"褚祯问。

小太监连连点头："奴才不敢欺瞒，那位姑娘亲口说的，觉得夫君维持生计辛苦，想花些银子请圣上放他早些归家。"若非起初圣上的反应特别，借他十个胆子也不敢传这句话。

褚祯失笑："泼皮，无赖。"说完，又突然冷下了脸。

小太监小心地看他一眼，一时没敢接话。

另一边，陆远缓慢地往宫外走，走到宫门口时，季阳便迎了上来，一看他现下的模样当即红了眼眶："大人……"

陆远面无表情地看向不远处的马车："谁叫你带她来的？"

"她若不来，大人是不是就出不了宫门了？"季阳小声问。

陆远无奈："我原本有办法保全性命，但现在就不一定了。"

季阳："？"

他顺着陆远的视线看过去，就看到简轻语已经掀开马车上的帘子，母夜叉一样盯着他们。

季阳："……"

第五十一章　去见他

回去的路上，马车里一片安静。

陆远默默地倒了杯清茶，递到了简轻语面前，已经脱力的手微微颤抖，然而简轻语看都不看他一眼，只是安静地坐着。

苦肉计不成，他只能将杯子放到案桌上，静了半晌主动解释："我真的能保全自己。"

简轻语不说话。

"……圣上已然知晓东厂还未成气候，为将来考虑，为免锦衣卫所有人寒心，即便有心怪我，也不能真将我如何了，顶多是小惩大诫，真不会有事。"陆远耐心解释，桌上杯子里的清茶不住地摇晃，却半点儿没有溢出来。

简轻语眼眸微动，总算肯看向他了。

陆远在她的视线下，不由得坐直了些，语气更加柔软："有你和话话在，我怎会冲动行事。"

"你现在不是在冲动行事？"简轻语凉凉地反问，"就算你说得对，圣上现下为了大局不将你如何，那将来呢？他不是先皇，容得下你一个小小指挥使算计他？"

"在他容不下之前，我会带着你跟话话远走高飞。"陆远低声劝慰。茶杯里落了点灰尘，漂在水上逐渐碍眼。

简轻语冷笑一声："远走高飞？他会轻易放你离开？怕不是要像慢声一样，这辈子都要躲躲藏藏吧？"

"自然不会，我舍不得……"

话没说完，简轻语突然气恼地拂开桌上物件，杯子和茶壶叮当掉了一地，马车也随之震动一下。驾着马车的季阳缩了下脖子，吓得大气都不敢出。

马车内寂静一片，只有摔在地上的茶壶还在往外流水。

半晌，陆远叹了声气："给我看看，伤着没有？"

简轻语红着眼眶，一脸倔强地看着他。

陆远眼底只有疼惜："吓坏了吧，对不起……"

"我同你说过吧，要你别什么事都瞒着我，我没那么脆弱，"简轻语哑声打断，"可你现在是怎么做的？"

陆远顿了一下："我错了！"

"会改吗？"简轻语问。

陆远抿起薄唇，半晌才回答："会改。"

"那我们明日就成亲。"简轻语一字一句地说。

陆远怔了怔，眼底闪过一丝为难："什么都没准备，恐怕会来不及。"

"少糊弄我，我什么都不要，你只消派一顶红轿子来接我就好，"简轻语紧紧盯着他，"别告诉我你连一顶红轿子都寻不到。"

"……自然是有的，我只是不想委屈你，"陆远解释完，将她的双手郑重握在手心，"再等一等好吗？过了这段时间我八抬大轿，风风光光地迎娶你进门。"

"过了这段时间，"简轻语重复一遍他的话，眼底闪过一丝嘲讽，"这段时间是哪段？你现在不娶我，是不是因为自己也不确定，过了这段时间是保住荣宠，还是丢了性命，所以不敢迎娶我进门，怕我受你牵连对吗？"

真相被直白戳破，陆远静了许久，才低声哄道："别多想。"

简轻语勉强扯了一下唇角，却有些笑不出来。

两人一路沉默，一直到季阳将马车停到宁昌侯府后门，两个人都没有再说话。

马车停下后，季阳心中忐忑，半晌才小心翼翼地问："简轻……简大小姐，下车吗？"

简轻语本来一直安静，听到他这般称呼自己，不由得笑了出来，陆远立刻看向她，皱着眉满是不解，似乎不大明白她为何会笑。

简轻语脸上的笑意淡了下来，撑着车壁往下走，陆远立刻上前扶住她。简轻语顿了一下没有拒绝，陆远默默地松了口气。

两人下了马车，陆远本想扶着简轻语往府中走，然而简轻语却抽出了手，他顿了一下，突然有些心慌。

"你如今行此险招儿，其实我也能理解，"简轻语平静地看着他，"圣上有意扶持东厂，任其作为的后果便是锦衣卫彻底被废除。锦衣卫仇家众多，一旦被废除，最后只有死路一条，放手一搏反而有可能保住锦衣卫。虽然圣上会震怒，但为大局考虑，也不会伤你性命，至少不会因为这件事要你死，换了我在你的位置，恐怕也想不出更好的法子。"

"轻语……"

"你将所有罪责揽下，护住了所有锦衣卫，你暂时不肯娶我，是为了保全我跟话话，于公于私，你都是个很好的人。"

"喃喃……"陆远眼角微红，似乎已经猜到她要说什么了。

"但是恕我无法接受你的好意，我没脸假装什么事都没有一样接受你的庇护，也没办法像你说的那样，留在家中等上一段时间，看看等来的是你的尸体，还是八抬大轿，当知道你将来会面对什么危险的那一瞬，我便做不到心安理得了。"

话说到一半，简轻语觉得有些好笑，于是就真的笑了出来，再看向陆远时，眼底难得带上了一丝怜悯。

她和陆远身份悬殊，从一开始的相遇，就好像比他低了一截，这还是她第一次俯视他，用一种怜悯、心疼、却又坚定的感情面对他。

"……所以，你既然不愿让我共患难，那或许会有的同享福我也不要了，我们就此分开便好，将来不论你成功还是失败，我们都一刀两断、各自婚嫁，你觉得如何？"她问最后一句时，死死盯着他的眼睛。

一直站在马车旁不敢吱声的季阳，闻言立刻看向陆远。

陆远眼睛泛红，脱力的手不住颤抖，许久才哑声回答："我不要……"

"那就现在娶我！"简轻语上前一步。

然而陆远却不肯说话了。

简轻语眼底闪过一丝失望，转身朝府中走去。

季阳看着她逐渐远去，不由得急起来："大人，追上去啊！"

陆远指尖了动，连握拳的力量都没有。

简轻语沉默地回到屋里，刚坐下眼泪便吧嗒吧嗒地掉，英儿见状急忙问怎么了，追问许久之后，简轻语才擦了擦眼泪："没什么，你明日一早叫人换个结实些的窗闩，最好是谁都撬不动的那种。"

英儿闻言恍然："九爷惹您生气了？"

"我不要他了。"简轻语板着脸。

英儿无奈："孩子都要生了，说什么要不要的话。"

"这孩子随我姓，跟他没关系，这次是真的不要他了。"简轻语恨恨。

英儿一看这是还在气头上，顿时不敢再问，只是拿来各种好吃的哄她。简轻语哭过之后心情好了许多，简单吃了些东西后便去睡了。

说是睡，其实也睡不着，话话仿佛也察觉到了她的不高兴，不住地在肚子里翻来翻去，简轻语被他翻得肋骨都跟着疼了。

折腾了大半夜，她才勉强睡去，翌日比平时晚起了一个时辰，醒来后的第一件事，便是叫英儿找人换窗闩。

英儿见她还没忘，只好叫了个工匠来，换了一整套刀都砍不断的窗闩，简轻语这才满意，又嘱咐英儿多打探锦衣卫的消息。

"打探消息倒是容易，奴婢在院子里找到一个狗洞，可以直接钻出侯府，日后随时都能出去打探，不必担心被人发现，可是……"英儿笑了起来，"大小姐不是已经跟九爷划清界限了吗，怎么还要探听他的消息？"

"划清界限归划清界限，他是话话的爹，我总不能眼睁睁看着他去死，随时打探他的消息，将来他有危险时，我也好尝试救他。"简轻语冷淡开口。

英儿扬了扬眉，觉得她只是口是心非，然而接下来一连多日，陆远夜间来别院找她，她都闭门不见，英儿才渐渐觉察出不对。

大小姐这次，似乎真下了决心啊。

英儿能察觉的事，陆远自然也能，起初他还日日都来，最后一次被简轻语亲自赶出去后，他便不敢来了。倒不是怕她，而是担心她如今眼看着就要生了，动怒对身体不好。

陆远不再来别院后，简轻语重新恢复了淡定，只是从先前叫英儿一日出去打探一次，变成了一日出去两次。

英儿十分不解："九爷如今好好的，京都也十分平静，大小姐为何这般紧张？"

"你怎知这平静是真的平静，还是风雨欲来？"简轻语叹了声气，没有过多解释。

英儿听得懵懵懂懂，只好继续打探消息，每次带回"一切如常"四个字，简轻语都会松一口气。英儿看着，也跟着莫名地松一口气。

本以为日子会一直平静，直到某一日她出去打探，得到了同以往全然不同的消息——

"大小姐不好了！九爷、九爷被大理寺抓起来了！"她惊慌失措地回别院报信，一冲进门也顾不上还有其他人，对着院中乘凉的简轻语就开始嚷。

简轻语愣了一下，猛地坐了起来，腹中孩儿不安地动，疼得她脸色苍白："可知是为什么？"

"据说是有人弹劾九爷杀害大皇子，还、还有狱卒做证，圣上震怒，便将他抓了起来。"英儿慌里慌张地将打听到的消息说出来。

简轻语听到大皇子的名字后先是一愣，接着缓缓出了一口浊气，话话动得厉害，她的肚子如撕裂一般疼痛。

"大、大小姐？"英儿见她失魂落魄，顿时更慌了。

简轻语回神，竟还有精力安抚她："放心，我没事儿。"

处理大皇子一事，陆远曾与她提过，她清楚以他的性子，定会做到尸体上毫无破绽，而那些人弹劾他唯一的证据，恐怕就是大皇子死之前，只见过他一个人。

这证据根本站不住脚，除非圣上有心置他于死地。而圣上想不想杀他，似乎早有答案，毕竟……大皇子一案都过去这么久了，何故突然被翻了出来。

"谋杀皇子，即便是诛九族，也无人敢有异议。"简轻语说完，眼底闪过一丝嘲讽。褚祯为了让其他锦衣卫心服口服，当真是无所不用其极。

英儿心里紧张："大小姐，这可如何是好？奴婢听说九爷已经被关两三日了，只是因为宫里人嘴严，风声才会到现在才传出来。"都关这么久了，也不知道陆远如今怎么样了。

简轻语垂下眼眸："先去见季阳吧。"

英儿点了点头，正要答应，宁昌侯便从外头进来了："你哪儿都不准去！"说罢横了英儿一眼，"妄议朝政，我饶不了你！"

英儿顿时不敢说话了。

"你先退下！"简轻语侧目看向她。

英儿犹豫一下，低着头离开了，院子里顿时只剩下父女二人。

简轻语抬眸看向宁昌侯，语气说不出的平静："父亲放心，我出去之前，会写一封文书，昭告天下你我断绝父女关系，绝不会拖累侯府。"

"放肆！你将我当成什么人了?!"宁昌侯气得手直抖，"我简业岂是那种贪生怕死之辈?! 还有，你究竟想干什么？难不成还要劫狱?!"

"暂时不会，父亲，劳烦让我离开。"简轻语没有否认他这句话。

"不可能！他陆远算什么东西，我决不许自己的女儿为他豁出性命！"宁昌侯厉声说完，看到简轻语的脸色不好，又强行耐下性子劝，"只要你别掺和此事，为父可以答应你，你的孩子生下来不必送到老家，可由你亲自抚养，除了爵位，日后震儿嫡子有的，你的孩子也会有！"

这句话意味着将来分家，大半家产会由简震嫡子和她的孩子平分，简震庶子的地位都比不上这孩子，京都从未有哪户人家能给女儿如此丰厚的家产，可以说是宁昌侯极大的让步。

然而简轻语只是蹙了蹙眉，平静地看向他："父亲，放我走，我不可能眼睁睁看着他去死。"

"陆远不过是个卑鄙小人，到底给你灌了什么迷魂药，值得你如此行事?"宁昌侯恨其不争，也不欲多说，"总之你死了这条心，我决不可能答应！"

说完扭头就走，还未走到院门口，就听到背后一道清冷的声音传来："你口中的卑鄙小人，曾在我沦落青楼时救了我，使我免遭侮辱。"

宁昌侯猛地停下，半晌不可置信地回头："你、你在说什么胡话……"

"父亲还不知道吧，昔日我在来京的路上遇到恶匪，身边的随从俱被杀害，我也被卖去了青楼，若非陆远救我、带我回京，我如今要么已经不受其辱自尽而亡，要么还在青楼卖身，"简轻语看着他眼底的愣怔，唇角勾起嘲讽的弧度，"我这条命都是他给的，为何不能为他豁出去?"

宁昌侯张了张嘴，半晌猛地否认："不可能！你回京时分明好好的……"

"当真是好好的?"简轻语打断他的话，因为天气热和身子不舒服，此刻已经有了一丝火气，"我身为侯府大小姐，回京时身上只有一张银票，一身勉强还算干净的衣裳，一个随从都没有，你确定是好好的?"

宁昌侯哑然。

简轻语笑了一声："这么多异常你却从未询问，我信你并非视而不见，只是我与你没那么深的父女亲情，不被你在意罢了。"

"我没有……我不知道你受过这么多苦。"宁昌侯声音艰涩。

简轻语平静地看向他，眼神温柔却如一把利剑，轻易刺破了他这句毫无意义的话，将残忍的真相摆在台面上："若是慢声和震儿，你还会不知道吗?"

宁昌侯张了张嘴，说不出话来。

简轻语笑了："父亲，我虽与你不亲，可从未恨过你，我只是……对你有些失望，想来你对我也是如此。"

他们两个之间，有愧疚，有不甘，有谨慎，也有补偿，却独独没有父女该有的感情。

"我在这世上最重要的家人只有两人，一是母亲，二是陆远。母亲已因为你的负心薄幸早早离世，至死都不曾瞑目，如今你还要阻止我去救陆远吗?"她说完停顿一瞬，"你当真……要将我身边的人一个个都逼死，才甘心吗?"

这句话不可谓不重，宁昌侯双眼无神地后退一步。

简轻语深深看了他一眼，转身回了寝房。

一刻钟后，她将墨迹未干的文书递给宁昌侯，宁昌侯惨白一张脸，咬着牙不肯收，她只能放到院中石桌上，抬脚往外走去。

出了别院，便看到别扭尴尬的秦怡和简震，对视之后简轻语笑笑，算是和他们打了招呼。

"……我为你备了马车。"秦怡低声道。

简轻语抿了抿唇："多谢。"

说罢，便朝着秦怡准备的马车走去，在与她擦肩而过时，听到秦怡低声叮嘱："不论发生何事，一定要保全自己。"

简轻语顿了一下，没有回应她这句话。

简轻语坐上马车便径直朝府衙去了，听门口值守的锦衣卫说季阳去了户部后，便又乘着马车往户部走，结果走到一半时便遇上了。

简轻语看着昔日意气风发的少年郎，此刻胡子拉碴地骑在马上，看到她后顿了顿："我正想去找你，大人要我交给你一些东西。"

"我要去见陆远，你有法子吗？"简轻语无视了他这句话。

季阳定定地看着她，许久之后微微颔首。

不知不觉已经是夏天了，京都的夏季总是热得厉害，烈日每日都挂足六个时辰，晒得人皮都开始疼了。而这样烈的太阳也有照不到的地方。

简轻语走进天牢时，忍不住打了一个寒战，季阳急忙将外衫脱下，披到了她身上。

"多谢！"她如今肚子里有一个，牢里还有一个，不能轻易倒下，因此也没拒绝季阳的照拂。

季阳叹了声气，很快将她带到了陆远的牢房前。

陆远起初听到脚步声时，便已经朝这边看来，当猝不及防与简轻语对视时，他先是一愣，接着竟有些局促地试图挡住身子。

简轻语看到他被抽出一道道血印的囚服，喉咙动了动，别开脸没有说话。

"有什么话就尽快说吧，一刻钟之后，与我相熟的狱卒便要换值了。"季阳说完，便红着眼眶跑出去守门了。

牢房里一片安静，不知过了多久，陆远才温柔开口："过来，让我看看你。"

简轻语心头一酸，梗着脖子不肯上前。

"这次见后，不知还有没有机会再见面，当真要不理我？"陆远扬起唇角。

简轻语彻底破防，红着眼睛恨恨地看向他，眼泪像断线的珠子一样不住往下掉。陆远身形一动，身上被严刑逼供抽打出的伤口立刻开始剧痛，他不动声色地抽了一口冷气，便倚回了墙上。

"乖，别哭，我会担心。"他低声劝慰。

简轻语狠狠地擦了一把眼泪："谁哭了？！"

"小猪哭了。"陆远眼底闪过一丝笑意，但在对上她的视线后立刻严肃起来，"对不起，我不该开玩笑。"

简轻语深吸一口气，声音都在发颤："你还有心情开玩笑？陆远我问你，你这次有后路吗？"

陆远沉默片刻，苦笑："我没想到他会为了我大费周章，去查大皇子的死因。"

这便是没有后路的意思了，毕竟褚祯宁愿耗时耗力，也要他死。

简轻语咬死了下唇，红唇被她咬得直发白，陆远眉头渐渐蹙了起来："喃喃，松开。"

简轻语不听，他只得忍着痛朝她走去。简轻语清楚看到，他在走过来的时候，身上不住地流血，想来是伤口裂开了，她的眼泪当即掉得更凶了。

"我就是怕你哭，才没敢过来。"陆远无奈地伸手，想为她擦擦眼泪，可看到自己手上的灰和血后，又生生停了下来。

简轻语仿佛没察觉他的犹豫，只是定定地看着他，半晌哑声问："你若死了，我跟话话怎么办？"

陆远心口一疼，许久之后才艰涩开口："我叫季阳为你准备了全新的户籍，还有我全部的家当，你若想……嫁人，就当作你的嫁妆，话话留给季阳照顾，不要让他影响你的人生，若不想嫁人，那些家当也足够保你荣华富贵、衣食无忧。"

原来季阳近来总去户部是为了这件事。简轻语听着陆远安排自己的未来，竟然觉得好笑。

擦干眼泪，她梗着脖子看向他："你放心，无论如何我都不会抛下话话，我还不到二十岁，又生得貌美，日后定会遇到比你更好的人，他会接受我的过去，也会接受话话，我会叫话话跟他的姓，他也会将话话当作自己的孩子一般疼爱，至于你……"简轻语的声音有些不稳，"你不过是我跟话话人生中的过客，半点儿痕迹都不该留下。"

她知道都这个时候了，自己不该再惹他伤心，可当听到他这般坦然地提自己将来嫁人的事，她便遏制不住火气。

然而陆远只是温柔地看着她，无论她说什么都认真地听。

简轻语又忍不住想哭，却碍于自尊心只能忍住，只是像发誓一般说："我一定会过得很好！"

"如此，就好。"陆远轻笑一声，笑容短促而浅淡，之后便用一双黑色的眸子紧紧盯着她，仿佛在努力记住她的模样。

简轻语沉默地与他对视，直到季阳催促离开，她才猛地回过神，转身跟着季阳离开。

陆远安静地看着她的背影，在她快要消失在拐角时，终于忍不住叫住她："喃喃。"

简轻语猛地停下脚步。

"说一句你爱我吧，"陆远扬唇，"我似乎从未听过。"

季阳红着眼眶看向简轻语，见她依然沉默，眼底不由得流露出一丝哀求。

然而简轻语静静站了片刻，才极为冷酷地开口："这句话，是我未来夫君的。"说罢，便径直离开了。

陆远眼底闪过一丝失望，直到她的脚步声彻底消失，才无力地坐在地上，身上的伤口疼得厉害，他伸手摸了一下，只摸到一片湿滑的血迹。

天牢外，简轻语被烈日一晒，脑子有些发昏。

季阳沉默地跟着她，远离天牢后才忍不住开口："你就遂了他的愿怎么了？他都……"都如何了，却说不出口。

简轻语面无表情地扫了他一眼："我遂了他的愿，谁又能遂我的愿？"

"可是……"

"别废话了，带我进宫！"简轻语不耐烦地打断。

季阳还想抱怨，听到她的话愣了一下："你去哪儿？"

"去哪儿？"简轻语眼神泛冷，"去见圣上。"

她男人还在牢里关着，她总要做些什么才行。

第五十二章　结局

听说简轻语求见时，褚祯眼眸微动，静了许久后叹息："朕累了，叫她回去吧！"

"是！"小太监应了一声，便往外跑去。

褚祯看着他的背影直至消失，才垂下眼眸继续看奏折，然而看了许久都未曾翻页。

一刻钟后，小太监满头大汗地跑了回来，看到他后紧张地跪下："回禀圣上，宁昌侯嫡女她、她不肯走，在宫门外跪下了，还说圣上何时答应见她，她何时起来。"

褚祯蹙眉："怎么做事的，叫她回去，她若不肯，就叫几个嬷嬷强行送她。"

"她如今身怀六甲，奴、奴婢实在不敢碰她。"小太监忙道。若非先前见过圣上拿着碎银子发呆，他今日也不会回禀，而是会直接将人赶走。

褚祯猛地站了起来："身怀六甲?！"

"是……眼看着快要生了。"小太监紧张。

褚祯呼吸突然急促，半晌黑着脸开口："让她进来！"

"是，是！"小太监屁滚尿流地跑了。

褚祯独自站了许久，才面无表情地重新坐下，等简轻语进来时，他已经恢复正常，只是唇角没了笑意。

"民女参见圣上。"简轻语蹒跚着跪下。

她月份大了，如今天热又穿得轻薄，隆起的肚子极为明显，刺痛了褚祯的眼睛。

褚祯沉默许久，才淡淡开口："民女?"

"是，民女已同宁昌侯断绝父女关系，不再是朝臣之女，只能以民女自称。"

简轻语低眉顺眼。

褚祯勉强扯了一下唇角："好端端的，为何断绝父女关系？"

简轻语沉默一瞬，没有回答他的问题。

褚祯叹息一声，叫人给她送了张椅子来，如今肚子里有一个，到底比不上寻常人，简轻语道过谢后试了两三次才站起身，耗费了她大半精力，坐下休息后脸色顿时好了许多。

褚祯等她坐下，便忍不住问："几个月了？"

"再有几天就该生了。"简轻语回答。

褚祯愣了愣："所以是……"

"嗯，圣上送我出城的时候，便已经有两个月的身孕了。"简轻语知无不言。

褚祯脸一黑，猛地拍向桌子："陆远个混蛋！"

周围的宫人吓了一跳，倒是简轻语淡定地转移了话题："圣上，民女能讨杯凉茶喝吗？这天儿实在热得厉害。"

褚祯抿了抿唇，扫了旁边的宫人一眼："给简姑娘端碗冰镇绿豆汤来。"

"绿豆汤就更好了。"简轻语立刻笑弯了眼。

褚祯见状，心里那点火气也渐渐消了。

宫人很快送了绿豆汤来，简轻语喝了一碗后还有些意犹未尽，褚祯见状蹙眉："殿内有冰鉴，你也喝了一大碗了，不可贪凉。"

简轻语闻言，只好将碗放下，这才笑意盈盈地看向褚祯："许久未见，圣上越发精神了。"

"你不该回来，也不该见我。"褚祯眉间始终带着淡淡褶皱。

简轻语笑了："若不回来，又如何能看到圣上穿龙袍的威风模样？"

听到她如自己未登基前一般寒暄，褚祯心神微动，但也只是一瞬间的事："我知道你今日是为何而来，你也不必绕弯子了，陆远我是不可能放的，你……且回去好好养着吧。"

"我也想好好养着，可惜我的夫君还在牢里，只要一想到他如今的处境，我便夜不能寐，又如何能养好身子，"简轻语苦涩一笑，"圣上，当真不能放过他吗？"

褚祯沉默许久，才淡淡开口："他犯的是大罪，要我如何放过他？"

"可有具体的证据?"简轻语追问。

"人证还不够?"

"他得罪过那么多人,人人都想他死,最不可信的便是人证。"

"简轻语,"褚祯不悦,"你在质疑朕?"

简轻语顿时不说话了。

褚祯意识到自己这句话有些重了,沉默片刻后别开脸:"你一向聪明,应该知道他的死对稳固朝局有多大的助益。"

简轻语垂着眼眸,静静地看着地面,褚祯看得心里一阵烦闷,片刻后深吸一口气:"若无别的事,你且回……"

"谋杀皇子,是诛九族的大罪吧。"简轻语突然打断他的话。

褚祯愣了愣,意识到她想说什么后,当即黑了脸。

简轻语笑着看向他:"难怪圣上叫宁昌侯接我回去,也迟迟没有兑现赐婚的诺言。"

"简轻语……"

"可是我与他早就私订终身,如今孩子也有了,按照我朝律例,也算是结为夫妻了,"简轻语静静地与他对视,"所以圣上连我也要……"

话没说完,褚祯突然愤怒地拂向案桌,一时间奏折笔墨都摔到了地上,发出了清脆的响声。

简轻语吓了一跳:"我只是随便说说,圣上何故对我这个孕妇发这么大的火?"

"你那是随便说说吗?!"褚祯气恼,见她面露惊惶,又强行压了下去。

简轻语抿了抿唇:"圣上不想听,我不说了就是。"

褚祯逐渐恢复了淡定,缓了片刻后第三次送客:"行了,你回去吧,朕累了!"

"我不走!"简轻语一脸无辜。

褚祯愣了一下,不敢相信自己的耳朵:"什么?"

"……我夫君还被您关着,母家也不准我进门,如今我大着个肚子,您让我去哪儿?"简轻语理直气壮,"烦请圣上暂且收留我几日,最好是叫几个太医留守,免得我突然要生。"

褚祯无言许久，才愣怔开口："简轻语……你这是讹上朕了？"

"若圣上不想被讹，那就将我夫君还给我。"

"你想都不要想！"褚祯当即拒绝。

简轻语耸耸肩："那便只能求圣上收留了。"

褚祯："……"

他静了许久，才找回自己的声音："朕还是皇子时，也未见你如今日这般随意，怎么朕做了皇帝，你反倒什么都不怕了？"

简轻语沉默一瞬，笑："大约是以前有诸多顾虑，如今……若不豁出这张脸，就真的一无所有了。"

褚祯顿了顿，半晌才别开脸："行了，你若想留下，便留下住几日，至于陆远的事……没的商量。"说罢，他便直接转身离开了。

简轻语目送他的背影消失，才默默松一口气，将手心的汗擦在衣裙上。

最后，褚祯安排她在寻常朝臣官眷留宿的偏殿，与后宫、前殿都隔了一截，平日里最为安静。不用面对前朝和后宫的人，简轻语着实松了口气，只是这样一来，她和褚祯便没什么偶遇的机会了。

在宫里一连住了两三日，明显感觉肚子时不时发紧，不用猜测也能知道，话话快出生了。简轻语心下忧虑，尽管白日里装出一副无所谓的模样，可夜间还是辗转难眠，人很快就憔悴了。

尽管身子不适，她每日晨昏还是会去主殿找褚祯，然而褚祯每次都随便找个理由将她打发了，显然是铁了心要杀陆远。

又是一日傍晚，简轻语用过晚膳，便又往主殿去了，然而这一次还未进门，便被小太监给拦了下来——

"简姑娘，圣上这会儿正与朝臣议事，姑娘还是先回吧！"

简轻语顿了一下，正要说话，殿内便传出一阵砸东西的声音，接着褚祯怒气冲冲地从里头出来了，看到她后先是一愣，接着黑着脸离去。

简轻语顿了顿，无声地跟了过去，小太监本想叫住她，可见她走得坚定，一时间也不敢多言。

褚祯带着火气走得很快，简轻语抚着肚子勉强跟着，很快后背便出了一层汗，正当她快要撑不住时，前头的人步伐突然慢了下来，她默默地松了一口气，跟他保持着不远不近的距离。

两个人一前一后静静地走着，从主殿到凤禧宫，再穿过长长的宫廊，最后来到了御花园，褚祯终于停了下来，一拳砸在柱子上，"朕说过，无论你如何费心，朕都不会答应你。"他沉声道。

简轻语沉默地走到他跟前，看着他的手道："圣上受伤了。"

褚祯没想到她会问这个，顿了一下别开脸，简轻语笑笑："民女为你包扎吧。"

褚祯一愣，下意识地将手收了回去，对上简轻语的视线时才咳了一声："我并非不让你包扎，只是一点小伤……"

"圣上是怕我将你再治成重病吧?"简轻语扬眉。

褚祯没想到她会这么说，一时间有些尴尬："没有，你医术很好。"

"若是没回漠北，民女定然就相信了，"简轻语笑笑，"圣上且放心吧，民女近来学了不少东西，这样的小伤还是能治的。"

说着，她四处张望，在一片绿植中摘了几片叶子，压碎了拿过来。褚祯犹豫一下，还是朝她伸出了手，简轻语将药敷在他手上，又用帕子包紧，这才后退一步："好了。"

"的确不痛了，你这手艺可是在漠北学的?"褚祯眼底带笑。

简轻语也跟着笑，与他聊起了这次去漠北的事，说到了师父和师兄，也提到了邻居家总爱回娘家的婶子，自然而然地也提到了陆远。

褚祯听到她提陆远的时候，不自觉地蹙起眉头，可见她说得毫不刻意，也没有打断，听着听着就认真起来："每夜去东湖寻你，他也是够胆大的。"

"可不是嘛，都知道东湖暗流多，他竟敢半夜一个人去，能活下来可真是命大!"简轻语叹息。

褚祯顿了顿，虽然不想听，可还是生出了好奇："真难想象他那般冷情冷性的人，竟也有如此深情的时候，你到底对他下了什么蛊?"

"没下蛊，倒是骗了他好几次。"简轻语神秘道。

褚祯扬眉："哦?"

简轻语看了眼周围，半晌才低声问："我若是说了，你能替我保密吗?"

此刻她没有再自称民女，对他也没有尊称，褚祯久违地感到放松，尽管知道自己不该听下去，可还是点了点头。

"这呀，要从我进京为母亲立衣冠冢说起……"

两个人说着话，挪步到亭子的阶梯上坐下，任凭龙袍、锦裙沾上灰土，褚祯听着他们一路从漠北到京都，从青楼到宁昌侯府的故事，时不时感叹一声。

日落西山，晚霞也开始变得暗淡，宫里点了灯。

简轻语说得口干舌燥，不由得喝了两大杯水，说到最后的时候语速越来越慢，渐渐地沉默下来。褚祯也没有说话，两个人静谧无声，气氛却逐渐压抑。

最后还是简轻语打破了沉默："圣上今日为何发怒？"

褚祯顿了一下："朝臣要朕选秀。"

简轻语顿了一下："圣上不想选？"

"不是不想选，是不想被他们拿捏着选，"褚祯蹙眉，"他们一个个道貌岸然，口口声声说为了延续皇家血脉，其实不过是盯上了朕的后宫，真是可笑至极。"

"圣上息怒，何必为了那些不值当的人大动肝火，"简轻语宽慰道，"万一传出去，未免会叫人觉得圣上沉不住气。"

褚祯叹气："你说得对，是朕过激了。"说罢，他想起方才那几个都是前朝重臣，又隐隐生出一丝悔意，可就连他也不知道，为何听到他们逼自己选秀，会突然发这么大的火。

简轻语见他后悔，又安慰道："圣上也不必太过在意，你是君他们是臣，只有他们怕你的份，你又岂能被他们掣肘，这次给他们一点教训，也好叫他们知道什么该做，什么不该做。"

"什么话都叫你说了，我还能说什么？"褚祯失笑。

简轻语想了一下："你可以说'朕心情好，饶陆远一命'，民女会很高兴的。"

"简轻语。"褚祯冷下脸，方才好好的气氛荡然无存。

简轻语脸上的笑顿时有些勉强："看来圣上今日也没有改变主意。"

"天下好男儿千千万，你又何必只看他一人，"褚祯说完顿了一下，想到陆远为她付出的那些，也的确值得她豁出性命，于是沉默许久后生硬开口，"不要再钻牛角尖了，宁昌侯已经来了两次，朕都叫他回去了，你忍心见他为你愁白了头？"

简轻语笑笑，显然没听进去。

褚祯呼出一口浊气，耐着性子开口："行了，你回去歇着吧！"

"……是。"

简轻语没有过多纠缠，低着头便往偏殿走，褚祯看着她逐渐远去的背影，突然开口问："你可恨我？"

简轻语停下脚步，半晌摇了摇头："不恨。"

"真的？"褚祯不信。

简轻语没有回头，语气格外平静："真的不恨，因为我知道圣上杀陆远并非为了私利。"

能一解朝臣、百姓对锦衣卫的怨恨，还能扶持新的指挥使率领锦衣卫，更能为根基不稳的自己添一笔美名、与先皇的昏聩划清界限，而这一切，只消牺牲陆远一个人的性命，无论是谁做皇帝，恐怕都会如此行事。

褚祯听到她这般说，语气微微缓和："既然如此，为何还要一直求我放了他？"

"因为我求的是好友褚祯，而非圣上。"简轻语扭头看向他。

褚祯一愣，突然无言。

"我知道，坐上这个位置，有很多身不由己，可我还是想试试看，这龙袍之下，有多少是褚祯，有多少是圣上。"简轻语唇角噙笑，温柔地看着他。

"圣上，我知道做好皇帝很难，要用最少的牺牲，获取最大的利益。可是这一次，能否请您为了昔日交情，多多辛苦这一次，我相信即便不牺牲陆远，您也能稳固朝堂，因为您和先皇从来都不是一类人。"

"……人人都说我与先皇极像，怎么你却觉得不同？"

简轻语笑笑："因为您有一颗仁心，我从第一次见您时便知道，锦衣卫这些年虽然行事肆意，可做的一切皆是先皇授权，您一直没对其他锦衣卫下死手，不就是因为心里明白他们不过是一把刀，而刀是没有对错的，只有执刀的人才有不是吗？"

"你倒是会拍马屁，可惜咱们第一次见面时，你还不知道我的身份吧？"褚祯勾唇。

简轻语顿了顿，眼睛都不眨一下："不知道，也不影响我觉得您有一颗仁心。"

"……朕以前怎么不知道，你竟如此巧言善辩？"褚祯拉下脸，"你说的这一切，不就是为了救陆远？"

"那圣上答应吗？"简轻语忙问。

褚祯板起脸："不答应！"

"没事，我明日再来问。"简轻语笑眯眯地说完，便转身离开了。

褚祯没想到她就这么走了，顿时心里莫名憋火，可憋了会儿火后，又忍不住笑了起来。

这一日起，简轻语开始每天一找到机会，便同褚祯说一些陆远的事，连续两三日后，褚祯都开始头疼了："你能不能别总跟我提他？"

"……我就是为了他来的，当然要提他了，"简轻语一脸无辜，"圣上，话说你整日一个人用膳无聊不？今日起我跟你一起用膳吧！"

"打住，我现在一点都不想看见你。"一听一天要见三次，听三次陆远的事，涵养极好的褚祯也绷不住了，"你到底是怎么想的，就不怕我听得厌烦直接杀了他？"

"……我不过是想让圣上知道，他也是活生生的人，不是棋盘上的黑白子。"简轻语小小声。

褚祯愣了一下，突然不知该说什么了。

静了片刻后，他深吸一口气："你觉得有用？"

"不知道。"简轻语违心回答，却没有提醒他自己在宫里住了小十日了，他却一直没提要杀陆远的事。

褚祯斜睨她一眼："朕现在就告诉你，没用！明日大理寺便要审理此案了，若无意外，当场便能定他的罪，你还是死了这条心吧！"

简轻语一愣："您先前没同我说过啊！"

"现在同你说了，你满意了？"褚祯反问。

简轻语勉强笑笑，正想说你是不是故意气我的，可话还未说出口，便感觉身下有些不对，她愣了一下，脸色逐渐难看起来。

褚祯本来还想再说什么，看到她的额上渗出虚汗后愣了愣，赶紧抬手扶住了她："你怎么了？"

"……圣上，你干儿子，应该是要出生了。"简轻语抽着冷气道。

褚祯大惊，都来不及同她计较"干儿子"三个字，便厉声传召太医，等到简轻语被抬进偏殿生产，他才后知后觉……干儿子？她真是好大的胆子，褚祯直接气笑了。

偏殿内惨叫声不绝于耳，褚祯沉着脸在殿外踱步，每当看到宫人端着血水出来，心下便沉得厉害。

稳婆听简轻语叫得厉害，不得不小心提醒："姑娘，可不能大叫，要留些力气生产才是！"

"……嗯，知道。"简轻语说完，又惨叫一声。

稳婆急得直叹气，但也只当她疼得厉害，不住地劝她小声些。简轻语却不理会，只在宫女来扶她时突然抓住对方，一脸虚弱地开口："你、你去问问圣上，明日当真要赐死陆远？"

宫女慌乱一瞬，急忙点头答应，一路小跑着出去将话传递给褚祯。

褚祯闻言脸色难看："都什么时候了还在担心他，要不要命了？你进去告诉她，她若敢有事，朕现在就去杀了陆远！"

"是、是！"

宫女急忙答应，只是还未回屋，便被褚祯叫了回来："等一下！"

"圣上？"宫女小心翼翼。

褚祯深吸一口气："罢了，你跟她说，朕方才是与她闹着玩儿，没有要杀陆远。"

"是！"宫女这才跑回屋里。

简轻语听了传话，唇角扬起一点弧度，接着又惨叫一声，再次恳求宫女："我眼看着是不行了，可否请圣上开恩，将陆远叫过来见我最后一面？"

稳婆闻言面露疑惑，不懂她现在生龙活虎，为何会觉得自己不行了。简轻语幽幽地扫了她一眼，提醒："我没力气了。"

"那可不行！"稳婆大惊。

简轻语这才满意地看向宫女："去传话吧。"

"是！"

"荒唐！"听了传话的褚祯愤怒，"她这是得寸进尺！哪个女人不生孩子，朕怎么没见别人要丈夫陪着的？！你叫她……"

"啊！"

屋里又一声惨叫，褚祯心里一颤，眉头皱了起来："她为何痛得这样厉害？"

"奴婢、奴婢也不知道！"宫女急忙回答。

偏殿内，简轻语还在惨叫，只是一开始的惨叫有做戏成分，现在便是十足的真心了。她的头发湿透，身上薄薄的里衣也如水中捞出来的一般，两只手抓紧了被单，连指甲缝隐隐出现瘀血都不知道，只是一味地顺着稳婆的指示用力。

虽然已经疼得快丢掉半条命了，可她也知道如今是让褚祯心软的最佳时机，于是一次次派宫女去求褚祯，不住地将自己的情况夸大，只想逼他将陆远放出来。只要让陆远来偏殿，她便有法子不让他回牢房。

终于，在宫女出去第五次的时候，褚祯答应了。

简轻语顿时松了一口气，接着便听到一声婴孩的啼哭，她愣了愣，还未等笑一下，便听到稳婆慌乱开口："不好了！大出血！"

简轻语迷迷糊糊，听着屋里忙乱的动静，心想她这算不算乌鸦嘴，诅咒自己不行了，还真就要不行了，只是她还未看话话一眼，还不知道他是男是女，更没有见到陆远……

"轻语，轻语不要睡……喃喃！"

简轻语猛地惊醒，眼前的情景从模糊到清晰，逐渐映出陆远的身影。

简轻语怔怔地看着他身上脏兮兮的囚服，通红的双眼，还有不修边幅的胡楂，愣了许久才哑声问："圣上放你出来了……"

隔着屏风听到她这句话的褚祯，顿时心里一阵绞痛。

陆远手指颤抖，嘴唇也紧张成紫色，想要握紧她的手，却又不敢动，只是胡乱点头："嗯，他放我来见你了。"

"真好，"简轻语虚弱地扬了扬唇，"可惜这是我们的最后一面了……"

"不要胡说，太医已经为你止血，你只要别睡着，熬过今晚便不会有事，千万别睡！"陆远安慰着，自己却抖得厉害。

简轻语想笑，可还未笑出声，便感觉到身下不对劲，她顿时收住了笑意，怕再次血崩。静了片刻后，她低声问："话话呢？是小子还是小姑娘？"

"是个小姑娘，跟你长得很像，只是去睡了，明日我便带她来见你。"陆远低声道。

简轻语顿了一下："不能现在看吗？"

"……不能，明日再看。"陆远板起脸。

简轻语一脸哀求，然而陆远不为所动，她只得放弃了，静了静后又低声道："圣上呢？我想见他。"

褚祯闻言立刻从屏风后进来，一看到她惨白着一张脸的模样，顿时心底难受："轻语……"

"看来不是干儿子，是干女儿。"简轻语勉强露出微笑。

褚祯心里顿时堵得慌："女儿很好，将来朕封她做郡主。"

"多谢圣上，"简轻语道完谢静了一瞬，"圣上，还记得我去漠北时，你说过的话吗？"

褚祯哑声："记得。"

"你说我要什么都可以，我可以要陆远吗？"说罢，她还不忘强调，"活的陆远。"

褚祯喉结动了动，一时间没有说话。

简轻语看他一眼，突然开始昏昏欲睡，陆远厉声唤她："喃喃！"

话音未落，被子里伸出一只小手，偷偷挠了一下他的掌心，陆远愣了一下，眼睛红得越发厉害。

褚祯不再犹豫，立刻点头："好，我答应你！只要你活着，我一切都答应你！"

"多谢圣上，"简轻语对他露出一个微笑，"我也不想圣上为难，所以圣上只要给陆远留一条命就行，别用大皇子的案子治他，换个别的吧，狠狠罚他，叫所有人都痛快的那种。"

"好……我会的。"褚祯答应。

简轻语还想再笑笑，却真的没有力气了。陆远紧紧将她抱在怀中，每当她想睡时，要么拍一拍她，要么给她喂些吃食和水，不管简轻语有什么事，他都能第一时间发现。褚祯从未见过他这般体贴的模样，一时间也有些动容，静了片刻后便转身离开了，将屋子彻底留给了他们两个。

"……我厉害吧，留下了你的性命。"简轻语邀功。

陆远红着眼睛点头："厉害。"

"其实杀你不是唯一的选择，只是更方便些，圣上心软，好好缠一缠，他便会答应走另一条较为麻烦的路。"简轻语声音越来越小。

陆远还是点头："嗯嗯说得对！"

"其实我一开始入宫，目的便是在宫中生孩子，赌的便是生死关头他会心软，如果他没有，便说明其他时候也不会答应放你了，我便死在这里，与你共赴黄泉……"简轻语说完停顿一瞬，"话话就留给他，想来他会送去宁昌侯府，他心中有愧，将来会对话话好，哪怕只有万分之一的照拂，也足够话话显赫一生。"

陆远听着她的计划，眼睛红得越发厉害。

"不行……我真的困了。"

"别睡……"

"我不能死，如今好不容易熬过去了，我不能死。"简轻语声音越来越弱。

陆远抱紧了她，拿着太医给的银针，狠了狠心在她指尖一刺，简轻语再次清醒。

这一夜过得极为漫长，每个人都极为煎熬，直到太医说简轻语的血彻底止住了，所有人才松一口气，而陆远直接昏死过去。

简轻语再次醒来时，陆远已经回了牢房，知道褚祯已经放弃杀他，简轻语歇了两日便带上孩子离开了，她本来想去陆府等着，可一出宫门便看到了两鬓斑白的宁昌侯。

"侯爷每日都会在这里等着，已经等了小半个月了。"送她的宫人低声道。

简轻语愣了愣，心里突然堵得厉害。

宁昌侯看到她眼睛一亮，急忙迎了上来，不知是不是简轻语的错觉，总觉得他的背似乎弯了不少。

"孩子，跟我回府吧，你刚生完孩子，月子得坐好了才行。"宁昌侯小心翼翼地看着她怀中的话话，想抱又不敢伸手。

简轻语静默许久，到底是笑了笑："好啊！"

宁昌侯当即高兴起来，急忙伸手接过孩子，带着她们回家去了。

陆远的案子查了将近一个月，总算是证明了他在大皇子案上的清白，但同时也查到他当初行事嚣张的证据，于是被发配到漠北，做个守城将军。

"守城将军？听起来好像是升官了。"简轻语眼睛晶亮。

季阳闻言斜了她一眼："从天子近臣到穷乡僻壤看大门的，你觉得是升官了？若无意外，大人这辈子大概都要远离朝堂了。"

"那不是挺好？"简轻语歪头。

季阳无言一瞬，半晌笑了起来："确实挺好。"

简轻语也跟着笑，正要再说些什么，陆远突然过来了，手足无措地看着她："话话尿了。"

"你连尿布都不会换？"简轻语瞬间板起脸。

陆远顿了一下："你教我吧！"

"我与你非亲非故，凭什么教你？"简轻语斜睨他。

陆远抿了抿唇："那我去找英儿，跟她学。"说完，他便离开了。

季阳看着受气小媳妇一样的陆远，目瞪口呆好半天后，一脸茫然地看向简轻语："这真是我家指挥使大人？"

"如假包换。"陆远一离开，简轻语瞬间变脸，继续笑眯眯。

季阳无语："你还记仇呢？"

"他骗我那么多次，我不能生气？"简轻语想起他当初入狱时急于跟自己撇清干系的模样，就忍不住生气。

季阳沉默一瞬："咱得讲道理，他是骗了你很多次，可你骗他的少吗？"

简轻语顿了顿，突然没什么底气："我那些事已经过去了。"

"他的不也过去了吗？"季阳扬眉。

简轻语噎了噎，吵不过季阳干脆放弃："不跟你说了。"说完扭头就走。

季阳忙问："你去哪儿？！"

"去盯着他换尿布！"

季阳嘴角抽了抽，突然有些好笑。

不知不觉最热的夏天快要过去了，等到秋高气爽，便是赶路的好时候，从京都到漠北，沿路有无限的风景与时光，马车晃晃悠悠，承载着一厢温情。